O HOMEM ILUSTRADO

O HOMEM ILUSTRADO
RAY BRADBURY

tradução:
Eric Novello

BIBLIOTECA AZUL

Copyright ©1951. renewed 1979 by Ray Bradbury
Copyright da tradução © Editora Globo S.A.

Todos os direitos reservados. Nenhuma parte desta edição pode ser utilizada ou reproduzida – em qualquer meio ou forma, seja mecânico ou eletrônico, fotocópia, gravação etc. – nem apropriada ou estocada em sistema de bancos de dados, sem a expressa autorização da editora.

Título original:*The Illustrated Man*

Texto fixado conforme as regras do novo Acordo Ortográfico da Língua Portuguesa (Decreto Legislativo nº 54, de 1995).

Editor responsável: Lucas de Sena Lima
Assistente editorial: Jaciara Lima da Silva
Preparação: Mariana Delfini
Revisão: Thamiris Leiroza e Thiago Lins
Diagramação: Ilustrarte Design e Produção Editorial
Capa: Delfin [Studio DelRey]

1ª edição, 2020 - 4ª reimpressão, 2024

CIP-BRASIL. CATALOGAÇÃO NA PUBLICAÇÃO
SINDICATO NACIONAL DOS EDITORES DE LIVROS, RJ

B79h

Bradbury, Ray, 1920-2012
    O homem ilustrado / Ray Bradbury ; tradução Eric Novello. - 1. ed. - Rio de Janeiro : Biblioteca Azul, 2020.
    320 p. ; 21 cm.

    Tradução de : The illustrated man
    ISBN 978-65-5830-006-9

    1. Ficção americana. 2. Contos americanos. I. Novello, Eric. II. Título.

20-66329   CDD: 810
                                                        CDU: 821.111(73)

Camila Donis Hartmann - Bibliotecária - CRB-7/6472

Direitos de edição em língua portuguesa para o Brasil
adquiridos por
Editora Globo S. A.
Rua Marquês de Pombal, 25 – 20230-240
Rio de Janeiro – RJ
www.globolivros.com.br

Para Henry Kuttner, com meu muito obrigado
por sua ajuda e incentivo neste livro.

Este livro é para PAI, MÃE e SKIP, com amor.

SUMÁRIO

Dançando para não estar morto 9

Prólogo: O Homem Ilustrado 15

A savana..23

Caleidoscópio 45

O jogo virou...59

A estrada...77

O homem..83

A longa chuva 101

O Homem do Foguete 121

A última noite do mundo 137

Os exilados 143

Nenhuma noite ou manhã específica 163

A raposa e a floresta 177

O visitante 199

O misturador de concreto 219

Marionetes, S.A. 247

A cidade 259

Hora zero 271

O foguete 285

O Homem Ilustrado 299

Epílogo 317

DANÇANDO PARA NÃO ESTAR MORTO

UMA INTRODUÇÃO POR RAY BRADBURY

NUMA NOITE, AO ME servir *une grande beer*, meu amigo garçom Laurent, que trabalhava na Brasserie Champs du Mars, nos arredores da Torre Eiffel, me explicou sua vida.

— Trabalho de dez a doze horas, às vezes catorze — ele diz. — Depois, à meia-noite eu saio para dançar, dançar e dançar até umas quatro ou cinco da manhã, e aí vou para a cama, dormir até umas dez. Então é hora de levantar e ir para o trabalho às onze, e passar mais dez ou doze, ou às vezes quinze horas, trabalhando.

— Como você consegue? — eu pergunto.

— Fácil — ele responde. — Dormir é estar morto. É como morrer. Então dançamos. Dançamos para não estarmos mortos. Não queremos isso.

— Quantos anos você tem? — pergunto, finalmente.

— Tenho vinte e três — ele responde.

— Ah — eu digo, segurando gentilmente no seu cotovelo. — Você disse vinte e três?

— Vinte e três — ele diz, sorrindo. — E *você*?

— Setenta e seis — eu respondo. — E tampouco quero estar morto. Mas não tenho vinte e três. Como posso responder? O que *eu* faço?

— Sim — disse Laurent, ainda sorrindo e inocente. — O que *você* faz às três da manhã?

— Escrevo — digo, finalmente.

— Escreve! — Laurent diz, espantado. — *Escreve?*

— Para não estar morto — digo. — Que nem você.

— Que nem eu?

— Sim — digo, também sorrindo. — Às três da manhã eu escrevo, escrevo e escrevo!

— Você tem muita sorte — diz Laurent. — Você é muito jovem.

— Por enquanto — digo. Termino minha cerveja e subo até minha máquina de escrever para finalizar uma história.

Então, qual é a minha coreografia para enganar a morte?

Uma história após a outra, *O Homem Ilustrado* esconde metáforas prestes a explodir.

Na maioria dos casos eu nem sei quais metáforas estão prestes a serem impressas a partir da minha retina.

Teorizamos sobre o que acontece no cérebro, mas ele é uma área em grande medida inexplorada. O trabalho de um escritor é atrair essas coisas para fora e ver o que acontece. A surpresa, como eu já disse várias vezes, é tudo.

Veja "Caleidoscópio", por exemplo. Decidi numa manhã, quarenta e seis anos atrás, explodir um foguete e arremessar meus astronautas na imensidão do espaço para ver o que aconteceria.

O resultado é uma história republicada em incontáveis antologias e que apareceu e reapareceu em auditórios de escolas e faculdades. Alunos de todo o país encenaram a história em aula, para me ensinar mais uma vez que um teatro não precisa de palco, luzes, figurino ou som. Só atores na escola, na garagem de alguém ou na frente de uma loja, dizendo as falas e sentindo a paixão.

O palco limpo de Shakespeare ainda permanece como um bom exemplo. Ao assistir às crianças encenando o território sombrio de "Caleidoscópio" numa tarde ensolarada de verão no vale de San Fernando, decidi escrever e montar a minha própria versão. Como se enfiam um milhão de quilômetros de voo interplanetário num palco de doze por seis metros? Você vai lá e *faz*. E, quando o último meteoro humano cai flamejante do céu, não existe um olho seco na plateia. Todo o tempo, o espaço e as batidas do coração de sete homens estão presos em palavras que, quando ditas, os libertam.

E se é um termo essencial para muitas dessas histórias.

E se você aterrissasse num mundo distante um dia depois de Cristo ter ido embora para algum outro lugar? Ou, e se Ele ainda estivesse lá, esperando? Daí "O homem".

E se você pudesse criar um mundo dentro de uma sala, que quarenta anos depois seria chamado de primeira realidade virtual, e colocasse uma família nessa sala, cujas paredes poderiam afetar suas mentes e induzir a pesadelos? Construí a sala na minha máquina de escrever e deixei minha família explorá-la. Ao meio-dia, os leões tinham saltado das paredes e meus filhos estavam tomando chá no final.

E se um homem pudesse encomendar um robô marionete que fosse seu clone perfeito? O que aconteceria se o deixasse com sua esposa enquanto saía à noite? "Marionetes, s.a."

E se todos os seus escritores preferidos na infância se escondessem em Marte porque seus livros estavam sendo queimados na Terra? "Os exilados." O início de mais incêndios que três anos depois eu faria com livros: *Fahrenheit 451.*

E se pessoas negras (nós as chamávamos de "pessoas de cor" quando escrevi "O jogo virou", em 1949) chegassem em Marte primeiro, criassem raízes, construíssem cidades e se preparassem para dar as boas-vindas aos brancos quando eles chegassem? O que aconteceria em seguida? Escrevi a história para descobrir. Então não consegui que uma revista americana comprasse a história. Foi muito tempo antes do Movimento dos Direitos Civis, a Guerra Fria estava começando e o Comitê de Atividades Antiamericanas do Senado estava fazendo reuniões comandadas por Parnell Thomas (Joseph McCarthy chegaria mais tarde). Nesse clima, nenhum editor queria aterrissar em Marte com meus imigrantes negros. Finalmente ofereci "O jogo virou" para a *New Story*, uma revista de Paris editada pelo filho de Martha Foley, David.

E, mais uma vez, *e se* você tivesse um monte de sucata no seu quintal? Ficaria tentado a soldar as peças e fazer uma viagem até a Lua? Existia um ferro-velho assim uns quinze metros atrás da minha casa em Tucson, no Arizona, quando eu tinha doze anos. Lá eu fazia viagens até a Lua no final da tarde e depois corria para o cemitério de locomotivas a dois quarteirões de distância, subindo nos motores a vapor abandonados para assobiar até Kankakee, Oswego, ou até a distante Rockaway. Entre o foguete do ferro-velho e as locomotivas antigas, eu nunca parava em casa. Daí "O foguete".

Os *e se* ricocheteavam na minha cabeça.

Em outras palavras, o lado esquerdo do meu cérebro, se é que *existe* um lado esquerdo, sugeria. O lado direito do meu cérebro, se é que *existe* um lado direito, organizava.

Não adianta sugerir na esquerda se nada estiver acontecendo na direita. Tive sorte com a minha genética. Deus, o cosmos, a força da vida, o que quer que seja, fez meu lado direito ser um apanhador de qualquer coisa que o campo esquerdo arremessasse na sua direção. Uma metade, a esquerda, parece óbvia. A outra, a direita, permanece misteriosa, desafiando-o a ir encontrá-la na luz. A sessão mediúnica, ou seja, a máquina de escrever, computador, caneta, lápis e papel estão lá para apanhar os fantasmas antes de eles se dissiparem no ar.

Chega de fazer graça, meu pai resmungaria. Seja claro, o que você quer dizer com isso?

O que estou tentando dizer é que o processo criativo se parece bastante com a forma antiga de fotografar com uma câmera enorme, você mexendo nas coisas debaixo de um pano preto, procurando imagens no escuro. Os retratados podem ter se mexido. Ou talvez tenha entrado luz demais. Ou menos luz do que o necessário. Só podemos sair fuçando, e fuçando rápido, torcendo para ter obtido alguma imagem.

Dito isso, essas são as imagens obtidas, que foram despertadas na alvorada, posaram no café da manhã e foram finalizadas ao meio-dia. Todas sem final às dez da manhã, todas com términos felizes ou infelizes somente depois do almoço, ou com café fraco e conhaque forte às quatro.

Arriscando-me no amor, como dizia uma velha canção.

Ou, nas palavras da canção "Twelve Chairs", de Mel Brooks:

"Hope for the best,
Expect the worst,
You could be Tolstoy
*Or Fannie Hurst"**

---

* Em tradução literal, "Torça pelo melhor,/ Espere pelo pior/ Você poderia ser Tolstói/ Ou Fannie Hurst". Fannie Hurst foi uma romancista estadunidense usada como exemplo de autor popular de baixo valor literário.

Quis ser como H.G. Wells ou fazer companhia a Júlio Verne. Quando encontrei meu lugar entre os dois, fiquei em êxtase.

Termino como comecei. Com meu amigo garçom parisiense, Laurent, dançando a noite toda, dançando e dançando.

Minhas canções e coreografias estão aqui. Elas preencheram meus anos, os anos em que me recusei a morrer. E para isso eu escrevi, escrevi e escrevi, fosse meio-dia ou três da manhã.

Para não estar morto.

PRÓLOGO

O HOMEM ILUSTRADO

ERA UMA TARDE QUENTE no início de setembro quando encontrei o Homem Ilustrado pela primeira vez. Eu passava por uma estrada asfaltada, estava no trecho final de uma caminhada de duas semanas pelo estado de Wisconsin. No fim da tarde parei, comi um pouco de carne de porco, feijão e uma rosquinha. Estava me preparando para me alongar e ler quando o Homem Ilustrado escalou a colina e ali ficou um momento, o céu destacando seus contornos.

Na época eu não sabia que ele era ilustrado. Só sabia que ele era alto e já tinha sido musculoso, mas agora, por algum motivo, estava engordando. Lembro que seus braços eram longos e as mãos, grandes, mas o rosto parecia o de uma criança, colado a um corpo imenso.

Ele pareceu apenas sentir minha presença, pois não olhou diretamente para mim quando disse suas primeiras palavras:

— Você saberia me dizer onde consigo arrumar um emprego?

— Infelizmente não — respondi.

— Faz quarenta anos que não consigo um emprego duradouro — ele disse.

Apesar do calor no final da tarde, ele vestia sua camisa de flanela justa, abotoada até o pescoço. As mangas estavam desenroladas e abotoadas por cima dos seus pulsos grossos. Escorria suor do seu rosto, mas ele não fazia qualquer menção de abrir a camisa.

— Bom — ele disse, finalmente —, este parece um lugar razoável para passar a noite. Se importa de ter companhia?

— Tenho um pouco de comida sobrando que você pode aproveitar, se quiser — eu disse.

Ele se sentou pesadamente, com um grunhido de esforço.

— Você vai se arrepender de ter me pedido para ficar — ele disse. — Todo mundo se arrepende. Por isso estou caminhando. Aqui estamos, início de setembro, no melhor da temporada de festivais do Dia do Trabalhador. Eu deveria estar ganhando um monte de dinheiro em alguma comemoração de cidade pequena, mas aqui estou, sem perspectivas.

Ele tira um sapato imenso e o examina de perto.

— Costumo manter um emprego por cerca de dez dias. Aí alguma coisa acontece e sou despedido. A essa altura nenhum circo dos Estados Unidos chegaria nem perto de mim.

— Qual é o problema? — perguntei.

Para me responder, ele desabotoou o colarinho apertado lentamente. Com os olhos cerrados, desabotoou devagar sua camisa até embaixo. Deslizou seus dedos para dentro para sentir seu peito.

— É engraçado — ele disse, olhos ainda fechados. — Não dá para senti-las, mas elas estão aí. Sempre torço para um dia olhar e elas terem desaparecido. Caminho no sol por horas nos dias mais quentes, cozinhando, torcendo para meu suor lavá-las, para o sol queimá-las, tirando-as de mim, mas, quando o sol se põe, elas ainda estão aí. — Ele virou a cabeça ligeiramente na minha direção e expôs o peito. — Elas ainda estão aí agora?

Depois de algum tempo, soltei a respiração.

— Sim — eu disse — ainda estão aí.

As ilustrações.

— Outro motivo para manter a gola abotoada — ele disse, abrindo os olhos — são as crianças. Elas me seguem pelas estradas rurais. Todas querem ver as imagens, ao mesmo tempo que ninguém quer vê-las.

Ele tirou a camisa e a amassou em suas mãos. Estava coberto de ilustrações, desde o anel azul tatuado em volta do pescoço até a linha da cintura.

— Continua para baixo — ele disse, adivinhando meus pensamentos. — Sou todo ilustrado. Veja.

Ele abriu a mão. Na palma havia uma rosa, recém-cortada, com gotas de água cristalina no meio das macias pétalas rosadas. Estiquei minha mão para encostar nela, mas era apenas uma ilustração.

Quanto ao resto dele, não sei dizer por quanto tempo parei e observei, pois ele era um tumulto de foguetes, fontes e pessoas, em detalhes e cores tão complexos que era possível ouvir as vozes da multidão que habitava seu corpo murmurando, baixinho. Quando sua carne tremia, as minúsculas bocas abriam e fechavam, os minúsculos olhos verdes e dourados piscavam, as minúsculas mãos cor-de-rosa gesticulavam. Havia pradarias amarelas, rios azuis e montanhas, estrelas, sóis e planetas espalhados numa Via Láctea pelo seu peito. As pessoas estavam em vinte ou mais grupos diferentes nos seus braços, ombros, costas, flancos e punhos, bem como na planície da sua barriga. Podia-se encontrá-los em florestas de pelos, espreitando entre uma constelação de sardas ou espiando de cavernas de axilas, olhos de diamante brilhando. Cada um parecia concentrado em sua própria atividade; cada um deles, um retrato diferente em uma galeria.

— Ora, são incríveis — eu disse.

Como poderia explicar as ilustrações? Se El Greco, em seu auge, tivesse pintado miniaturas, nenhuma maior que uma mão, infinitamente detalhadas, com todas as suas cores sulfúricas, suas formas e anatomia, talvez ele tivesse usado o corpo desse homem para sua arte. As cores ardiam em três dimensões. Eram janelas para observar uma realidade incandescente. Aqui, reunidas numa parede, estavam todas as cenas mais refinadas do universo; o homem era uma galeria ambulante de tesouros. Isso não era obra de algum tatuador barato de circo, com três cores e um bafo de uísque. Essa era a realização de um gênio vivo, vibrante, clara e linda.

— Ah, sim — disse o Homem Ilustrado. — Tenho tanto orgulho das minhas ilustrações que gostaria de queimá-las. Já tentei lixa, ácido, uma faca...

O sol estava se pondo, a lua já tinha subido no leste.

— Pois, veja — disse o Homem Ilustrado —, essas ilustrações preveem o futuro.

Eu não disse nada.

— Durante o dia não tem problema — ele prosseguiu. — Eu poderia manter um trabalho diurno num circo. Mas à noite as imagens se movem. As figuras mudam.

Eu devo ter sorrido.

— Faz quanto tempo que é ilustrado?

— Em 1900, quando tinha vinte anos de idade e trabalhava num circo, quebrei a perna. Fiquei imobilizado, precisava me ocupar, então decidi ir atrás de uma tatuagem.

— Mas quem tatuou você? O que aconteceu com o artista?

— Ela voltou para o futuro — ele disse. — Estou falando sério. Era uma velha numa pequena casa no meio de Wisconsin, algum lugar não muito longe daqui. Uma bruxa velhinha que parecia ter mil anos em um instante e vinte anos no outro, mas ela disse que podia viajar pelo tempo. Eu ri. Agora sei que não era piada.

— Como você a conheceu?

Ele me contou. Ele tinha visto um anúncio pintado por ela na estrada: ILUSTRAÇÕES NA PELE! Ilustração, e não tatuagem! Artística! Então ele ficou sentado a noite inteira enquanto suas agulhas mágicas o picavam como vespas ou como abelhas delicadas. De manhã, ele parecia um homem que tinha caído numa prensa colorida de vinte tons e tinha sido espremido para fora, todo vibrante e pitoresco.

— Saio à caça dela todo verão há cinquenta anos — ele disse, jogando as mãos para o alto. — Quando encontrar aquela bruxa, vou matá-la.

O SOL JÁ TINHA ido embora. As primeiras estrelas estavam brilhando e a lua iluminava os campos de grama e trigo. Ainda assim, as imagens do Homem Ilustrado cintilavam como carvões na meia-luz, como rubis e esmeraldas espalhados, com cores de Rouault e Picasso e os corpos longos e esguios de El Greco.

— Então as pessoas me mandam embora quando as imagens se movem. Elas não gostam quando coisas violentas acontecem nas minhas ilustrações. Cada ilustração é uma pequena narrativa. Se observá-las, em alguns minutos elas contarão uma história. Em três horas, você poderia assistir a dezoito ou vinte histórias acontecendo no meu corpo, poderia escutar vozes e pensamentos. Está tudo ali, só esperando você olhar. Mas, acima de tudo, existe um espaço especial no meu corpo. — Ele exibe suas costas. — Está vendo? Não tem nenhum desenho especial no meu ombro direito, só uma confusão.

— Sim.

— Quando passo tempo suficiente com alguém, o espaço fica nebuloso e é preenchido. Se estou com uma mulher, sua imagem aparece ali nas minhas costas, em uma hora, e mostra sua vida toda: como ela viverá, como ela vai morrer, como ela será quando tiver sessenta anos. E, se for um homem, uma hora depois sua imagem está ali nas minhas costas. Mostra-o caindo de um penhasco ou morrendo atropelado por um trem. Então sou despedido novamente.

Enquanto falava, suas mãos ficaram o tempo todo perambulado sobre as ilustrações, como se fosse ajustar suas molduras, espanar pó... os gestos de um *connoisseur*, um patrono das artes. Então ele se reclinou, longo e cheio na luz da lua. Era uma noite quente. Não havia brisa e o ar estava abafado. Ambos estávamos sem camisa.

— E você nunca encontrou a velha?

— Nunca.

— E acha que ela veio do futuro?

— De que outro jeito ela saberia essas histórias que pintou em mim?

Ele fechou os olhos, cansado. Sua voz ficou ainda mais fraca.

— Às vezes, consigo senti-las de noite, as imagens, como formigas rastejando pela minha pele. Então sei que elas estão fazendo o que precisam fazer. Eu não olho mais para elas, só tento descansar. Não durmo muito. Não olhe para elas também, estou avisando. Vire para o outro lado quando for dormir.

Deitei a poucos metros dele. Ele não parecia violento, e as imagens eram lindas. Do contrário, eu teria ficado tentado a fugir dessas baboseiras. Mas as ilustrações... Eu deixei meus olhos se alimentarem delas. Qualquer pessoa ficaria um pouco maluca com coisas assim no próprio corpo.

A noite estava tranquila. Podia ouvir a respiração do Homem Ilustrado à luz da lua. Grilos se remexiam gentilmente nas ravinas distantes. Eu estava deitado de lado para poder observar as ilustrações. Talvez meia hora tivesse se passado. Eu não sabia se o Homem Ilustrado tinha dormido, mas subitamente o ouvi sussurrar:

— Estão se movendo, não estão?

Eu esperei um minuto.

Então disse:

— Sim.

As imagens estavam se movendo, uma por vez, cada uma por um ou dois breves minutos. Ali, à luz da lua, com os minúsculos pensamentos brilhantes e as vozes distantes do mar, cada pequeno drama parecia ser encenado. Se os dramas levavam uma ou três horas para terminar, era difícil dizer. Eu só sei que fiquei ali, fascinado, e não me movi enquanto as estrelas corriam pelo céu.

Dezoito ilustrações, dezoito histórias. Eu as contei uma por uma.

De início, meus olhos se concentraram numa cena, uma casa grande com duas pessoas nelas. Vi um bando de abutres num céu de carne ardente, vi leões amarelos e ouvi vozes.

A primeira ilustração estremeceu e ganhou vida...

A SAVANA

— George, queria que você desse uma olhada no berçário.

— O que tem de errado com ele?

— Não sei.

— Pois então.

— Só queria que desse uma olhada nele, só isso, ou chamasse um psicólogo para dar uma olhada.

— O que um psicólogo faria em um berçário?

— Sabe muito bem o que ele faria. — A esposa parou no meio da cozinha e observou o fogão ocupado zumbindo para si mesmo, preparando jantar para quatro pessoas.

— É só que o berçário está diferente do que era antes.

— Certo, vamos lá ver.

Eles caminharam pelo corredor de sua Casa Vida Feliz com isolamento acústico que custara trinta mil dólares para ser instalada, a casa que os mantinha vestidos, alimentados e colocava-os para dormir, tocando e cantando e cuidando deles. Ao se aproximarem, um sensor se ativou em algum lugar e a luz do berçário acendeu quando chegaram a três metros dele. De forma similar, atrás deles, nos corredores, luzes se acenderam e apagaram conforme eles passavam, com suave automação.

— Pois bem — disse George Hadley.

Eles estavam de pé no chão de palha do berçário. Com doze metros de comprimento por doze de largura e nove de altura, tinha custado metade do resto da casa.

— Nossas crianças merecem — George dissera.

O berçário estava silencioso. Estava tão vazio quanto uma clareira de uma selva no calor do meio-dia. As paredes estavam vazias e bidimensionais. Nesse momento, enquanto George e Lydia Hadley estavam parados no centro do quarto, as paredes começaram a ronronar e recuar para um horizonte cristalino, assim parecia, e então uma savana africana apareceu, em três dimensões, de todos os lados, em cores reproduzidas até o último pedregulho e pedaço de palha. O teto acima deles virou um céu profundo com um sol amarelo quente.

George Hadley sentiu o suor brotar em sua testa.

— Vamos sair desse sol — ele disse. — Isso está um pouco realista demais. Mas não vejo nada de errado.

— Espere um instante, você vai ver — disse sua esposa.

Os odorofônicos ocultos estavam começando a soprar uma brisa aromática na direção das duas pessoas no meio da savana abafada. O cheiro de palha quente da grama de leão, o cheiro verde fresco do lago oculto, o forte cheiro enferrujado de animais, o cheiro de pó como páprica vermelha no ar quente. E agora os sons: a batida de pés distantes de antílopes no solo gramado, o farfalhar de abutres como o som de papel. Uma sombra passa pelo céu. A sombra passa pelo rosto suado de George Hadley, virado para cima.

— Criaturas imundas. — Ele ouve sua esposa dizer.

— Os abutres.

— Veja, há leões bem longe naquela direção. Estão a caminho do lago. Eles comeram recentemente — disse Lydia. — Só não sei o quê.

— Algum animal. — George Hadley levanta sua mão para proteger os olhos apertados contra a luz ardente. — Uma zebra ou uma girafa bebê, talvez.

— Você tem certeza? — Sua esposa soa particularmente tensa.

— Não, é um pouco tarde para ter *certeza* — ele disse, em tom de brincadeira. — Não consigo ver nada lá além de ossos limpos e os abutres descendo para pegar o que sobrou.

— Você ouviu o grito? — ela perguntou.

— Não.

— Cerca de um minuto atrás?

— Desculpe, não.

Os leões estavam vindo. E mais uma vez George Hadley ficou cheio de admiração pelo gênio mecânico que tinha concebido esse quarto. Um milagre da eficiência à venda por um preço absurdamente baixo. Toda casa deveria ter um assim. Ah, de vez em quando eles assustavam pela precisão clínica, davam um susto em você, faziam-no tremer, mas a maior parte do tempo, que diversão para todos, não apenas para seu filho ou filha, mas para você mesmo, quando sentia vontade de passear rapidamente por uma terra estrangeira, uma rápida mudança de cenário. Pois bem, aqui estava!

E aí estavam os leões agora, a uns cinco metros de distância, tão reais, tão febril e surpreendentemente reais, que era possível sentir os pelos pinicando sua mão, e sua boca se enchia com o cheiro de estofamento empoeirado emanando de suas peles aquecidas, e o amarelo da cor deles se mostrava aos seus olhos como a cor de uma tapeçaria exótica francesa, o amarelo de leões e da grama de verão, e o som de pulmões de leões foscos expirando no silêncio do meio-dia, e o cheiro de carne de suas bocas abertas, ofegantes e babadas.

Os leões pararam, encarando George e Lydia Hadley com olhos verde-amarelados terríveis.

— Cuidado! — gritou Lydia.

Os leões avançaram correndo na direção deles.

Lydia virou e correu. Instintivamente, George acelerou atrás dela. Do lado de fora, atrás da porta fechada com força, ele estava rindo e ela, chorando, e um estava chocado com a reação do outro.

— George!

— Lydia! Minha pobre querida Lydia!

— Eles quase pegaram a gente!

— São paredes, Lydia, lembre-se disso; paredes de cristal, são apenas isso. Eles parecem de verdade, devo admitir... a África na sua sala de estar... mas é tudo feito de filmes coloridos superacionários dimensionais e supersensitivos, e filme mental, por trás de telas de vidro. É tudo odorofônico e sônico, Lydia. Aqui, pegue meu lenço.

— Estou com medo. — Ela foi até ele e colocou seu corpo contra o dele, chorando persistentemente. — Você viu? Sentiu? É real demais.

— Lydia, por favor...

— Você precisa dizer a Wendy e Peter para pararem de ler sobre a África.

— Claro... é claro. — Ele colocou a mão no ombro dela.

— Promete?

— Sim.

— E tranque o berçário por alguns dias até eu me acalmar.

— Você sabe como Peter odeia isso. Quando o castiguei um mês atrás, trancando o berçário por apenas algumas horas... ele deu um chilique e tanto! Wendy também. Eles *amam* o berçário.

— Ele precisa ficar trancado, é simples assim.

— Está bem. — Relutante, ele trancou a enorme porta. — Você tem trabalhado demais. Precisa descansar.

— Eu não sei... eu não sei — ela disse, assoando o nariz, sentando-se numa cadeira que imediatamente começa a balançar e confortá-la. — Talvez eu não tenha o suficiente para fazer. Talvez tenha tempo demais para pensar. Por que não desligamos essa casa toda por alguns dias e tiramos férias?

— Está dizendo que fritaria ovos para mim?

— Sim — ela assente.

— E remendaria minhas meias?

— Sim. — Ela assente freneticamente, olhos molhados.

— E varreria a casa?

— Sim, sim... com certeza!

— Mas eu achei que fosse esse o motivo de compramos essa casa, para que não precisássemos fazer nada.

— É exatamente esse o problema. Sinto como se eu não tivesse lugar aqui. A casa é esposa e mãe, e agora babá. Como eu poderia competir com uma savana africana? Como poderia dar banho e esfregar as crianças com a eficiência e rapidez com que a banheira com escova automática consegue? Não posso. E não sou só eu. Você também. Você tem estado muito nervoso ultimamente.

— Talvez eu esteja fumando demais.

— Também parece não saber o que fazer nesta casa. Você fuma um pouco mais a cada manhã, bebe um pouco mais a cada tarde e precisa de um pouco mais de sedativos a cada noite. Você também está começando a se sentir desnecessário.

— Estou? — Ele parou e tentou refletir para ver o que realmente estava acontecendo.

— Ah, George! — Ela olha para além dele, para a porta do berçário. — Esses leões não conseguem escapar daí, conseguem?

Ele olhou para a porta e a viu tremer, como se alguma coisa tivesse pulado contra ela do outro lado.

— É claro que não — ele disse.

No JANTAR, COMERAM SOZINHOS, pois Wendy e Peter estavam num circo plástico especial do outro lado da cidade e tinham videocomunicado que se atrasariam e, por isso, seus pais deveriam começar a comer sem eles. Então George Hadley, confuso, sentou-se para assistir à mesa de jantar produzir pratos quentes de comida no seu interior mecânico.

— Esquecemos do ketchup — ele disse.

— Desculpe — disse uma voz baixa dentro da mesa, e o ketchup apareceu.

Quanto ao berçário, pensou George Hadley, não será de todo mal para as crianças mantê-lo trancado por um tempo. Nada em excesso faz bem. E claramente as crianças estavam passando tempo demais na África. Aquele *sol*. Ele ainda podia senti-lo na sua nuca, como uma pata quente. E os *leões*. E o cheiro de sangue. Incrível como o berçário captava as transmissões telepáticas das mentes das crianças e criava vida para atender a cada um dos seus desejos. Se as crianças pensavam em leões, lá estavam os leões. As crianças pensavam em zebras, e lá estavam zebras. Sol... sol. Girafas... girafas. Morte e morte.

Essa *última*. Ele parou para mastigar sem saborear a carne que a mesa tinha cortado para ele. Pensamentos sobre a morte. Eram jovens demais, Wendy e Peter, para pensar na morte. Ou não, nunca se é jovem demais para isso, na verdade. Muito tempo antes de saber o que era a morte, você a deseja para outras pessoas. Quando tinha dois anos de idade e atirava em pessoas com pistolas de espoleta. Mas isso, a savana africana extensa e quente, a morte terrível nas mandíbulas de um leão. Repetida de novo e de novo.

— Aonde está indo?

Ele não respondeu à pergunta de Lydia. Preocupado, deixou as luzes brilharem suavemente à sua frente, apagando atrás dele conforme caminhava em silêncio até a porta do berçário. Parou para escutar. Lá longe, um leão rugia.

Ele destrancou a porta e a abriu. Logo antes de dar um passo para dentro, ouviu um grito longínquo. E então outro rugido dos leões, que diminuiu rapidamente.

Caminhou para dentro da África. Quantas vezes no ano passado abriu essa porta e encontrou o país das maravilhas, Alice e a Tartaruga Falsa, ou Aladdin e sua lâmpada mágica, ou Jack Cabeça de Abóbora de Oz, ou Dr. Dolittle, ou uma vaca saltando por cima de uma lua muito realista, todos os detalhes deliciosos de um mundo de faz de conta. Quantas vezes não viu Pégaso voando pelo céu do teto, ou viu fontes de fogos de artifício vermelhos, ou ouviu vozes de anjos cantando. Mas agora, essa África amarela e quente, esse forno com assassinato no calor. Talvez Lydia estivesse certa. Talvez eles precisassem de umas férias da fantasia que estava ficando um pouco real demais para crianças de dez anos. Uma coisa era exercitar a mente com fantasias dinâmicas, mas e quando a mente vibrante da criança se acomodava em um único padrão...? Parecia que, no último mês, ele tinha ouvido leões rugindo ao longe e sentido o seu cheiro forte vazando até a porta do seu escritório. Mas, por ser um homem ocupado, ele não tinha prestado atenção.

George Hadley parou no meio da savana africana, sozinho. Os leões levantaram a cabeça de onde estavam se alimentando, observando-o. A única falha na ilusão era a porta aberta, através da qual podia enxergar sua esposa, no fundo do corredor escuro, como uma pintura numa moldura, comendo seu jantar, distraída.

— Vão embora — ele disse para os leões.

Eles não foram.

Ele sabia exatamente como o quarto funcionava. Você transmitia seus pensamentos. O que quer que pensasse, aparecia.

— Eu quero ver Aladdin e sua lâmpada — ele disse abruptamente.

A savana permaneceu; os leões permaneceram.

— Vamos lá, quarto! Eu exijo Aladdin! — ele disse.

Nada aconteceu. Os leões resmungaram em suas pelagens quentes.

— Aladdin!

Ele voltou para o jantar.

— Aquela porcaria de quarto está com defeito — ele disse. — Ele não responde aos comandos.

— Ou...

— Ou o quê?

— Ou talvez não *consiga* responder — Lydia disse —, porque as crianças pensaram em África, leões e matanças por tantos dias que o quarto está preso nisso.

— Talvez.

— Ou talvez Peter o tenha configurado para ficar assim.

— *Configurado?*

— Ele pode ter entrado no maquinário e mexido em alguma coisa.

— Peter não entende de maquinários.

— Ele é esperto para alguém de dez anos. O QI que ele tem...

— Mesmo assim...

— Oi, mãe. Oi, pai.

Os Hadleys se viraram. Wendy e Peter entravam pela porta da frente, bochechas como balas de hortelã, olhos como bolas de gude de ágata azul vibrante, um cheiro de ozônio nos macacões por causa da viagem no helicóptero.

— Vocês chegaram bem em tempo de jantar — disseram ambos os pais.

— Estamos entupidos de sorvete de morango e cachorros--quentes — as crianças responderam, dando as mãos. — Mas podemos sentar e assistir.

— Sim, venham nos contar sobre o berçário — disse George Hadley.

Irmão e irmã piscaram para ele e então um para o outro.

— Berçário?

— Sim, sobre a África e tudo mais — disse o pai com falsa jovialidade.

— Não estou entendendo — disse Peter.

— Sua mãe e eu estávamos viajando pela África com vara de pescar e câmera fotográfica; Tom Swift e seu Leão Elétrico — disse George Hadley.

— Não tem nenhuma África no berçário. — Peter disse simplesmente.

— Por favor, Peter. Sabemos muito bem o que tem lá.

— Não lembro de nenhuma África — disse Peter para Wendy.

— E você?

— Não.

— Corre lá para ver e depois fala pra gente.

Ela obedeceu.

— Wendy, volte aqui! — disse George Hadley, mas ela já tinha ido embora. As luzes da casa a seguiram como um enxame de vaga-lumes. Tarde demais, ele se deu conta de que tinha esquecido de trancar o berçário depois da última inspeção.

— A Wendy vai ver e depois conta pra gente — disse Peter.

— Para *mim* ela não precisa contar nada. Eu vi.

— Tenho certeza de que se enganou, pai.

— Não mesmo, Peter. Venha comigo.

Mas Wendy tinha voltado.

— Não é a África — ela disse, sem fôlego.

— Veremos — disse George Hadley, e todos caminharam pelo corredor juntos e abriram a porta do berçário.

Havia uma floresta verde e amigável, um rio adorável, uma montanha roxa, vozes altas cantando e Rima, adorável e misteriosa, à espreita entre as árvores com grupos coloridos de borboletas, como buquês animados, pousadas em seus longos cabelos. A savana africana tinha sumido. Os leões tinham sumido. Só existia Rima lá agora, cantando uma música linda, de levar às lágrimas.

George Hadley observou a cena diferente.

— Vão para a cama — ele disse para as crianças.

Elas abriram a boca.

— Vocês me ouviram — ele disse.

Eles foram até o armário de ar, onde um vento os sugou como folhas secas subindo pela tubulação e os levou até seus quartos de repouso.

George Hadley caminhou pela clareira cantante e pegou algo que estava caído no canto perto de onde os leões haviam estado. Caminhou de volta lentamente até a esposa.

— O que é isso? — ela perguntou.

— Uma carteira velha minha — ele disse.

Ele mostrou a carteira a ela. Cheirava a grama quente e a leão. Havia gotas de saliva nela, ela fora mastigada, e tinha manchas de sangue dos dois lados.

Ele fechou a porta do berçário e a trancou bem fechada.

No meio da noite, ele ainda estava acordado e sabia que sua esposa também.

— Você acha que Wendy mudou o lugar? — ela por fim disse, no quarto escuro.

— É claro.

— Mudou da savana para uma floresta e colocou Rima lá em vez dos leões?

— Sim.

— Por quê?

— Não sei. Mas vai ficar trancado até eu descobrir.

— Como sua carteira chegou lá?

— Eu não sei de nada — ele disse. — Só que estou começando a me arrepender de termos comprado o quarto para as crianças. Se crianças tiverem algum tipo de neurose, um quarto como aquele...

— Deveria ajudá-las a processar suas neuroses de uma forma saudável.

— Começo a duvidar — ele disse, encarando o teto.

— Sempre demos aos nossos filhos tudo o que eles quiseram. E recebemos em troca... segredos e desobediência?

— Quem foi que disse que "Crianças são como tapetes, de vez em quando é necessário pisar nelas"? Nunca levantamos uma mão. Eles são insuportáveis, precisamos admitir isso. Eles vêm e vão quando querem e nos tratam como se *nós* fôssemos as crianças. São mimados, e nós também.

— Eles andam agindo estranho desde que você os proibiu de levar o foguete para Nova York alguns meses atrás.

— Eles não têm idade para fazer isso sozinhos, eu expliquei.

— Seja como for, notei que eles andam mais frios com a gente desde então.

— Acho que vou pedir para o David McClean vir amanhã de manhã dar uma olhada na África.

— Mas não é mais África, é o lugar de *A flor que não morreu*.

— Algo me diz que até lá voltará a ser África.

Um instante depois eles ouviram os gritos.

Dois gritos. Duas pessoas gritando lá de baixo. Em seguida, o rugido de leões.

— Wendy e Peter não estão nos seus quartos — disse sua esposa.

Ele continuou deitado, coração acelerado.

— Não — ele disse. — Eles invadiram o berçário.

— Esses gritos… eles soam familiares.

— É?

— Sim, bastante.

E, embora suas camas tentassem obstinadamente, os dois adultos se recusaram a ser colocados para dormir por mais uma hora. Havia um cheiro felino no ar noturno.

— Pai? — Peter disse.

— Sim.

Peter encarou seus sapatos. Ele não olhava mais para seu pai nem para sua mãe.

— Você não vai trancar o berçário de vez, né?

— Isso depende.

— De quê? — Peter retrucou abruptamente.

— De você e da sua irmã. Se alternarem essa África com um pouco mais de variedade, não sei, talvez Suécia, ou Dinamarca, ou China...

— Achei que éramos livres para brincar como quiséssemos.

— São, dentro de limites razoáveis.

— Qual o problema com a África, pai?

— Então resolveu admitir que estava conjurando a África, hein?

— Eu não quero que você tranque o berçário — Peter disse, friamente. — Nunca.

— Para falar a verdade, estamos pensando em desligar a casa inteira por cerca de um mês. Viver uma espécie de vida tranquila, um por todos.

— Isso parece horrível! Eu teria que amarrar meus próprios cadarços em vez de deixar o amarrador de sapatos fazer isso? Escovar meus próprios dentes, pentear meu próprio cabelo e me dar banho?

— Seria divertido variar, não acha?

— Não, seria terrível. Não gostei quando você tirou o pintor de quadros mês passado.

— Eu fiz isso porque queria que você aprendesse a pintar sozinho, filho.

— Não quero fazer nada além de olhar, escutar e cheirar; o que mais *existe* para se fazer?

— Está bem, vá brincar na África.

— Você vai desligar a casa em breve?

— Estamos pensando nisso.

— Acho que não devia mais pensar nisso, pai.

— Eu não vou aceitar ameaças do meu filho!

— Então tá. — Peter saiu andando a passos largos para o berçário.

* * *

— Eu cheguei na hora certa? — disse David McClean.

— Café da manhã? — perguntou George Hadley.

— Não, obrigado, já comi. Qual é o problema?

— David, você é psicólogo.

— Espero que sim.

— Bom, então, dê uma olhada no nosso berçário. Você o viu um ano atrás, quando veio nos visitar; notou algo estranho nele na época?

— Creio que não; a violência habitual, tendência de leve paranoia aqui e acolá, normal em crianças porque se sentem perseguidas constantemente pelos pais, mas nada de muito concreto.

Eles caminharam pelo corredor.

— Eu tranquei o berçário — o pai explicou — e as crianças o invadiram de novo durante a noite. Eu as deixei ficar para elas formarem os padrões e você poder ver.

Uma gritaria terrível veio do berçário.

— Lá está ele — disse George Hadley. — Veja o que acha disso.

Eles entraram no quarto das crianças sem bater.

Os gritos já tinham silenciado. Os leões estavam se alimentando.

— Corram lá para fora um instante, crianças — disse George Hadley. — Não, não mexam na combinação mental. Deixem as paredes como estão. Vão!

Sem as crianças por perto, os dois homens ficaram estudando os leões agrupados ao longe, comendo com grande deleite o que quer que tivessem capturado.

— Queria saber o que é aquilo — disse George Hadley. — Às vezes eu quase consigo enxergar. Acha que se trouxesse uns binóculos potentes para cá e...

David McClean deu uma risada seca.

— Acho difícil. — Ele se virou para estudar todas as quatro paredes. — Há quanto tempo isso vem acontecendo?

— Pouco mais de um mês.

— Certamente não dá uma *sensação* boa.

— Quero fatos, não sensações.

— Meu caro George, psicólogos nunca veem fatos. Eles só escutam sobre sentimentos, coisas vagas. Isso não está com uma cara boa, estou dizendo. Confie nas minhas sensações e instintos. Consigo perceber quando existe algo errado. E isso aqui está bem errado. Meu conselho é que esse quarto maldito inteiro seja desmontado e seus filhos venham me ver todo dia durante o próximo ano para tratamento.

— Tão ruim assim?

— Temo que sim. Um dos usos originais desses berçários era nos permitir estudar os padrões deixados nas paredes pela mente da criança, estudá-los com calma e ajudá-la. Nesse caso, contudo, o quarto se tornou um canal voltado para... pensamentos destrutivos, em vez de um escape deles.

— Não sentiu isso antes?

— Só senti que você tinha mimado seus filhos mais do que a média. E agora os está decepcionando de alguma forma. De que forma?

— Eu não deixei eles irem para Nova York.

— O que mais?

— Tirei algumas máquinas da casa e ameacei, um mês atrás, de fechar o berçário a menos que fizessem o dever de casa. Cheguei a fechá-lo para valer por alguns dias para mostrar que estava falando sério.

— Então é isso!

— Isso significa alguma coisa?

— Significa tudo. Onde antes eles tinham um Papai Noel, agora têm o Scrooge. As crianças preferem o Papai Noel. Você deixou esse quarto e essa casa substituírem você e sua esposa nas relações afetivas com seus filhos. Esse quarto se tornou a mãe e o pai deles, muito mais importante na vida deles do que os pais de verdade. E vocês resolveram desligá-lo. Não é de admirar que exista ódio aqui. Dá para senti-lo vindo do céu. Sinta esse sol. George, você precisará mudar sua vida. Como muitos outros, você se acostumou com o conforto. Morreria de fome amanhã se algo desse errado na sua cozinha. Você não saberia nem como fritar um ovo. Apesar disso, precisa desligar tudo. Começar do zero. Vai levar tempo. Mas transformaremos suas crianças más em boas crianças em um ano, pode apostar.

— Mas o choque não vai ser muito grande para as crianças se desligarmos o quarto de repente de uma vez?

— Não quero que mergulhem ainda mais fundo, só isso.

Os leões tinham encerrado seu banquete sanguinolento.

Os leões estavam de pé na beira da clareira observando os dois homens.

— Agora *eu* estou me sentindo perseguido — disse McClean. — Vamos sair daqui. Nunca gostei muito dessas porcarias de quartos. Me deixam nervoso.

— Os leões parecem reais, não é? — disse George Hadley. — Não teria algum jeito de eles...

— O quê?

— ... de eles *se tornarem* reais?

— Não que eu saiba.

— Alguma falha no maquinário, uma interferência ou algo assim?

— Não.

Eles foram até a porta.

— Imagino que o quarto não goste de ser desligado — disse o pai.

— Nada gosta de morrer, nem mesmo um quarto.

— Será que ele me-odeia por querer desligá-lo?

— A paranoia está rolando solta aqui hoje — disse David McClean. — Dá para segui-la como um rastro. Ei. — Ele se inclinou e pegou um cachecol ensanguentado. — Isso é seu?

— Não. — O rosto de George Hadley ficou tenso. — É da Lydia.

Eles foram juntos até a caixa de fusíveis e empurraram a alavanca que desligava o berçário.

As duas crianças estavam histéricas. Gritavam e pulavam e arremessavam coisas. Berravam, soluçavam, praguejavam e escalavam a mobília.

— Você não pode fazer isso com o berçário, não pode!

— Crianças, por favor.

As crianças se atiraram no sofá, choramingando.

— George — disse Lydia Hadley —, ligue o berçário, só por alguns instantes. Não pode ser tão abrupto.

— Não.

— Você não pode ser tão cruel.

— Lydia, está desligado e vai continuar desligado. E a porcaria da casa inteira morre aqui e agora. Quanto mais vejo a confusão em que nos metemos, mais fico enojado. Passamos tempo demais contemplando nossos umbigos eletrônicos e mecânicos. Meu Deus, precisamos e muito de um ar fresco!

E ele marchou pela casa desligando os relógios de voz, os fogões, aquecedores, engraxates de sapato, amarradores de sapato, os escovadores, esfregadores e massageadores corporais e todas as outras máquinas em que conseguiu pôr as mãos.

A casa parecia estar cheia de cadáveres. Um cemitério mecânico. Tão silenciosa. Nada daquela energia oculta das máquinas zumbindo, esperando para funcionar ao apertar de um botão.

— Não deixem eles fazerem isso! — chorou Peter olhando para o teto, como se estivesse falando com a casa, com o berçário. — Não deixe papai acabar com tudo. — Ele se virou para seu pai. — Ah, como odeio você!

— Insultos não vão levá-lo a lugar algum.

— Queria que você estivesse morto!

— E nós estivemos, por muito tempo. A partir de agora vamos realmente começar a viver. Em vez de sermos cuidados e mimados, vamos realmente *viver*.

Wendy ainda estava chorando e Peter se juntou mais uma vez a ela.

— Só um minuto, só um minutinho, só mais uma visita ao berçário — eles lamentaram.

— Ah, George — disse a esposa — não faria nenhum mal.

— Certo… certo, se for para eles calarem a boca. Um minuto só, entendido? E então será desligado para sempre.

— Papai, papai, papai! — As crianças cantaram, sorrindo com rostos molhados.

— E depois vamos sair de férias. David McClean está voltando em meia hora para nos ajudar na mudança e a chegar ao aeroporto. Eu vou me vestir. Você liga o berçário por um minuto, Lydia. Só um minuto, entendeu?

E os três saíram tagarelando enquanto ele se deixou ser sugado até o andar de cima pelo duto de ar e começou a se vestir. Um minuto depois, Lydia apareceu.

— Vou ficar aliviada quando estivermos fora daqui — ela disse, suspirando.

— Você os deixou no berçário?

— Eu queria vir me vestir também. Pois é, aquela África horrível. O que eles veem nela?

— Bom, em cinco minutos estaremos a caminho de Iowa. Pelo amor de Deus, como a gente veio parar nessa casa? O que nos levou a adquirir esse pesadelo?

— Orgulho, dinheiro, imprudência.

— Acho melhor a gente descer antes que as crianças sejam hipnotizadas pelas malditas feras novamente.

Foi quando ouviram as crianças chamando.

— Papai, mamãe, venham cá rápido... rápido!

Eles desceram pelo duto de ar e correram pelo corredor. As crianças não estavam à vista.

— Wendy? Peter!

Eles correram até o berçário. A savana estava vazia, exceto pelos leões esperando, encarando-os.

— Peter, Wendy?

A porta bateu.

— Wendy, Peter!

George Hadley e sua esposa giraram e correram até a porta.

— Abram a porta! — gritou George Hadley, tentando a maçaneta. — Ora, eles trancaram pelo lado de fora! Peter! — Ele bateu na porta. — Abram isso!

Ele ouviu a voz de Peter do lado de fora, perto da porta.

— Não deixem eles desligarem o berçário e a casa — ele dizia.

O sr. e a sra. Hadley bateram na porta.

— Vamos lá, não sejam ridículas, crianças. É hora de irmos. O sr. McClean chegará em um minuto e...

E então eles ouviram os sons.

Os leões cercando-os por três lados, na grama amarela da savana, andando pela palha seca, rugidos e rosnados em suas gargantas. Os leões.

O sr. Hadley olhou para sua esposa e eles se viraram e observaram as bestas lentamente avançando, se agachando, rabos parados.

O sr. e a sra. Hadley gritaram.

E de repente eles entenderam por que os outros gritos tinham soado tão familiares.

— BEM, CHEGUEI — disse David McClean na entrada do berçário. — Ah, olá. — Ele encarou as duas crianças sentadas no centro da clareira aberta fazendo um pequeno piquenique. Atrás delas estava o lago e a savana amarela, acima, o sol quente. Ele começou a suar. — Onde estão seus pais?

As crianças levantaram a cabeça e sorriram.

— Ah, eles devem voltar em breve.

— Ótimo, precisamos ir andando. — Ao longe, o sr. McClean viu os leões lutando e golpeando com suas garras e então se aquietando para se alimentar silenciosamente sob as árvores que os sombreavam.

Ele apertou os olhos para enxergar os leões, usando as mãos como proteção.

Os leões tinham terminado de se alimentar. Foram até a água matar a sede.

Uma sombra passou pelo rosto quente do sr. McClean. Muitas sombras passaram. Os abutres estavam descendo do céu ardente.

— Uma xícara de chá? — perguntou Wendy no silêncio.

* * *

O HOMEM ILUSTRADO SE remexia enquanto dormia. Ele virava e, cada vez que virava, outra imagem se destacava, colorindo suas costas, seu braço, seu punho. Ele esticou uma mão sobre a grama seca noturna. Os dedos se desenrolaram e ali na palma da sua mão outra ilustração ganhou vida. Ele se contorceu, e no seu peito passou a existir um espaço vazio de estrelas e escuridão, profunda, muito profunda, e algo se movia no meio das estrelas, alguma coisa mergulhando na escuridão, caindo enquanto eu assistia...

CALEIDOSCÓPIO

O PRIMEIRO IMPACTO RASGOU a lateral do foguete como um abridor de latas gigante. Os homens foram jogados no espaço como uma dúzia de sardinhas se contorcendo. Espalharam-se pelo mar escuro e a nave, em um milhão de pedaços, continuou, um enxame de meteoros em busca de um sol perdido.

— Barkley, Barkley, onde você está?

O som de vozes chamando como crianças perdidas numa noite fria.

— Woode, Woode!

— Capitão!

— Hollis, Hollis, aqui é Stone.

— Stone, aqui é Hollis. Onde você está?

— Eu não sei. Como poderia saber? Para onde fica o lado de cima? Estou caindo. Meu Deus, estou caindo.

Eles caíram. Caíram como pedregulhos caem em poços. Foram espalhados como um punhado de pedras é espalhado com um arremesso gigante. E agora, em vez de homens, eram apenas vozes... todo tipo de voz, desencarnadas e inflamadas, em vários graus de terror e resignação.

— Estamos nos afastando.

Isso era verdade. Hollis, girando de pernas para o ar, sabia que isso era verdade. De certo modo, ele sabia e não lutava contra isso. Estavam se separando para cada um seguir o seu caminho, e nada poderia trazê-los de volta. Estavam vestindo seus trajes espaciais selados com os tubos de vidro sobre os rostos pálidos, mas não tiveram tempo de encaixar suas unidades de força. Com elas, eles poderiam ser pequenos botes salva-vidas no espaço, salvando a si mesmos, salvando outros, se reunindo e se encontrando até formarem uma ilha de homens com algum plano. Mas sem as unidades de força presas aos ombros eram meteoros absurdos, cada um partindo para um destino diferente e inalterável.

Um período de talvez dez minutos se passou enquanto o terror inicial se dissipava e uma calma metálica ocupava seu lugar. O espaço começou a tecer suas vozes estranhas de um lado a outro, num grande tear escuro, cruzando, recruzando, criando um padrão final.

— Stone para Hollis. Quanto tempo podemos falar pelo telefone?

— Depende da velocidade com que você está seguindo por seu caminho e eu pelo meu.

— Uma hora, eu calculo.

— Deve ser por aí — disse Hollis, distraído e quieto. — O que aconteceu? — disse Hollis um minuto depois.

— O foguete explodiu, foi isso que aconteceu. Foguetes explodem.

— Qual a sua direção?

— Parece que vou bater na Lua.

— Estou indo na direção da Terra. De volta à boa e velha Mãe Terra a dezesseis mil quilômetros por hora. Vou queimar que nem um fósforo. — Hollis pensou nisso com uma estranha abstração mental. Ele parecia separado de seu corpo, observando-se cair cada vez mais pelo espaço, tão objetivo em relação a isso quanto tinha sido a respeito dos primeiros flocos de neve de um inverno de muito tempo atrás.

Os OUTROS ESTAVAM EM silêncio, pensando no destino que os tinha trazido a isso, cair, cair, sem poder fazer nada para mudar essa situação. Até o capitão estava silencioso, pois não havia comando ou plano que conhecesse para consertar as coisas.

— Ah, é um longo caminho até lá embaixo. Um longo caminho até lá embaixo, um caminho muito, muito, muito longo — disse uma voz. — Eu não quero morrer, não quero morrer, é um longo caminho até lá embaixo.

— Quem disse isso?

— Não sei.

— Stimson, eu acho. Stimson, é você?

— É um caminho muito, muito longo, e não estou gostando disso. Ah, Deus, não estou gostando disso.

— Stimson, aqui é Hollis. Stimson, está me ouvindo?

Uma pausa enquanto caíam, separando-se um do outro.

— Stimson?

— Sim — ele respondeu, finalmente.

— Stimson, calma. Estamos todos com o mesmo problema.

— Não quero estar aqui. Quero estar em outro lugar.

— Existe uma chance de sermos encontrados.

— Preciso ser, preciso ser — disse Stimson. — Não acredito nisso; não acredito que nada disso esteja acontecendo.

— É um pesadelo — disse alguém.

— Cale essa boca! — disse Hollis.

— Vem me fazer calar — diz a voz. Era Applegate. Ele riu com facilidade, com uma objetividade similar. — Vem aqui me fazer calar.

Pela primeira vez Holly sentiu a impossibilidade da sua posição. Foi tomado por uma grande fúria, porque queria mais do que tudo neste momento ser capaz de dar um jeito em Applegate. Ele quis por muitos anos fazer algo, e agora era tarde demais. Applegate era apenas uma voz ao telefone.

Caindo, caindo, caindo...

NESSE MOMENTO, COMO SE tivessem acabado de descobrir o horror, dois dos homens começaram a gritar. Em um pesadelo Hollis viu um deles passar flutuando, muito próximo, gritando e gritando.

— Pare com isso!

O homem estava quase ao alcance dos seus dedos, gritava insanamente. Ele nunca iria parar. Continuaria gritando por um milhão de quilômetros, enquanto estivesse ao alcance do rádio, perturbando todos eles, impossibilitando que conversassem uns com os outros.

Hollis esticou a mão. Era melhor assim. Fez um esforço adicional e encostou no homem. Segurou no tornozelo dele e se puxou ao longo do corpo até chegar à cabeça. O homem gritava e girava os braços freneticamente, como um nadador que se afogava. Os gritos preenchiam o universo.

De um jeito ou de outro, pensou Hollis. A Lua, a Terra ou meteoros iriam matá-lo, então por que não agora?

Esmagou a máscara de vidro do homem com seu punho de ferro. Os gritos pararam. Empurrou o corpo para longe e deixou-o seguir girando em sua própria rota, caindo.

Caindo, caindo pelo espaço, Hollis e os outros continuaram num mergulho profundo, interminável e silencioso.

— Hollis, ainda está aí?

Hollis não disse nada, mas sentiu o calor no rosto.

— Aqui é Applegate de novo.

— Certo, Applegate.

— Vamos conversar. Não temos mais nada para fazer.

O capitão interrompe.

— Chega disso. Precisamos achar um jeito de sair dessa.

— Capitão, por que você não cala a boca? — disse Applegate.

— O quê?

— Você me ouviu, capitão. Não vem com essa de hierarquia para cima de mim, você está a dezesseis mil quilômetros de distância a essa altura, não vamos nos enganar. Como Stimson disse, é um caminho muito, muito longo.

— Escute bem, Applegate!

— Nem vem. Esse é um motim de um homem só. Não tenho droga nenhuma a perder. Sua nave era uma porcaria de nave, você foi uma porcaria de capitão e espero que você se espatife quando acertar a Lua.

— Ordeno que pare!

— Vá em frente, ordene mais uma vez. — Applegate sorriu a dezesseis mil quilômetros de distância. O capitão se calou. Applegate continuou. — Onde estávamos, Hollis? Ah, sim, eu me lembro. Também te odeio. Mas você sabe disso. Sabe disso há muito tempo.

Hollis cerrou os punhos, impotente.

— Quero te contar algo — disse Applegate. — Deixar você feliz. Fui eu que vetei você na Empresa de Foguetes cinco anos atrás.

Um meteoro passa rapidamente. Hollis olha para baixo e sua mão esquerda desapareceu. Há sangue esguichando. De repente, não existe mais ar no seu traje. Ele ainda tinha ar suficiente nos pulmões para mover sua mão direita até lá e girar um botão no seu cotovelo esquerdo, apertando a articulação e vedando o vazamento. Aconteceu tão rápido que ele nem se surpreendeu. Nada mais o surpreendia. Com o vazamento contido, o ar voltou ao normal dentro do traje em um instante. E o sangue que tinha fluído tão rápido foi pressionado enquanto ele girava o botão ainda mais, até criar um torniquete.

Tudo isso aconteceu no meio de um silêncio terrível de sua parte. E os outros homens tagarelavam. Um deles, Lespere, falava e falava sobre sua esposa em Marte, sua esposa em Vênus, sua esposa em Júpiter, seu dinheiro, todas as suas aventuras, suas bebidas, suas apostas, sua felicidade. Sem parar, enquanto todos caíam. Lespere relembrava seu passado feliz enquanto caía rumo à morte.

ERA TÃO ESTRANHO. ESPAÇO, milhares de quilômetros de espaço, e as vozes vibrando no meio dele. Ninguém visível, apenas as ondas de rádio estremecendo e tentando provocar emoções em outros homens.

— Você está com raiva, Hollis?

— Não. — Ele não estava. A abstração retornara e ele era uma coisa de concreto insosso, caindo para sempre em direção ao nada.

— A vida inteira você quis chegar no topo, Hollis. Você sempre se perguntou o que aconteceu. Eu queimei o seu nome logo antes de ser despedido.

— Isso não é importante — disse Hollis. E não era. Já tinha acontecido. Quando a vida termina, é como uma cena de um filme iluminado, um instante na tela, todos os seus preconceitos e paixões condensados e iluminados por um instante no espaço e, antes que você tenha tempo de gritar "Houve um dia feliz e um dia ruim, ali um rosto perverso e ali um rosto amigável", o filme já queimou até virar cinzas, a tela ficou escura.

Dessa borda externa da sua vida, olhando em retrospecto, ele só tinha um remorso, desejar continuar vivendo. Será que todas as pessoas condenadas se sentiam assim, como se nunca tivessem vivido? A vida parecia assim tão curta, de fato, encerrada e concluída antes de você respirar? Parecia assim tão abrupta e impossível para todos ou só para ele, aqui, agora, com poucas horas restantes para pensar e refletir?

Outro homem, Lespere, estava falando.

— Bem, eu me diverti bastante: eu tinha uma esposa em Marte, Vênus e Júpiter. Todas tinham dinheiro e me tratavam bem. Fiquei bêbado e, certa vez, perdi vinte mil dólares numa aposta.

Mas você está aqui agora, pensou Hollis. Eu não tive nada disso. Quando estava vivo eu sentia inveja de você, Lespere; quando ainda tinha outro dia pela frente eu tinha inveja de suas mulheres e da sua diversão. As mulheres me assustavam e fui para o espaço, sempre desejando-as e com inveja de você por tê-las, e por ter dinheiro, e toda a felicidade que você conseguia ter do seu jeito selvagem. Mas agora, caindo, com tudo terminado, não sinto mais inveja de você, porque está tudo acabado para você do mesmo jeito que para mim, e nesse exato instante é como se nada tivesse acontecido. Hollis estica sua cara para a frente e grita no telefone.

— Está tudo acabado, Lespere!

Silêncio.

— É como se nada tivesse acontecido, Lespere!

— Quem está falando isso? — diz a voz hesitante de Lespere.

— Aqui é Hollis.

Ele estava sendo cruel. Sentia a crueldade, a crueldade sem sentido da morte. Applegate o havia ferido; agora ele queria ferir outra pessoa. Tanto Applegate quanto o espaço o haviam machucado.

— Você está aqui fora, Lespere. Está tudo acabado. É como se nada tivesse acontecido, não é mesmo?

— Não.

— Quando algo chega ao fim, é como se nunca tivesse acontecido. Como a sua vida é melhor do que a minha agora? O importante é o agora. E ele é melhor? É?

— Sim, é melhor!

— Como?

— Porque tenho meus pensamentos, eu lembro! — gritou Lespere, lá longe, indignado, apertando suas lembranças contra o peito com ambas as mãos.

E ele estava certo. Com uma sensação de água fria encharcando sua cabeça e seu corpo, Hollis sabia que ele estava certo. Havia diferenças entre memórias e sonhos. Ele só tinha sonhos sobre o que gostaria de fazer, enquanto Lespere guardava memórias de tudo que havia feito e realizado. E esse entendimento começou a despedaçar Hollis, com uma precisão lenta e trêmula.

— E do que isso adianta? — ele disse a Lespere. — Agora? Quando algo termina não serve para mais nada. Você não é melhor do que eu.

— Eu estou em paz — disse Lespere. — Tive minha vez. Não serei cruel no meu fim, como você.

— Cruel? — Hollis saboreou a palavra em sua boca. Nunca fora cruel na sua vida, até onde se lembrava. Nunca ousara ser cruel. Provavelmente havia guardado sua crueldade durante todos esses anos para uma oportunidade como essa. — Cruel. — Ele revirou a palavra no fundo de sua mente. Sentiu lágrimas brotarem nos seus olhos e escorrerem pelo rosto. Alguém deve ter ouvido sua voz arfante.

— Pega leve, Hollis.

Era ridículo, é claro. Um minuto atrás ele dava conselhos aos outros, a Stimson; tinha sentido uma coragem que considerou genuína e que agora sabia não passar de choque e da objetividade possibilitada pelo choque. Agora ele tentava condensar uma vida inteira de emoções reprimidas em um intervalo de minutos.

— Sei como você se sente, Hollis — disse Lespere, agora a mais de trinta mil quilômetros de distância, sua voz ficando inaudível. — Não levo para o lado pessoal.

Mas não somos iguais?, ele se perguntou. Lespere e eu? Aqui e agora? Do que adianta algo que acabou, chegou ao fim? Você vai morrer de qualquer modo. Mas ele sabia que estava racionalizando, pois era como tentar ver a diferença entre um homem vivo e um cadáver. Havia uma faísca em um, e não no outro... uma aura, um elemento misterioso.

E tinha sido assim para Lespere e para ele mesmo; Lespere tivera uma vida boa e plena, e isso fez com que fosse um homem diferente neste momento. Já Hollis, era como se estivesse morto há muitos anos. Os dois chegaram à morte por caminhos distintos e se existem tipos de morte, seus tipos muito provavelmente seriam tão diferentes quanto o dia e a noite. Deve haver variedades infinitas de qualidades da morte, assim como da vida, e se alguém já morreu uma vez, então o que se podia esperar da morte definitiva à sua frente?

Um instante depois, ele descobriu que seu pé direito tinha sido completamente decepado. Isso quase o fez rir. O ar do seu traje havia esvaziado mais uma vez. Ele se inclinou rapidamente, havia sangue, e o meteoro tinha removido a carne e o traje até a altura do tornozelo. Ah, a morte no espaço era tão engraçada. Ela cortava você pedaço por pedaço, como um açougueiro negro e invisível. Ele apertou a válvula no joelho, sua cabeça tonta de dor, lutando para permanecer consciente, e com a válvula apertada o sangue foi interrompido, o ar ficou contido, ele se endireitou e continuou caindo, caindo, pois era só isso que restava fazer.

— Hollis?

Hollis assentiu com sono, cansado de esperar pela morte.

— Aqui é Applegate de novo — disse a voz.

— Sim.

— Fiquei pensando. Eu escutei o que você disse. Isso não é bom. Isso nos torna pessoas ruins. Esse é um jeito ruim de morrer. Traz toda a bile para fora. Está escutando, Hollis?

— Sim.

— Eu menti, um minuto atrás. Eu não vetei seu nome. Nem sei por que disse aquilo. Acho que queria machucar você. Você parecia ser a pessoa certa a ser machucada. Sempre brigamos. Acho que estou ficando velho rápido e me arrependendo rápido. Escutar você sendo cruel me deixou com vergonha, acho. Seja qual for o motivo, fui um idiota também e quero que saiba disso. Não existe nem um pingo de verdade no que eu falei. Mas que merda.

Hollis sentiu seu coração começar a funcionar novamente. Parecia que não havia funcionado por cinco minutos, mas agora todos os seus membros começaram a adquirir cor e calor. O choque passou, os choques sucessivos de fúria, terror e solidão estavam passando. Ele se sentia como um homem emergindo de um banho frio de chuveiro pela manhã, pronto para o café da manhã e um novo dia.

— Obrigado, Applegate.

— Disponha. Vai se danar, seu canalha.

— Ei — disse Stone.

— O quê? — Hollis gritou através do espaço; pois Stone, de todos eles, era um bom amigo.

— Eu me meti num enxame de meteoros, alguns asteroides pequenos.

— Meteoros?

— Acho que é o agrupamento Mirmidão que passa por Marte e entra na rota da Terra uma vez a cada cinco anos. Estou bem no meio. É como um grande caleidoscópio. Tem todo tipo de cor, formato e tamanho. Meu Deus, é lindo, esse tanto de metal.

Silêncio.

— Eu estou indo com eles — disse Stone. — Eles estão me levando com eles. Caramba. — Ele riu.

Hollis virou para olhar, mas não viu nada. Havia apenas os grandes diamantes e safiras e as névoas esmeralda e a tinta de veludo do espaço, com a voz de Deus se misturando entre os fogos cristalinos. Havia um certo maravilhamento e alguma imaginação na ideia de Stone partir com o enxame de meteoros, passando por Marte por anos ao sair e voltando à Terra a cada cinco anos, entrando e saindo das redondezas do planeta pelos próximos milhões de séculos, Stone e o agrupamento Mirmidão, eternos e infindáveis, mudando e moldando como as cores do caleidoscópio de quando você era criança, segurava um tubo longo na direção do sol e o girava.

— Adeus, Hollis — a voz de Stone, muito fraca agora. — Adeus.

— Boa sorte — gritou Hollis a cinquenta mil quilômetros de distância.

— Não tente ser engraçado — disse Stone, e se foi.

As estrelas se aproximaram.

Agora todas as vozes estavam se dissipando, cada uma na sua trajetória, algumas para Marte, outras para ainda mais longe. E o próprio Hollis... ele olhou para baixo. Ele, de todos os outros, estava voltando para a Terra sozinho.

— Adeus.

— Se cuide.

— Adeus, Hollis. — Esse foi Applegate.

Os vários adeuses. As curtas despedidas. E agora o grande cérebro disperso estava se desintegrando. Os componentes do cérebro, que tinham funcionado de maneira tão linda e eficiente no crânio do foguete acelerando pelo espaço, morriam um a um; o significado de suas vidas juntas estava se fragmentando. E, assim como um corpo morre quando o cérebro para de funcionar, o espírito da nave e do longo tempo passado juntos, e o que significavam um para o outro, estava morrendo. Applegate agora não passava de um dedo despedaçado do seu corpo, não era mais alguém a ser desprezado e combatido. Seu cérebro tinha explodido e os fragmentos sem sentido, sem utilidade, estavam bastante dispersos. As vozes se calaram, e agora todo o espaço estava silencioso. Hollis estava sozinho, caindo.

Todos haviam partido. Suas vozes, morrido como ecos da palavra de Deus pronunciadas e vibrando nas profundezas estreladas. Lá se foi o capitão para a Lua; Stone, acompanhando o enxame de meteoros; ali Stimson; ali Applegate, rumo a Plutão; lá Smith, Turner, Underwood e todos os restos, os estilhaços do caleidoscópio que formaram um padrão de pensamento por tanto tempo, agora dispersos.

E eu?, pensou Hollis. O que posso fazer? Será que existe algo a ser feito neste momento para compensar uma vida terrível e vazia? Se eu ao menos pudesse fazer algo de bom para compensar a crueldade que acumulei todos esses anos e nem sabia que existia dentro de mim! Mas não há ninguém aqui além de mim, e como se pode fazer o bem sozinho? Não é possível. Amanhã à noite eu atingirei a atmosfera da Terra.

Vou queimar, ele pensou, e ser espalhado em cinzas por todas as terras continentais. Serei útil. Só um pouquinho, mas cinzas são cinzas, e elas contribuirão para a terra.

Ele caiu rápido, como uma bala, como um pedregulho, um objeto de ferro, objetivo, objetivo o tempo inteiro agora, não triste ou feliz nem nada, mas apenas desejando poder fazer algo bom agora que tudo se acabara, uma boa ação da qual só ele soubesse.

Quando eu atingir a atmosfera, vou queimar como um meteoro.

— Fico me perguntando — ele disse —, será que alguém vai me ver?

Um garotinho na estrada rural levantou a cabeça e gritou:

— Veja, mãe! Uma estrela cadente!

A estrela branca ardente caiu do céu crepuscular em Illinois.

— Faça um desejo — disse sua mãe. — Faça um desejo.

* * *

O Homem Ilustrado se virou sob a luz da lua. Em seguida, se virou mais uma vez... e depois outra... e mais outra...

O JOGO VIROU

QUANDO FICARAM SABENDO DA notícia, eles saíram dos restaurantes, cafés e hotéis e olharam para o céu. Levantaram suas mãos escuras sobre os olhos brancos voltados para cima. Estavam boquiabertos. No calor do meio-dia, por milhares de quilômetros havia cidadezinhas onde pessoas de pele escura ficaram de pé, suas sombras embaixo delas, olhando para cima.

Na sua cozinha, Hattie Johnson cobriu a sopa que fervia, limpou seus dedos esguios em um pano e caminhou cuidadosamente até a varanda de trás.

— Venha, mãe! Ei, mãe, vamos lá... você vai perder!

— Ei, mãe!

Três pequenos garotos negros dançavam no quintal empoeirado, gritando. De vez em quando eles olhavam para a casa, ansiosos.

— Estou indo — disse Hattie, e abriu a porta de tela. — Onde ouviram esse rumor?

— Lá na casa do Jones, mãe. Disseram que tem um foguete vindo, o primeiro em vinte anos, com um homem branco nele!

— O que é um homem branco? Nunca vi um.

— Você vai descobrir — disse Hattie. — Sim, de verdade, você vai descobrir.

— Conta pra gente sobre ele, mãe. Conta como foi.

Hattie franziu a testa.

— Bom, faz muito tempo. Eu era uma garotinha, sabe. Isso foi em 1965.

— Conta pra gente sobre o homem branco, mãe!

Ela foi até eles e ficou de pé no quintal, olhando para cima, para o céu azul marciano limpo com as nuvens marcianas finas e brancas, e lá longe as colinas marcianas fervendo no calor. Finalmente disse:

— Bom, antes de tudo, eles têm mãos brancas.

— Mãos brancas! — os garotos disseram, rindo e batendo com a palma das mãos.

— E eles têm braços brancos.

— Braços brancos! — os garotos disseram, agitados.

— E rostos brancos.

— Rostos brancos! *Jura?*

— Brancos *assim*, mãe? — o menor deles jogou pó no seu próprio rosto, espirrando. — Assim?

— Mais brancos do que isso — ela disse solenemente, e se virou para o céu novamente. Tinha uma expressão tensa no olhar, como se estivesse procurando uma tempestade lá no alto, preocupada por não estar conseguindo enxergá-la. — Talvez seja melhor vocês entrarem.

— Ah, mãe! — Eles olharam para ela, incrédulos. — Precisamos assistir, precisamos. Nada vai acontecer, vai?

— Eu não sei. Estou com um pressentimento, só isso.

— Só queremos ver a nave e de repente ir correndo até o porto ver aquele homem branco. Como ele é, hein, mãe?

— Eu não sei. Eu simplesmente não sei — ela disse em tom de reflexão, balançando a cabeça.

— Conta mais!

— Bom, as pessoas brancas vivem na Terra, que é de onde todos nós viemos, vinte anos atrás. Simplesmente nos levantamos e viemos aqui para Marte, nos instalamos, construímos cidades e aqui estamos. Agora somos marcianos, em vez de terráqueos. E nenhum homem branco passou por aqui durante todo esse tempo. Essa é a história.

— Por que eles não vieram, mãe?

— Bem, porque logo depois de chegarmos, a Terra passou por uma guerra atômica. Eles se explodiram de um jeito horrível. Eles se esqueceram da gente. Quando terminaram de lutar, anos depois, não tinham mais nenhum foguete. Foi só recentemente que conseguiram construir mais. Então aí vêm eles, vinte anos depois, para fazer uma visita. — Ela olha para os filhos entorpecida e começa a caminhar. — Esperem aqui. Vou descer pelo trilho até a casa da Elizabeth Brown. Prometem ficar aqui?

— Não era o que a gente queria, mas vamos ficar.

— Muito bem. — E ela corre pela rua.

Na casa dos Brown, ela chega em tempo de ver todo mundo apertado no carro da família.

— Ei, Hattie! Venha com a gente!

— Aonde estão indo? — ela disse, se aproximando sem fôlego.

— Ver o homem branco!

— É isso mesmo — disse o sr. Brown num tom sério. Ele gesticulou para os passageiros. — Essas crianças nunca viram um, e *eu* quase me esqueci como é.

— O que vão fazer com o homem branco? — perguntou Hattie.

— Fazer? — todos perguntaram. — Ora... só *olhar* para ele, só isso.

— Tem certeza?

— Que mais poderíamos fazer?

— Eu não sei — disse Hattie. — Só pensei que poderia haver problemas.

— Que tipo de problema?

— Vocês *sabem* — disse Hattie de forma vaga, envergonhada. — Vocês não vão linchá-lo, né?

— Linchá-lo? — Todos riram. O sr. Brown bateu no seu joelho. — Ora, por favor, menina, não! Vamos cumprimentá-lo. Não vamos, pessoal?

— Claro, claro!

Outro carro veio de outra direção e Hattie gritou:

— Willie!

— O que está fazendo por essas bandas? Cadê as crianças? — seu marido perguntou, com raiva. Ele encarou os outros. — Vocês vão que nem um bando de palermas ver o infeliz chegar?

— Exatamente — concordou o sr. Brown, assentindo e sorrindo.

— Bom, levem suas armas — disse Willie. — Eu estou a caminho de casa para pegar a minha agora mesmo!

— Willie!

— Você entra neste carro, Hattie. — Ele segurou a porta aberta com firmeza, olhando para ela até que obedecesse. Sem dirigir mais uma palavra aos demais, ele acelerou pela estrada empoeirada.

— Willie, mais devagar!

— Mais devagar, é? Veremos. — Ele observou a estrada passar voando sob o carro. — Que direito eles têm de vir para cá tanto tempo depois? Por que não nos deixam em paz? Por que não se explodiram no velho mundo e nos deixaram quietos?

— Willie, isso não é um jeito cristão de falar.

— Não estou me sentindo muito cristão — ele disse brutalmente, segurando com força o volante. — Estou me sentindo mau. Depois de todos os anos, de tudo o que eles fizeram com nosso pessoal, meus pais e seus pais, você se lembra? Ou você tem uma memória curta que nem os outros?

— Eu lembro — ela disse.

— Você se lembra do dr. Phillips, e o sr. Burton, e suas casas enormes, e o barracão de lavar roupa da minha mãe, e do meu pai trabalhando depois de velho, e a recompensa que ele ganhou foi ser enforcado pelo dr. Phillips e pelo sr. Burton. Pois bem — disse Willie —, agora o jogo virou. Vamos ver quem vai ter leis aprovadas contra si, quem vai ser linchado, quem vai no fundo dos ônibus, quem será segregado em shows. Vamos esperar e ver.

— Willie, você está criando confusão.

— As pessoas só falam nisso. Todo mundo pensou sobre esse dia, achando que ele nunca chegaria. Pensando: como seria se um homem branco um dia viesse para Marte? Mas o dia chegou, e não podemos fugir.

— Não vai deixar as pessoas brancas viverem aqui?

— Claro. — Ele sorriu, mas era um sorriso largo e cruel, e seus olhos estavam insanos. — Eles podem vir para cá, morar e trabalhar, ora, claro que podem. Para merecer isso só precisam viver na sua pequena parte da cidade, nas favelas, engraxar nossos sapatos, limpar nosso lixo e sentar na última fileira das galerias. É só o que pedimos. E uma vez por semana enforcamos um ou dois deles. Simples assim.

— Você não está parecendo uma pessoa, e não gosto disso.

— Vai ter que se acostumar — ele disse. Freou o carro até parar em frente de casa e saltou. — Vou pegar minhas armas e um pouco de corda. Vamos fazer isso direito.

— Ah, Willie — ela lamentou, e só permaneceu sentada no carro enquanto ele subia os degraus correndo e abria com força a porta da frente.

Ela acabou indo junto. Não queria ir, mas ele saiu revirando o sótão, praguejando que nem um louco até encontrar quatro armas. Ela viu o metal brutal delas reluzindo no sótão preto e não conseguia sequer enxergá-lo, de tão escuro que ele era. Ela só o ouviu praguejando, e finalmente suas pernas longas vieram descendo do sótão numa chuva de poeira, e ele empilhou um monte de cartuchos de latão, soprou os carregadores e enfiou balas dentro deles, sua cara séria, sisuda, mergulhada numa amargura voraz. — Podiam nos deixar em paz — ele ficava resmungando, suas mãos de repente se agitando sem controle em torno de si mesmo. — Podiam nos deixar em paz, droga, por que não?

— Willie, Willie.

— Você também... você também. — E ele a encarou do mesmo jeito, a pressão do seu ódio tocou a mente dela.

Do lado de fora da janela os garotos tagarelavam um para o outro.

— Branco como leite, ela disse. Branco como leite.

— Branco como essa flor velha, está vendo?

— Branco como pedra, como o giz que você usa para escrever. Willie saiu acelerado da casa.

— Crianças, venham para dentro, vou trancá-las aqui. Vocês não vão ver nenhum homem branco, não vão falar sobre ele, não vão fazer nada. Andem logo.

— Mas papai...

Ele as empurrou porta adentro e foi buscar um balde de tinta e um estêncil. Da garagem, trouxe uma longa extensão de corda espessa e peluda, com a qual criou uma forca, observando com atenção o céu enquanto suas mãos cuidavam da tarefa.

Em seguida, eles estavam no carro, deixando bolotas de poeira para trás na estrada.

— Devagar, Willie.

— Não é hora de andar devagar — ele disse. — É hora de correr, e eu estou correndo.

Por toda a estrada havia gente levantando a cabeça para o céu, entrando em seus carros, dirigindo, e havia armas para fora de alguns desses carros, como telescópios observando todos os males de um mundo rumo ao fim.

Ela olhou para as armas.

— Você andou falando com as pessoas — ela acusou seu marido.

— Sim, foi o que andei fazendo — ele grunhiu, assentindo. Encarava a estrada com uma expressão feroz. — Parei em cada casa e disse a eles como agir, que era para pegar suas armas, tinta, trazer corda e ficarem a postos. E aqui estamos, o comitê de boas-vindas, para dar a eles a chave da cidade. Sim, senhor!

Ela juntou as mãos finas e escuras para tentar afastar o terror crescendo dentro de si e sentiu o carro chacoalhar e guinar entre os outros carros. Ouviu as vozes gritando, "Ei, Willie, veja!", mãos erguendo cordas e armas enquanto passavam velozmente por eles, e bocas sorrindo no meio da corrida.

— Chegamos — disse Willie, parando o carro no meio da poeira e do silêncio. Chutou a porta para abri-la com seu pé grande e, carregado de armas, deu um passo para fora, levando-as pela pradaria do aeroporto.

— Você parou para *pensar*, Willie?

— Venho fazendo isso por vinte anos. Tinha dezesseis quando deixei a Terra e foi um alívio partir — ele disse. — Não existia nada lá para mim ou para alguém como nós. Nunca me arrependi de ter ido embora. Encontramos paz aqui, foi a primeira vez que respiramos em paz. Agora venha.

Ele empurrou, abrindo caminho pela multidão que veio encontrá-lo.

— Willie, Willie, o que vamos fazer? — eles perguntavam.

— Pegue uma arma — ele disse. — Aqui tem outra. E outra.
— Ele as passou adiante com golpes furiosos dos braços. — Tome uma pistola. Aqui está uma espingarda.

De tão próximas umas das outras, as pessoas pareciam um único corpo negro com milhares de braços esticando para pegar as armas.

— Willie, Willie.

Sua esposa estava de pé, alta e silenciosa ao seu lado, os lábios canelados pressionados com força, os grandes olhos úmidos e trágicos.

— Traga a tinta — ele disse a ela. Ela arrastou uma lata de tinta amarela pelo campo até o lugar onde, naquele momento, havia um bonde chegando com uma placa recém-pintada na frente, ATERRISSA-GEM DO HOMEM BRANCO, cheio de pessoas conversando que saíram correndo pela pradaria, tropeçando, olhando para cima. Mulheres com cestas de piquenique, homens com chapéus de palha, de mangas arregaçadas. O bonde estava parado, zumbindo e vazio. Willie entrou, largou as latas de tinta no chão, abriu-as, remexeu a tinta, testou um pincel, sacou um estêncil e subiu num banco.

— Ei, você! — O condutor veio por trás dele, a bolsa de troco balançando. — O que pensa que está fazendo? Trate de descer!

— Você vai ver o que estou fazendo. Fique tranquilo.

E Willie começou a escrever com a tinta amarela. Ele pintou um P, então um A, um R e outro A com um terrível orgulho do seu trabalho. E, quando ele terminou, o condutor apertou os olhos para ler as palavras amarelas reluzentes: PARA BRANCOS: SEÇÃO TRASEIRA.

Ele leu de novo. PARA BRANCOS. Piscou. SEÇÃO TRASEIRA. O condutor olhou para Willie e começou a sorrir.

— Parece adequado para você? — perguntou Willie, descendo.

O condutor disse:

— Isso me parece muito adequado, senhor.

Hattie olhava a placa pelo lado de fora, segurando as mãos por cima dos seios.

Willie voltou para a multidão, que agora aumentava, ganhando corpo a cada automóvel que parava ruidosamente e a cada novo bonde que virava a esquina guinchando, vindo da cidade próxima.

Willie subiu em um caixote.

— Vamos criar uma delegação para pintar cada bonde pela próxima hora. Voluntários?

Mãos se levantaram rapidamente.

— Vão lá cuidar disso!

Eles foram.

— Vamos criar uma delegação para consertar os assentos do cinema, com cordas para separar as últimas duas fileiras para os brancos.

Mais mãos.

— Vão!

Eles saíram correndo.

Willie espiou em volta, borbulhando de suor, arfando de cansaço, orgulhoso da sua energia, as mãos no ombro da esposa, que ficou abaixo dele encarando o chão com seus olhos desanimados.

— Vejamos — ele declarou. — Sim. Precisamos aprovar uma lei esta tarde: nada de casamentos inter-raciais!

— É isso aí — disseram várias pessoas.

— Todos os engraxates devem se demitir dos seus trabalhos hoje mesmo.

— Me demitindo agora mesmo! — Alguns homens jogaram os panos que carregavam, na sua animação, por toda a cidade.

— Precisamos aprovar uma lei de salário mínimo agora, não?

— Com certeza!

— Pagar essa gente branca pelo menos dez centavos por hora.

— Muito bem.

O prefeito da cidade chegou correndo.

— Escute aqui, Willie Johnson. Desça desse caixote!

— Prefeito, não posso ser obrigado a nada disso.

— Você está incitando uma turba, Willie Johnson.

— Essa é a ideia.

— A mesma coisa que você odiava quando era criança. Você não é melhor do que alguns dos homens brancos sobre os quais fica gritando!

— Esse é a virada, prefeito, o outro lado do jogo — disse Willie, sem nem olhar para o prefeito, observando os rostos embaixo dele, alguns sorridentes, alguns duvidosos, outros confusos, alguns relutantes e recuando, com medo.

— Você vai se arrepender disso — disse o prefeito.

— Vamos ter uma eleição e arrumar um novo prefeito — disse Willie. E deu uma olhada para a cidade onde placas recém-pintadas estavam sendo penduradas por todas as ruas, dizendo: "CLIENTELA LIMITADA: Direito do cliente de ser atendido cancelável a qualquer momento". Sorriu e aplaudiu. Meu Deus! E os bondes estavam sendo parados, e seções sendo pintadas de branco na parte de trás, como sugestão para seus futuros habitantes. Cinemas estavam sendo invadidos e seções, isoladas por homens que riam, enquanto as esposas ficavam paradas refletindo na calçada e crianças apanhavam para voltar para casa, para serem escondidas nesses tempos terríveis.

— Estamos todos prontos? — Willie Johnson gritou, a corda em suas mãos com o laço amarrado e arrumado.

— Prontos! — gritou metade da multidão. A outra metade murmurava e se movia como silhuetas num pesadelo de que não queriam participar.

— Lá vem ele! — gritou um garoto.

Como cabeças de marionete, todas presas no mesmo fio, as cabeças da multidão se voltaram para cima.

Atravessando o céu, lá no alto, um lindo foguete ardia num rastro de fogo laranja. Ele circulou e desceu, fazendo todos prenderem a respiração. Aterrissou, incendiando a pradaria em alguns lugares; o fogo se dissipou, o foguete parou por um momento e então, enquanto a multidão silenciosa assistia, uma grande porta na lateral da nave sussurrou um bafo de oxigênio, a porta deslizou para dentro e um velho saiu.

— Um homem branco, um homem branco, um homem branco... — As palavras viajaram pela multidão ansiosa, as crianças falando uma no ouvido da outra, sussurrando, se cutucando, as palavras se movendo em ondas para onde a multidão terminava e os bondes permaneciam na luz do sol e no vento, o cheiro de tinta exalando de suas janelas abertas. Os sussurros cansaram e se dissiparam.

Ninguém se movia.

O homem branco era alto e reto, mas trazia uma fadiga profunda em seu rosto. Ele não tinha feito a barba naquele dia, e seus olhos eram tão velhos quanto os olhos de um homem conseguem ser ainda estando vivos. Seus olhos não tinham cor; quase brancos e cegos com as coisas vistas por ele ao longo dos anos. Era tão magro quanto um arbusto no inverno. Suas mãos tremiam, e ele precisava se apoiar na porta da nave enquanto olhava para a multidão.

Esticou uma mão e deu um meio sorriso, mas puxou a mão de volta.

Ninguém se moveu.

Baixou a cabeça para olhar seus rostos, e talvez ele tenha visto sem registrar as armas e as cordas, e talvez tenha sentido o cheiro da tinta. Ninguém perguntou. Ele começou a falar. Começou bem devagar e baixo, sem esperar interrupções, e de fato sem ser interrompido, e sua voz soava muito cansada, velha e fraca.

— Não importa quem eu sou — ele disse. — Serei apenas um nome para vocês, de qualquer modo. Também não sei como se chamam. Isso virá mais tarde. — Ele parou, fechou seus olhos por um instante, e prosseguiu:

— Vinte anos atrás vocês deixaram a Terra. Isso faz muito, muito tempo. É mais como se fossem vinte séculos, de tanta coisa que aconteceu. Depois da sua partida, veio a guerra. — Ele assentiu lentamente. — Sim, a *grande*. A terceira. Ela continuou por muito tempo. Até o ano passado. Bombardeamos todas as cidades do mundo. Destruímos Nova York, Londres, Moscou e Paris. Xangai, Mumbai e Alexandria. Arruinamos tudo. E, quando acabamos com as grandes cidades, fomos atrás das pequenas e queimamos todas elas com bombas atômicas.

Em seguida, ele começou a nomear cidades, lugares e ruas. Conforme citava nomes, um sussurro surgiu em seu público.

— Destruímos Natchez...

Um sussurro.

— E Columbus, Georgia...

Outro sussurro.

— Queimamos Nova Orleans...

Um suspiro.

— E Atlanta...

E mais um.

— E não sobrou nada de Greenwater, Alabama.

Willie Johnson virou a cabeça e sua boca se abriu. Hattie viu o gesto, viu o reconhecimento chegar aos seus olhos escuros.

— Não sobrou nada — disse o velho na porta do foguete, falando devagar. — Campos de algodão foram queimados.

Ó, todo mundo disse.

— Fábricas de algodão, bombardeadas...

— Ó.

— As fábricas, radioativas; tudo radioativo. Todas as estradas, fazendas e alimentos, radioativos. Tudo.

Ele citou mais nomes de cidades e vilarejos.

— Tampa.

— Essa é a minha cidade — alguém sussurrou.

— Fulton.

— Essa é a minha — outra pessoa disse.

— Memphis.

— Memphis. Eles queimaram *Memphis?* — perguntou alguém, chocado.

— Memphis foi explodido.

— A rua Quatro em Memphis?

— Toda ela — disse o velho.

Tudo começava a voltar, depois de vinte anos, as lembranças vinham à tona. As cidades e lugares, as árvores e prédios de tijolos, as placas, igrejas e lojas familiares, tudo voltando à superfície entre as pessoas reunidas. Cada nome tocava a memória, e não havia ninguém ali que não estive pensando nos dias passados. Eram todos velhos o suficiente para isso, exceto as crianças.

— Laredo.

— Eu lembro de Laredo.

— Nova York.

— Eu tinha uma loja no Harlem.

— Harlem, bombardeado.

As palavras agourentas. Os lugares familiares relembrados. O esforço de imaginar todos aqueles lugares em ruínas.

Willie Johnson murmurou as palavras:

— Greenwater, Alabama. Foi onde eu nasci. Eu me lembro.

Perdido. Tudo perdido. Foi o que o homem disse.

O homem continuou:

— Então destruímos tudo e arruinamos tudo, como tolos que éramos e ainda somos. Matamos milhões. Não deve restar mais do que quinhentas mil pessoas no mundo, de todos os tipos, eu imagino. E das ruínas recuperamos metal suficiente para construir este foguete, e nele viemos para Marte este mês para pedir ajuda.

Ele hesitou e olhou para os rostos para ver o que poderia encontrar ali, mas estava hesitante.

Hattie Johnson sentiu o braço de seu marido ficar tenso, viu seus dedos segurando a corda.

— Fomos tolos — disse o velho suavemente. — Destruímos a Terra e a civilização. Não vale a pena salvar nenhuma cidade... Elas passarão um século radioativas. A Terra acabou. Seu tempo acabou. Vocês possuem foguetes que não tentaram usar para retornar à Terra nesses vinte anos. Agora vim pedir a vocês que os usem. Pedir para virem à Terra resgatar os sobreviventes e trazê-los para Marte. Nos ajudar a seguir em frente. Fomos estúpidos. Diante de Deus admitimos nossa estupidez e nossa crueldade. Todos os chineses, indianos, russos, britânicos e americanos. Estamos pedindo para nos acolherem. Seu solo marciano permaneceu sem ser cultivado por incontáveis séculos; existe espaço para todos; é um bom solo... eu vi seus campos lá de cima. Viremos trabalhar neles *para* vocês. Sim, faremos inclusive isso. Merecemos tudo que quiserem fazer conosco, mas não nos rejeitem. Não podemos forçá-los a fazer nada. Se quiserem, entrarei na minha nave, voltarei e pronto. Não incomodaremos mais vocês. Mas viremos aqui e podemos trabalhar para vocês, fazer as coisas que faziam por nós, limpar suas casas, cozinhar suas refeições, engraxar seus sapatos e ser humildes diante de Deus pelo que fizemos ao longo dos séculos a nós mesmos, aos outros, a vocês.

Ele tinha terminado de falar.

Veio um silêncio cheio de silêncios. Um silêncio tão concreto que daria para segurar na mão, que descia como a pressão de uma tempestade distante sobre a multidão. Seus braços longos caíam como pêndulos escuros na luz do sol, mas seus olhares estavam fixos no velho e ele não se movia mais, só esperava.

Willie Johnson segurava a corda nas mãos. As pessoas em volta dele observavam para ver o que ele faria. Sua esposa Hattie esperava, segurando o braço dele.

Ela queria alcançar o ódio deles, começar a cutucar e explorar até encontrar uma pequena rachadura e puxar um pedaço, uma pedra ou um tijolo, e depois a parte de uma parede. Uma vez que começasse, o edifício inteiro poderia desabar, e esse seria o fim. Ele estava balançando agora. Mas qual deles era a fundação, e como chegar nela? Como tocá-los e iniciar algo neles que pudesse arruinar seu ódio?

Ela olhou para Willie no forte silêncio e a única coisa que sabia a respeito da situação era sobre ele e sua vida, o que tinha acontecido com ele, e subitamente ele era a fundação. De repente ela sabia que, se ele pudesse ser movido, aquela coisa existente em todos eles poderia ser solta e arrancada.

— Senhor... — Ela deu um passo à frente. Ela nem sabia quais seriam suas primeiras palavras. A multidão encarava suas costas; ela podia sentir seus olhares. — Senhor...

O homem se virou para ela com um sorriso cansado.

— Senhor — ela disse —, você conhece a colina Knockwood em Greenwater, Alabama?

O velho falou com alguém dentro da nave, por cima do seu ombro. Um instante depois recebeu um mapa fotográfico e o segurou, esperando.

— Conhece o grande carvalho no topo daquela colina, senhor?

O grande carvalho. O lugar onde o pai de Willie levou um tiro e foi enforcado, encontrado balançando no vento da manhã.

— Sim.

— Ele ainda está lá? — perguntou Hattie.

— Ele se foi — disse o velho. — Explodiu. A colina inteira foi devastada e o carvalho também. Está vendo? — Ele encostou na fotografia.

— Deixe-me ver isso — disse Willie, avançando abruptamente e olhando para o mapa.

Hattie olhou fixamente para o homem branco, coração acelerado.

— Me conte sobre Greenwater — ela disse rapidamente.

— O que quer saber?

— Sobre o dr. Phillips. Ele ainda está vivo?

Depois de um instante, a informação foi encontrada em uma máquina dentro do foguete que clicava...

— Morto na guerra.

— E seu filho?

— Morto.

— E a casa deles?

— Queimada. Como todas as outras casas.

— E a outra grande árvore na colina de Knockwood?

— Todas as árvores se foram... queimadas.

— *Aquela* árvore também, você tem certeza? — disse Willie.

— Sim.

O corpo de Willie amoleceu um pouco.

— E quanto à casa do sr. Burton e o sr. Burton?

— Não sobrou casa alguma, pessoa alguma.

— Sabe o barracão de lavar roupa da sra. Johnson, o lugar onde minha mãe trabalhava?

O lugar onde atiraram nela.

— Acabou. Tudo acabou. Aqui estão as imagens, pode ver por si.

As imagens estavam ali para as pessoas segurarem, examinarem e refletirem. O foguete estava cheio de imagens e respostas para perguntas. Qualquer cidade, qualquer prédio, qualquer lugar.

Willie parou com a corda nas mãos.

Estava se lembrando da Terra, da Terra verde e da cidade verde onde nasceu e cresceu, e estava pensando nessa cidade agora, despedaçada, arruinada, explodida e espalhada, todos os marcos juntos, todos os males, supostos ou evidentes, dispersos com ela, todos os homens duros que se foram, os estábulos, os ferreiros, as lojas de curiosidades, as máquinas de refrigerante, os moinhos de gim, as pontes, as árvores de linchamento, as colinas cobertas de chumbo grosso, as estradas, vacas, mimosas e sua própria casa, bem como as casas com grandes pilastras lá embaixo perto do rio comprido, os mortuários brancos onde as mulheres tão delicadas quanto mariposas flutuavam na luz do outono, distantes. As casas onde homens frios se balançavam, com copos de bebida em suas mãos, armas encostadas no pilar da escada da varanda, respirando o ar outonal e pensando em morte. Perdidos, tudo perdido; perdido para nunca mais voltar. Agora, com certeza, toda aquela civilização estava despedaçada em confetes espalhados aos seus pés. Não havia sobrado nada para odiar... nem mesmo um cartucho vazio de bala, uma corda retorcida, uma árvore, uma colina que fosse para odiar. Nada além de algumas pessoas alienígenas num foguete, pessoas que poderiam engraxar seus sapatos e andar nos fundos de bondes ou sentar lá longe nas sessões de cinema da meia-noite...

— Vocês não vão precisar fazer isso — disse Willie Johnson.

Sua esposa olhou rapidamente para suas mãos grandes.

Seus dedos se abriam.

A corda, solta, caiu e se enrolou em si mesma no chão.

Eles correram pelas ruas da cidade e arrancaram as placas novas feitas às pressas, pintaram por cima dos avisos em amarelo fresco nos bondes, cortaram as cordas nas galerias dos cinemas, tiraram a munição das suas armas e guardaram as cordas.

— Um novo começo para todos — disse Hattie, no caminho de volta para casa no carro.

— Sim — Willie disse, finalmente. — O Senhor nos permitiu chegar a este momento, alguns aqui e alguns ali. E o que acontece agora depende de todos nós. O momento de sermos tolos passou. Conseguimos ser algo diferente. Soube disso enquanto ele falava. Soube naquele momento que o homem branco agora está tão solitário quanto sempre estivemos. Ele não tem casa agora, assim como não tivemos por muito tempo. Fomos igualados. Podemos começar tudo de novo, no mesmo nível.

Ele parou o carro e ficou sentado, sem se mover, enquanto Hattie foi liberar as crianças. Elas desceram correndo para ver seu pai.

— Você viu o homem branco? Viu ele? — elas gritaram.

— Sim, senhor — disse Willie, sentado atrás da direção, esfregando seu rosto com dedos lentos. — Hoje, pela primeira vez, parece que realmente enxerguei o homem branco... eu o vi claramente.

A ESTRADA

A CHUVA FRESCA DA tarde havia caído sobre o vale, tocando o milho nos campos cultivados da montanha, tamborilando no teto de grama seca da choupana. Na escuridão chuvosa, a mulher moía milho entre fatias de rocha vulcânica, trabalhando sem arrefecer. Na escuridão úmida, em algum lugar, um bebê chorava.

Hernando ficou esperando a chuva parar para poder levar o arado de madeira de volta para o campo. Lá embaixo o rio borbulhava marrom e engrossava em seu caminho. A estrada de concreto, outro rio, não fluía; só estava lá brilhando, vazia. Fazia uma hora que não se via carro algum por ali. De tão raro, isso era interessante por si só. Ao longo dos anos não passava uma hora sem um carro chegar e alguém gritar: "Ei você, podemos tirar uma foto sua?". Alguém com uma caixa que clicava e uma moeda na mão. Se ele caminhasse lentamente pelo campo sem seu chapéu, às vezes eles diziam: "Ah, nós queremos você com o chapéu". E eles acenavam, ricos com coisas douradas que diziam a hora ou os identificavam, ou que não faziam nada além de piscar como os olhos de uma aranha no sol. Então ele virava e voltava para pegar o chapéu.

Sua esposa falou:

— Algo errado, Hernando?

— *Sí*. A estrada. Tem alguma coisa importante acontecendo. Algo tão importante que deixou a estrada vazia desse jeito.

Saiu andando da choupana devagar e sem esforço, a chuva lavando seus sapatos de grama trançada com borracha espessa de pneu. Ele se lembrava muito bem do incidente envolvendo esse par de sapatos. O pneu tinha invadido violentamente a choupana uma noite, explodindo as galinhas e os potes! Ele veio sozinho, rolando rapidamente. O carro do qual saiu tinha acelerado até a curva e parado por um instante, faróis refletidos, antes de mergulhar no rio. O carro ainda estava lá. Dava para ver em um dia bom, quando o rio estava lento e a lama dispersava. O carro estava lá no fundo, com seu brilho de metal longo, baixo e muito rico. Mas quando a lama subia novamente, não se conseguia enxergar nada.

No dia seguinte, esculpira as solas de sapato usando a borracha do pneu.

Hernando alcançou a estrada e ficou parado ali, escutando os pequenos sons que ela fazia debaixo da chuva.

Então, de repente, como se tivessem recebido um sinal, os carros vieram. Centenas deles, quilômetros deles, correndo e correndo e passando por ele enquanto ele permanecia parado ali. Os grandes e longos carros pretos indo para o norte, em direção aos Estados Unidos, rugindo, fazendo as curvas rápido demais. Constantemente buzinando e fazendo barulho. E havia algo nos rostos das pessoas prensadas dentro dos carros, algo que o deixou em profundo silêncio. Ele recuou para deixar os carros passarem rugindo. Contou-os até se cansar. Quinhentos carros passaram, e havia algo nos rostos dentro de todos eles. Mas eles passaram rápido demais para ele entender o que era.

Finalmente o silêncio e o vazio voltaram. Os velozes conversíveis baixos e compridos tinham ido embora. Ele ouviu o som da última buzina silenciar.

A estrada ficou vazia de novo.

Tinha sido algo como um cortejo funerário, só que selvagem, acelerado, cabelos para fora, gritando para alguma cerimônia sempre ao norte. Por quê? Ele só conseguia balançar a cabeça e esfregar suavemente os dedos nas têmporas.

Agora, totalmente sozinho, um carro final. Tinha algo muito, muito final nele. Descendo a estrada da montanha na fina chuva fria, expelindo grandes nuvens de vapor, veio um velho Ford. Estava viajando tão rápido quanto possível. Ele esperava que o veículo desmontasse a qualquer instante. Ao ver Hernando, o Ford ancião se aproximou, coberto de lama e ferrugem, o radiador borbulhando, furioso.

— Teria um pouco de água, por favor, *señor*?

Um jovem de talvez vinte e um anos o dirigia. Vestia um agasalho amarelo, camisa branca de colarinho aberto e calças cinzas. No carro sem capô, a chuva caía sobre ele e cinco jovens mulheres, tão apertadas que não conseguiam se mover lá dentro. Eram todas muito bonitas e estavam se protegendo da chuva com jornais velhos, usados também para tentar proteger o motorista. Mas a chuva atravessava o papel, ensopando seus vestidos de cores vibrantes, encharcando o jovem. O cabelo dele colava no rosto com a chuva. Mas eles não pareciam se importar. Nenhum deles reclamava, e isso era atípico. Antes eles sempre reclamavam: da chuva, do calor, da hora, do frio, da distância.

Hernando assentiu.

— Vou trazer água para vocês.

— Depressa, por favor! — uma das garotas gritou. Parecia muito alterada e assustada. Não havia impaciência nela, era só um pedido feito com medo. Pela primeira vez Hernando correu diante do pedido de um turista; ele sempre tinha caminhado mais lentamente ao receber tais solicitações.

Voltou com uma tampa de cubo de roda cheia de água. Isso também tinha sido um presente da estrada. Um dia de tarde ela tinha voado como uma moeda arremessada em seu campo, redonda e reluzente. O carro ao qual pertencia tinha seguido em frente, sem saber que havia perdido um olho prateado. Até agora, ele e sua esposa tinham-na usado para lavar e cozinhar; dava uma bela tigela.

Conforme derramava água no radiador fervente, Hernando levantou a cabeça para olhar os rostos preocupados.

— Obrigada, obrigada — disse uma das garotas. — Você não sabe o quanto isso significa para nós.

Hernando sorri.

— Tanto tráfego a essa hora. Todo na mesma direção, para o norte.

Ele não tinha a intenção de provocar qualquer mal. Mas, ao levantar a cabeça novamente, eles estavam todos sentados na chuva chorando. Choravam com vontade. E o jovem tentava fazê-las parar, colocando as mãos em seus ombros e balançando-as gentilmente, uma de cada vez. Mas elas seguravam seus jornais por cima da cabeça, e suas bocas se moviam, seus olhos fechados com força, rostos mudando de cor, e elas choravam, algumas alto, algumas suavemente.

Hernando parou com a tampa meio vazia em seus dedos.

— Não quis dizer nada com isso, *señor* — ele se desculpou.

— Tudo bem — disse o motorista.

— Aconteceu algo ruim, *señor*?

— Você não soube? — o jovem retrucou, se virando, segurando com força o volante em uma mão e se inclinando para frente. — Aconteceu.

Isso era ruim. As garotas, ouvindo isso, choraram com ainda mais força, segurando-se umas nas outras, esquecendo dos jornais, deixando a chuva cair e se misturar com suas lágrimas.

Hernando ficou tenso. Colocou o resto da água no radiador. Olhou para o céu, que estava negro por causa da tempestade. Olhou para o rio caudaloso. Sentiu o asfalto sob seus sapatos.

Ele foi até a lateral do carro. O jovem pegou em sua mão e deu um peso a ele. — Não. — Hernando o devolveu. — É um prazer ajudar.

— Obrigado, você é tão gentil — disse uma das garotas, ainda soluçando. — Ah, mãe, pai. Eu quero ir para casa, quero estar em casa. Ah, mãe, pai. — E outros a seguraram.

— Eu não ouvi nada, *señor* — disse Hernando suavemente.

— A guerra! — gritou o jovem como se ninguém pudesse ouvir. — Ela chegou, a guerra atômica, o fim do mundo!

— *Señor, señor* — disse Hernando.

— Obrigado, obrigado pela sua ajuda. Adeus. — disse o jovem.

— Adeus — disseram todas elas na chuva, sem enxergá-lo.

Ele ficou lá enquanto o carro engatava a marcha e saía ruidosamente, desaparecendo na distância pelo vale. Finalmente ele se foi, com as mulheres nele, o último carro, com os jornais tremulando em cima de suas cabeças.

Hernando não se moveu por bastante tempo. A chuva deslizava muito fria pelas suas bochechas e seus dedos até a roupa trançada nas suas pernas. Ele prendeu a respiração, esperando, tenso e preocupado.

Observou a estrada, mas ela não se moveu novamente. Ele duvidava que ela fosse se mover por um bom tempo.

A chuva parou. O céu apareceu por trás das nuvens. Em dez minutos a tempestade tinha passado, como um mau hálito. Um vento doce soprou o cheiro da selva até ele. Ele podia ouvir o rio se movendo gentil e facillmente em seu caminho. A selva estava muito verde; estava tudo fresco. Ele caminhou pelo campo até sua casa e pegou seu arado. Com as mãos nele, olhou para o céu começando a arder quente com o sol.

Sua esposa o chamou de onde estava trabalhando.

— O que aconteceu, Hernando?

— Não foi nada — ele respondeu.

Colocou o arado no sulco, chamou seu burro com força.

— Burrrrr-o! — E juntos caminharam pelo campo rico, sob o céu que se limpava, na sua terra cultivada perto do rio profundo.

— O que eles querem dizer com "o mundo"? — ele disse.

O HOMEM

O capitão Hard estava parado diante da porta do foguete.

— Por que eles não estão vindo? — ele disse.

— Quem pode saber? — respondeu Martin, seu tenente. — Como eu poderia saber, capitão?

— Que tipo de lugar é esse, afinal? — O capitão acendeu um cigarro. Arremessou o fósforo na pradaria reluzente. A grama começou a queimar.

Martin fez um movimento para apagá-lo com sua bota.

— Não — ordenou o capitão Hart —, deixe queimar. Talvez eles venham ver o que está acontecendo, esses tolos ignorantes.

Martin deu de ombros e afastou o pé do fogo que se alastrava.

Capitão Hart examinou seu relógio.

— Aterrissamos aqui faz uma hora, e algum comitê de boas-vindas veio com uma banda para nos cumprimentar? Nem pensar! Atravessamos milhões de quilômetros pelo espaço e os bons cidadãos de alguma cidadezinha ridícula num planeta desconhecido

nos ignoram! — Ele bufou, tamborilando os dedos em seu relógio.
— Bom, eu vou dar só mais cinco minutos, e aí...

— E aí o quê? — perguntou Martin, muito educadamente, observando as papadas do capitão tremerem.

— Sobrevoaremos a maldita cidade de novo e daremos um belo de um susto neles. — Abaixou sua voz. — Martin, você acha que talvez eles não tenham nos visto aterrissar?

— Eles viram. Eles olharam para cima quando sobrevoamos.

— Então por que não estão correndo pelo campo? Estão escondidos? São covardes?

Martin balançou sua cabeça.

— Não. Pegue esses binóculos, senhor. Veja por si mesmo. Está todo mundo andando por aí. Não estão com medo. Eles... bom, eles simplesmente parecem não se importar.

Capitão Hart posicionou os binóculos em frente aos olhos cansados. Martin levantou a cabeça e teve tempo de observar as linhas de expressão, os sulcos de irritação, cansaço e nervosismo. Hart parecia ter um milhão de anos de idade; ele nunca dormia, comia pouco e se forçava a seguir sempre em frente. Agora sua boca se movia, envelhecida e sombria, mas lúcida, sob os binóculos que segurava.

— Sério, Martin, não sei por que nos damos ao trabalho. Construímos foguetes, fazemos todo o esforço de atravessar o espaço, procurando por eles, e veja o que ganhamos em troca. Negligência. Olha só esses idiotas perambulando por aí. Não percebem a importância disso? O primeiro voo espacial a tocar em sua terra provincial. Quantas vezes isso acontece? São tão blasés assim?

Martin não sabia.

O capitão Hart devolveu os binóculos, cansado.

— Por que fazemos isso, Martin? A viagem espacial, digo. Sempre em movimento. Sempre procurando. Nossas entranhas sempre tensas, nunca descanso algum.

— Talvez estejamos procurando paz e tranquilidade. Não existe isso na Terra, com certeza — disse Martin.

— Não existe mesmo, não é? — O capitão Hart estava pensativo, o fogo, mais baixo. — Não desde Darwin, hein? Não desde que tudo foi abandonado, tudo em que costumávamos acreditar, não é mesmo? Poder divino e tudo mais. E você acha que é por isso que estamos viajando pelo espaço, Martin? Estamos procurando nossas almas perdidas? Tentando escapar de um planeta maligno e encontrar um bom?

— Talvez, senhor. Estamos certamente procurando alguma coisa.

O capitão pigarreou e se endireitou.

— Bem, neste momento, estamos procurando o prefeito daquela cidade. Corra até lá, explique quem somos, a primeira expedição de foguete ao Planeta 43 no Sistema Estelar 3. O capitão Hart os saúda e deseja se encontrar com o prefeito. Agora mesmo!

— Sim, senhor.

Martin começou a andar vagarosamente pela pradaria.

— Depressa! — o capitão disse, abruptamente.

— Sim, senhor!

Martin acelerou. Em seguida, voltou a caminhar devagar, sorrindo para si mesmo.

O capitão já tinha fumado dois cigarros quando Martin voltou.

Martin parou e levantou a cabeça em direção a porta do foguete, inquieto, aparentemente incapaz de focar seu olhar ou de pensar.

— E então? — perguntou Hart, irritado. — O que aconteceu? Estão vindo nos dar as boas-vindas?

— Não.

Martin teve que se apoiar na nave, meio tonto.

— Por que não?

— Não é importante — disse Martin. — Me passe um cigarro, por favor, capitão. — Seus dedos tatearam cegamente o pacote oferecido, pois ele estava encarando a cidade dourada e piscando. Ele acendeu e fumou em silêncio por bastante tempo.

— Diga alguma coisa! — gritou o capitão. — Eles não estão interessados em nosso foguete?

Martin disse:

— O quê? Ah. O foguete? — Ele inspecionou seu cigarro. — Não, não estão interessados. Parece que chegamos em um momento inoportuno.

— Momento inoportuno!

Martin foi paciente.

— Capitão, preste atenção. Alguma coisa importante aconteceu ontem na cidade. É tão grande, tão relevante que ficamos em segundo plano, fomos deixados de lado. Preciso me sentar. — Ele perdeu o equilíbrio e se sentou pesadamente, arfando.

O capitão mastigou seu cigarro com raiva.

— O que aconteceu?

Martin levantou a cabeça, a fumaça do seu cigarro aceso em seus dedos soprava ao vento.

— Senhor, ontem, na cidade, um homem extraordinário surgiu... um homem bom, inteligente, com compaixão e infinita sabedoria!

O capitão encarou sério seu tenente.

— E o que isso tem a ver com a gente?

— É difícil explicar. Mas ele era um cara por quem tinham esperado por muito tempo... um milhão de anos, talvez. E ontem ele entrou andando pela cidade. É por isso que hoje, senhor, nosso pouso de foguete não significa nada.

O capitão se sentou pesadamente.

— Quem foi? Não foi Ashley, certo? Ele não apareceu com seu foguete antes da gente para roubar nossa glória, né?

Ele agarrou o braço de Martin. Seu rosto estava pálido e desanimado.

— Não foi Ashley, senhor.

— Então foi Burton! Sabia. Burton passou a perna na gente e arruinou nossa chegada! Não dá para confiar mais em ninguém.

— Também não foi Burton, senhor — disse Martin em voz baixa.

O capitão estava incrédulo.

— Só havia três foguetes. Estávamos à frente. Esse homem que chegou antes de nós, qual era o nome dele?

— Ele não tinha nome. Não precisa de um nome. Seria diferente em cada planeta, senhor.

O capitão encarou seu tenente com olhos duros e cínicos.

— Bom, e o que ele fez de tão incrível a ponto de ninguém nem olhar para nossa nave?

— Bom, para começar — disse Martin pausadamente —, ele curou os doentes e confortou os pobres. Lutou contra a hipocrisia e a política suja e se sentou junto do povo, conversando durante todo o dia.

— E isso é tão incrível?

— Sim, capitão.

— Não entendo. — O capitão confrontou Martin, estudou seu rosto e seus olhos. — Você andou bebendo, é? — ele disse, cauteloso, e recuou. — Eu não entendo.

Martin olhou para a cidade.

— Capitão, se o senhor não entende, não há como explicar.

O capitão seguiu seu olhar. A cidade estava quieta e linda, e uma grande paz pairava sobre ela. O capitão deu um passo à frente, tirando o cigarro dos lábios. Apertou os olhos em direção a Martin e depois para os pináculos dourados dos prédios.

— Você não está dizendo que… não pode estar dizendo que… esse homem de quem está falando não poderia ser…

Martin assentiu.

— É isso que estou dizendo, senhor.

O capitão se levantou em silêncio e ficou parado. Ele se endireitou.

— Não acredito — ele disse, finalmente.

Ao meio-dia, o capitão Hart entrou a passos largos na cidade, acompanhado do tenente Martin e de um assistente que carregava alguns equipamentos elétricos. De vez em quando o capitão ria alto, colocava as mãos na cintura e balançava a cabeça.

O prefeito da cidade veio ao seu encontro. Martin montou um tripé, afixou uma caixa a ele e ligou as baterias.

— Você é o prefeito? — o capitão disse, apontando um dedo.

— Sou — disse o prefeito.

O aparato delicado entre eles era controlado e ajustado por Martin e seu assistente. Traduções instantâneas de quaisquer idiomas eram feitas pela caixa. As palavras soavam claras na atmosfera amena da cidade.

— Sobre esse evento de ontem — disse o capitão. — Ele realmente aconteceu?

— Sim.

— Tem testemunhas?

— Tenho.

— Podemos falar com elas?

— Pode falar com qualquer um de nós — disse o prefeito. — Somos todos testemunhas.

O capitão disse somente para Martin:

— Alucinação coletiva.

Para o prefeito:

— Como era esse homem... esse desconhecido...?

— Seria difícil descrever — disse o prefeito, sorrindo um pouco.

— Por quê?

— As opiniões podem divergir ligeiramente.

— Eu gostaria da sua opinião, senhor, de qualquer modo — disse o capitão. — Grave isso — ele disse rispidamente para Martin por cima do ombro.

O tenente pressionou o botão de um gravador manual.

— Bom — disse o prefeito da cidade —, ele era um homem muito gentil e atencioso. Tinha uma grande inteligência e sabedoria.

— Sim... sim, eu sei, eu sei — disse o capitão, acenando com os dedos. — Generalizações. Quero algo específico. Qual era a aparência dele?

— Não acredito que isso seja relevante — retrucou o prefeito.

— É muito importante — disse o capitão, firmemente. — Quero uma descrição desse sujeito. Se não puder obtê-la de você, vou perguntar a outros.

Para Martin:

— Certeza que foi Burton, aplicando uma das suas pegadinhas.

Martin não o encarou nos olhos, estava em total silêncio.

O capitão estalou os dedos.

— Aconteceu alguma coisa, por exemplo... uma cura?

— Muitas curas — disse o prefeito.

— Posso ver uma?

— Pode — disse o prefeito. — Meu filho. — Ele assentiu para um pequeno garoto, que deu um passo à frente. — Ele tinha um braço atrofiado. Agora, veja como está.

Diante disso, o capitão riu de forma condescendente.

— Sim, sim. Isso não é nem evidência circunstancial, sabe? Não vi o braço atrofiado do garoto. Só vejo o seu braço inteiro e funcional. Isso não prova nada. Que evidência você tem de que o braço do garoto estava atrofiado ontem e que hoje esteja direito?

— Minha palavra é minha prova — disse o prefeito, simplesmente.

— Meu caro homem! — o capitão disse, em alto volume. — Não espera que eu simplesmente acredite em boatos, não é mesmo? Por favor!

— Sinto muito — disse o prefeito, observando o capitão com o que parecia ser curiosidade e pena.

— Você tem imagens do garoto antes de hoje? — o capitão perguntou.

Depois de um instante, um grande retrato a óleo foi trazido, mostrando o filho com um braço atrofiado.

— Prezado senhor! — disse o capitão, dispensando o objeto com um gesto. — Qualquer um pode pintar um quadro. Pinturas mentem. Quero uma fotografia do garoto.

Não havia fotografia. Fotografia não era uma arte conhecida nessa sociedade.

— Bom — suspirou o capitão, um tique nervoso no rosto —, deixe-me conversar com mais alguns cidadãos. Não estamos chegando a lugar algum.

Ele apontou para uma mulher.

— Você aí.

Ela hesitou.

— Sim, você, venha aqui — ordenou o capitão. — Me conte sobre esse homem *maravilhoso* que viu ontem.

A mulher encarou o capitão nos olhos.

— Ele caminhou entre nós e era muito bom e elegante.

— De que cor eram os olhos dele?

— Da cor do sol, do mar, de uma flor, das montanhas, a cor da noite.

— Certo — disse o capitão, levantando as mãos para o alto.

— Viu, Martin? Absolutamente nada. Algum charlatão anda pelas ruas sussurrando ilusões em seus ouvidos e...

— Por favor, pare — disse Martin.

O capitão recuou.

— O que foi que você disse?

— Você ouviu — retrucou Martin. — Eu gosto dessas pessoas. Acredito no que estão dizendo. Você tem o direito de ter sua própria opinião, mas guarde-a para si, senhor.

— Não pode falar comigo assim — gritou o capitão.

— Já estou farto da sua arbitrariedade — respondeu Martin. — Deixe essas pessoas em paz. Elas têm algo bom e decente, e você vem aqui com seu veneno e escárnio. Bom, eu também conversei com elas. Atravessei a cidade e vi seus rostos, e eles têm algo que você nunca terá. Uma fé pequena e simples, e eles moverão montanhas com ela. Você está irritado porque alguém roubou seu estrelato, chegou aqui antes e ofuscou sua importância.

— Darei cinco segundos para você terminar — comentou o capitão. — Eu entendo. Você tem andado sob pressão, Martin. Meses de viagem pelo espaço, nostalgia, solidão. E agora, com isso acontecendo, eu compreendo, Martin. Vou ignorar sua insubordinação mesquinha.

— Mas eu não vou ignorar sua tirania mesquinha — devolveu Martin. — Estou pulando fora. Vou ficar por aqui.

— Você não pode fazer isso!

— Não posso? Tente me impedir. Era isso que eu estava procurando. Eu não sabia até então, mas era. Era isso que eu queria. Leve sua imundície para outro lugar, para envenenar outros com suas dúvidas e seu... método científico — ele disse, olhando em volta. — Essas pessoas vivenciaram uma experiência e você não parece conseguir entender que realmente aconteceu e que tivemos sorte o suficiente para chegar a tempo de ser parte dela. As pessoas na Terra falaram sobre esse homem por vinte séculos depois que ele caminhou pelo velho mundo. Todos nós queríamos vê-lo e ouvi--lo, e nunca tivemos a chance. E agora, hoje, perdemos a chance de vê-lo por apenas algumas horas.

O capitão Hart olhou para as bochechas de Martin.

— Você está chorando como um bebê. Pare com isso.

— Não me importo.

— Eu me importo. Na frente desses nativos precisamos manter as aparências. Você está transtornado. Como disse, eu perdoo você.

— Não quero seu perdão.

— Seu idiota. Não percebe que é um dos truques de Burton para enganar essas pessoas, para ludibriá-las, estabelecer seus interesses de petróleo e minérios sob um disfarce religioso? Você está sendo um tolo, Martin. Um tolo absoluto! Já devia conhecer os terráqueos a essa altura. Eles farão qualquer coisa... blasfemar, mentir, enganar, roubar, matar, para conseguir o que querem. Vale tudo, contanto que funcione; Burton é um verdadeiro pragmático. Você o conhece!

O capitão soltou uma bufada de escárnio.

— Sai dessa, Martin. Admita, esse é exatamente o tipo de tra-paça que Burton usaria, encantando esses cidadãos para arrancar tudo deles depois.

— Não — Martin disse, pensativo.

O capitão ergueu as mãos.

— É Burton. É ele. É o método dele, aquele criminoso. Preciso dizer que admiro aquele velho dragão. Chegando aqui com pirotecnia e um halo, com palavras suaves e um toque amoroso, alguns unguentos médicos aqui e um raio curativo acolá. Isso é a cara dele!

— Não. — Martin disse, em tom atordoado. Ele cobriu seus olhos. — Não, não acredito nisso.

— Você não quer acreditar. — O capitão Hart insistiu. — Admita agora. Admita. Essa história é a cara de algo que Burton faria. Pare de sonhar, Martin. Acorde! É de manhã. Este é o mundo real e somos pessoas de verdade, sujas... e Burton é o mais sujo de todos!

Martin virou a cara.

— Está tudo bem, Martin — disse Hart, dando tapinhas mecanicamente nas costas do homem. — Eu entendo. É um choque e tanto para você. Eu sei. Uma lástima completa e tudo mais. O Burton é um canalha. Vá descansar. Deixa que eu lido com isso.

Martin caminhou lentamente de volta ao foguete.

O capitão Hart o observou partir. Depois disso, respirando fundo, ele se voltou para a mulher que estava questionando.

— Bom. Me conte mais sobre esse homem. O que estava dizendo, senhora?

Mais tarde os oficiais do foguete jantavam em mesas de jogos do lado de fora. O capitão resumia as informações para Martin, que estava sentado taciturno diante de sua refeição, silencioso e de olhos vermelhos.

— Entrevistei quase quarenta pessoas, todas elas cheias das mesmas bobagens e mentiras — disse o capitão. — É trabalho do Burton mesmo, tenho certeza. Ele vai voltar amanhã ou semana que vem para consolidar seus milagres e roubar os nossos contratos. Acho que vou ficar por aqui e estragar seus planos.

Martin levantou a cabeça com uma expressão sombria.

— Eu vou matá-lo — ele disse.

— Ei, calma, Martin! Menos, menos, garoto.

— Eu vou matá-lo... desculpe, mas eu vou.

— Vamos sabotá-lo. Você precisa reconhecer que ele é esperto. Imoral, mas esperto.

— Ele é sujo.

— Você precisa prometer não fazer nada violento — disse o capitão Hart, verificando seus números. — De acordo com os dados, foram realizados trinta milagres de cura, um homem cego recuperou a visão, um leproso foi curado. Burton é eficiente, não há como negar.

Um gongo soou. Um instante depois chegou um homem correndo.

— Capitão, senhor. Um relatório! A nave de Burton vai aterrissar. A de Ashley também, senhor!

— Viu? — disse o capitão Hart, batendo na mesa. — Lá vem os chacais para fazer a festa! Mal podem esperar para se alimentar. Espere até eu confrontá-los. Vou obrigá-los a me incluir nesse banquete... vou mesmo!

Martin parecia enjoado. Ele encarou o capitão.

— Negócios, meu caro rapaz. Negócios — disse o capitão.

Todos levantaram a cabeça. Dois foguetes desceram dos céus.

Quando eles aterrissaram, quase bateram.

— Qual o problema desses palermas? — o capitão gritou, levantando em um salto.

Os homens correram pelas pradarias até as naves fumegantes. O capitão chegou. A porta da câmara de descompressão abriu na nave de Burton.

Um homem caiu em seus braços.

— O que está acontecendo? — Hart gritou.

O homem estava caído no chão. Eles se inclinaram sobre ele e viram que estava queimado, queimaduras graves. Seu corpo estava coberto de feridas, cicatrizes e tecido inflamado, soltando fumaça. Ele olhou para eles com olhos inchados e sua língua espessa se movia por lábios rachados.

— O que aconteceu? — o capitão perguntou, se ajoelhando e sacudindo o braço do homem.

— Senhor, senhor — o homem moribundo sussurrou. — Quarenta e oito horas atrás, no Setor Espacial 79 DFS, próximo do Planeta 1 neste sistema, nossa nave e a nave de Ashley entraram numa tempestade cósmica, senhor.

Líquido descia cinza das narinas do homem. Sangue escorria de sua boca. — Fomos dizimados. Toda a tripulação. Burton está morto. Ashley morreu uma hora atrás. Apenas três sobreviventes.

— Escuta! — gritou Hart, se inclinando sobre o homem que sangrava. — Vocês não vieram para esse planeta antes?

Silêncio.

— Responda! — Hart vociferou.

O moribundo disse:

— Não. Tempestade. Burton morreu dois dias atrás. Primeira aterrissagem em qualquer mundo em seis meses.

— Tem certeza? — Hart insistiu, tremendo violentamente, segurando o homem em suas mãos. — Você tem certeza?

— Absoluta — balbuciou o moribundo.

— Burton morreu dois dias atrás? Pode me garantir?

— Sim, sim — sussurrou o homem. Sua cabeça caiu para a frente. Ele estava morto.

O capitão se ajoelhou diante do corpo silencioso. O rosto do capitão tremia, músculos contraindo involuntariamente. Os outros membros da tripulação estavam parados atrás dele, olhando para baixo. Martin esperou. Por fim, o capitão pediu para que o ajudassem a se levantar, e assim fizeram. Eles ficaram parados olhando para a cidade.

— Isso significa...

— Isso significa? — perguntou Martin.

— Somos os únicos a ter visitado o planeta — sussurrou o capitão Hart. — E aquele homem...

— O que tem o homem, capitão? — perguntou Martin.

O rosto do capitão tremia sem controle. Ele parecia muito velho de fato, e cinza. Seu olhar estava vazio. Deu um passo à frente na grama seca.

— Venha, Martin. Venha. Me segure; pelo meu bem, me segure. Tenho medo de cair. E depressa. Não podemos perder tempo...

Eles se moveram, cambaleando, em direção à cidade, no meio da grama seca alta e do vento forte.

MUITAS HORAS DEPOIS, ESTAVAM sentados no auditório do prefeito. Mil pessoas tinham vindo, falado e ido embora. O capitão tinha permanecido sentado, seu rosto abatido, atento, escutando. Havia tanta luz nos rostos dos que compareceram, testemunharam e falaram, que ele não aguentou olhar para eles. E o tempo todo suas mãos continuaram inquietas, indo para seus joelhos, se juntando em seu cinto, tremendo e sacudindo.

Quando terminaram, o capitão Hart se voltou para o prefeito e, com um olhar estranho, disse:

— Mas você deve saber para onde ele foi.

— Ele não disse para onde ia — respondeu o prefeito.

— Para um dos mundos próximos? — exigiu o capitão.

— Eu não sei.

— Você deve saber.

— Está vendo ele? — perguntou o prefeito, indicando a multidão.

O capitão olhou.

— Não.

— Então ele provavelmente se foi — disse o prefeito.

— Provavelmente, provavelmente! — disse o capitão, em um fraco lamento. — Eu cometi um erro terrível e gostaria de vê-lo agora. Ora, acaba de me ocorrer, esse é um evento muito raro na história. Ser parte de algo assim. Ora, é uma chance em bilhões estarmos no planeta certo entre milhões de planetas um dia depois da vinda *dele*! Você deve saber para onde ele foi!

— Cada um o encontra do seu próprio jeito — retrucou o prefeito gentilmente.

— Está o escondendo. — O rosto do capitão foi lentamente ficando mais feio. Um pouco da dureza antiga voltou aos poucos. Ele começou a se levantar.

— Não — disse o prefeito.

— Quer dizer que sabe onde ele está? — Os dedos do capitão tremiam perto do coldre de couro do seu lado direito.

— Não saberia dizer onde ele está, exatamente — disse o prefeito.

— Sugiro que comece a falar. — O capitão sacou uma pequena arma de aço.

— Não tem como contar qualquer coisa para você — disse o prefeito.

— Mentiroso!

Uma expressão de pena surgiu no rosto do prefeito enquanto observava Hart.

— Você está muito cansado — ele disse. — Viajou um longo percurso e pertence a um povo cansado que perdeu a fé muito tempo atrás. Agora, quer tanto acreditar, que isso está mexendo com sua cabeça. Só vai tornar as coisas mais difíceis se matar alguém. Nunca vai encontrá-lo dessa forma.

— Para onde ele foi? Ele contou para você, você sabe. Vamos lá, desembuche! — O capitão esticou a arma.

O prefeito balançou sua cabeça.

— Conte! Conte para mim!

A arma estalou uma vez, duas vezes. O prefeito caiu, seu braço ferido.

Martin saltou à frente.

— Capitão!

A arma apontou para Martin.

— Não interfira.

No chão, segurando seu braço ferido, o prefeito olhou para cima.

— Largue sua arma. Você está causando mal a si mesmo. Você nunca acreditou e, agora que acha que acredita, machuca pessoas por causa disso.

— Não preciso de você — disse Hart, de pé sobre ele. — Se o perdi por um dia aqui, irei para outro mundo. E outro, e depois outro. No próximo planeta chegarei só meio dia depois, talvez, e um quarto de dia no terceiro, e duas horas no seguinte, e um minuto no próximo. Mas depois disso, um dia eu o alcançarei! Está me ouvindo? — Ele estava gritando agora, inclinado de forma cansada sobre o homem no chão. Ele cambaleava de exaustão. — Venha comigo, Martin. — Ele baixou a arma para o chão.

— Não — disse Martin. — Eu vou ficar.

— Você é um tolo. Fique, se quiser. Mas eu vou seguir em frente, com os outros, tão longe quanto conseguir.

O prefeito levantou a cabeça para Martin.

— Vou ficar bem. Me deixe aqui. Os outros cuidarão dos meus ferimentos.

— Eu vou voltar — disse Martin. — Só vou até o meu foguete.

Caminharam com velocidade violenta pela cidade. Era visível o esforço do capitão em demonstrar todo seu vigor antigo, para se forçar a seguir adiante. Quando alcançou o foguete, bateu na lateral dele com uma mão que tremia. Guardou sua arma e olhou para Martin.

— E então, Martin?

Martin olhou para ele.

— Pois não, capitão?

O capitão olhava para o céu.

— Tem certeza de que não... não virá... comigo?

— Tenho, senhor.

— Será uma grande aventura, pelo amor de Deus! Sei que vou encontrá-lo.

— Você está decidido agora, não está, senhor? — perguntou Martin.

O rosto do capitão estremeceu e seus olhos se fecharam.

— Sim.

— Tem uma coisa que eu gostaria de saber.

— O quê?

— Senhor, quando encontrá-lo... *se* encontrá-lo — perguntou Martin —, o que você pedirá a ele?

— Por quê... — O capitão hesitou, abrindo os olhos. Apertou e relaxou as mãos. Ele refletiu por um instante e, então, um estranho sorriso apareceu. — Ora, pedirei um pouco de... paz e tranquilidade. — Ele se encostou no foguete. — Faz muito tempo, muito, muito tempo desde... desde a última vez que eu relaxei.

— Você já tentou, capitão?

— Não entendo — disse Hart.

— Deixa para lá. Adeus, capitão.

— Até mais, sr. Martin.

A tripulação estava esperando no porto. De todos eles, só três iam seguir com Hart. Os outros sete permaneceriam ali com Martin, eles disseram.

Capitão Hart estudou-os por um instante e emitiu seu veredito:

— Tolos!

Ele escalou por último a câmara de vácuo, fez uma breve saudação militar e riu secamente. A porta bateu com força.

O foguete ascendeu em direção aos céus num pilar de fogo.

Martin o assistiu se afastar e desaparecer.

Na beirada da pradaria, o prefeito, apoiado por diversos homens, chamava.

— Ele se foi — disse Martin, ao se aproximar.

— Sim, pobre homem, ele se foi — disse o prefeito. — E agora seguirá adiante, planeta após planeta, procurando e procurando, e sempre estará uma hora atrasado, ou meia hora, ou dez minutos, ou um minuto. E um dia vai conseguir chegar somente alguns instantes depois. E quando tiver visitado trezentos mundos e tiver setenta ou oitenta anos de idade, chegará apenas uma fração de segundo atrasado e depois uma fração ainda menor. E ele continuará e continuará, tentando encontrar aquilo que deixou para trás bem aqui, neste planeta, nesta cidade...

Martin olhou fixamente para o prefeito.

O prefeito estendeu a mão.

— E havia alguma dúvida? — Ele chamou os demais e se virou. — Venha. É melhor não deixá-lo esperando.

Juntos, caminharam em direção à cidade.

A LONGA CHUVA

A CHUVA PERSISTIA. ERA uma chuva pesada, perpétua, que suava e escorria; uma garoa, uma chuva torrencial, uma fonte, chicoteando os olhos, uma corrente nos tornozelos. Ela vinha aos quilos e toneladas, golpeando a selva, cortando as árvores como tesouras, raspava a grama, criava túneis no solo e desfolhava os arbustos. Encolhia as mãos dos homens, tornando-as mãos de macacos enrugados; era uma chuva de vidro sólido e nunca parava.

— Falta quanto, tenente?

— Não sei. Um quilômetro, dez, mil.

— Você não tem certeza?

— Como posso ter certeza?

— Não gosto desta chuva. Se soubéssemos a distância até o Domo Solar, me sentiria melhor.

— Mais uma hora ou duas daqui.

— Realmente acha isso, tenente?

— Claro.

— Ou está mentindo para nos manter felizes?

— Estou mentindo para manter vocês felizes. Cale a boca!

Os dois homens se sentaram juntos na chuva. Atrás deles se sentaram mais dois homens, molhados, cansados e caídos como barro que se desmancha.

O tenente levantou a cabeça. Seu rosto já tinha sido marrom, mas a chuva o lavou até ficar pálido, limpando a cor dos seus olhos e os deixando brancos, assim como seus dentes, assim como seu cabelo. Ele estava todo branco. Até seu uniforme estava começando a ficar branco, e talvez um pouco verde com fungos.

O tenente sentiu a chuva em suas bochechas.

— Faz quantos milhões de anos desde que a chuva parou de cair aqui em Vênus?

— Não seja doido — disse um dos dois outros homens. — Nunca para de chover aqui em Vênus. Chove e chove sem parar. Moro aqui há dez anos e nunca vi um minuto, nem mesmo um instante, sem um dilúvio.

— É como viver embaixo d'água — disse o tenente, e ele se levantou, ajeitando suas armas. — Bom, é melhor irmos andando. Ainda vamos encontrar o Domo Solar.

— Ou talvez não — disse o cínico.

— Falta uma hora ou algo assim.

— Agora você está mentindo para mim, tenente.

— Não, agora estou mentindo para mim mesmo. Estamos num daqueles momentos em que é preciso mentir. Não vou conseguir aguentar essa situação por muito mais tempo.

Eles caminharam pela trilha na selva, de vez em quando verificavam suas bússolas. Não havia referência de direção em lugar algum, apenas o que a bússola dizia. Havia o céu cinza, a chuva caindo, a selva e uma trilha, e, lá atrás deles, em algum lugar, um foguete no qual tinham viajado e caído. Um foguete em que estavam dois de seus amigos, mortos e escorrendo chuva.

Caminhavam em fila indiana, sem conversar. Chegaram a um rio amplo, tranquilo e marrom, descendo até o mar Único. Sua superfície era pontilhada em um bilhão de lugares pela chuva.

— Vamos lá, Simmons.

O tenente assentiu e Simmons retirou um pequeno pacote das costas que, com a pressão de um produto químico oculto, inflou até se tornar um barco grande. Em seguida, o tenente comandou o corte de madeira e a rápida fabricação de remos, e eles partiram pelo rio, remando rapidamente pela superfície lisa, debaixo da chuva.

O tenente sentia a chuva fria em suas bochechas, pescoço e braços em movimento. O frio começava a penetrar em seus pulmões. Ele sentiu a chuva em seus ouvidos, seus olhos e suas pernas.

— Eu não consegui dormir na noite passada — ele disse.

— Quem conseguiria? Quem conseguiu? Quando? Quantas noites a gente *dormiu*? Trinta noites, trinta dias! Quem consegue dormir com chuva batendo na cabeça, martelando... eu daria qualquer coisa por um chapéu. Qualquer coisa mesmo, só para ela não bater mais na minha cabeça. Eu tenho enxaquecas. Minha cabeça está dolorida, dói o tempo todo.

— Eu me arrependo muito de vir para a China — disse um dos outros.

— Primeira vez que ouço alguém chamar Vênus de China.

— Claro, China. Cura da água chinesa. Lembra da velha tortura? Amarrado contra uma parede. Uma gota de água na sua cabeça a cada meia hora. Você enlouquece esperando a próxima. Bom, Vênus é assim, só que em grande escala. Não fomos feitos para a água. Não se consegue dormir, não dá para respirar direito, e você enlouquece só de ficar empapado. Se tivéssemos nos preparado para a queda, teríamos trazido uniformes à prova d'água e chapéus. É a chuva batendo nas nossas cabeças que é insuportável, no fim das contas. É tão pesada. Parece chumbinho. Não sei por quanto tempo vou aguentar.

— Cara, eu queria o Domo Solar! O sujeito que criou *isso* realmente era um gênio.

Atravessaram o rio e na travessia pensaram no Domo Solar, em algum lugar à frente deles, brilhando na chuva da selva. Uma casa amarela, tão redonda e reluzente como o sol. Uma casa de cinco metros de altura com diâmetro de trinta metros, e dentro haveria calor, silêncio, comida quente e abrigo da chuva. E no centro do Domo Solar, é claro, havia um sol. Um pequeno globo livre e flutuante de fogo amarelo, à deriva num espaço no topo da construção, visível a partir de onde você estivesse sentado, fumando ou lendo um livro ou bebendo seu chocolate quente coroado de marshmallow. Lá estaria ele, o sol amarelo, com o mesmo tamanho do sol da Terra, e ele seria quente e contínuo, e o mundo chuvoso de Vênus seria esquecido desde que ficassem na casa e desfrutassem do seu tempo lá.

O tenente virou para trás e olhou para os três homens usando seus remos e cerrando os dentes. Estavam brancos como cogumelos, tão brancos quanto ele. Vênus desbotava tudo em alguns meses. Até a selva era um enorme pesadelo de desenho animado, pois como a selva seria verde sem sol, com a chuva sempre caindo e sempre no crepúsculo? A selva era branca, totalmente branca, com folhas pálidas da cor de queijo, e a terra esculpida de camembert molhado, e os troncos de árvore como imensos cogumelos… tudo em branco e preto. E quantas vezes se conseguia enxergar o próprio solo? Não era mais frequente ver um riacho, um córrego, uma poça, uma piscina, um lago, um rio e então, finalmente, o mar?

— Chegamos!

Saltaram para a margem do outro lado, espalhando um aguaceiro para todo lado. O barco foi desinflado e armazenado numa caixa de cigarros. Então, de pé na margem chuvosa, eles tentaram acender uns cigarros. Mais ou menos cinco minutos depois, tremendo, conseguiram fazer o acendedor invertido funcionar e, protegendo-o com as mãos, conseguiram dar algumas tragadas até que, rápido demais, os cigarros ficassem molengas e fossem arrancados dos seus lábios por uma súbita lufada de chuva.

Seguiram em frente.

— Espere só um instante — disse o tenente. — Acho que vi algo à frente.

— O Domo Solar?

— Não tenho certeza. A chuva engrossou de novo.

Simmons começou a correr.

— O Domo Solar!

— Volte aqui, Simmons!

— O Domo Solar!

Simmons desapareceu na chuva. Os outros correram atrás dele.

Encontraram-no numa pequena clareira. Pararam e olharam para ele e sua descoberta.

O foguete.

Estava caído onde eles o haviam deixado. De alguma forma, tinham dado a volta e retornado ao ponto de partida. Nas ruínas da nave, fungo verde crescia das bocas dos dois homens mortos. Enquanto assistiam, o fungo floresceu, as pétalas se desfizeram na chuva e o fungo morreu.

— Como conseguimos essa façanha?

— Deve ter uma tempestade elétrica acontecendo por perto e ela mexeu com nossas bússolas. Isso explicaria.

— Faz sentido.

— O que vamos fazer agora?

— Começar de novo.

— Meu Deus, não avançamos nada!

— Vamos tentar permanecer calmos, Simmons.

— Calmos, calmos!? Essa chuva está me enlouquecendo.

— Temos comida suficiente para mais dois dias se tivermos cuidado.

A chuva dançava nas peles dos homens, nos seus uniformes molhados. Escorria dos seus narizes e orelhas, seus dedos e joelhos. Eles pareciam fontes congeladas na selva, esguichando água por cada poro.

E ali, parados, ouviram um rugido ao longe.

O monstro emergiu da chuva. Ele se apoiava em mil pernas elétricas azuis. Caminhava de forma rápida e terrível. Desceu uma perna com um golpe violento. Em cada ponto golpeado por uma perna, uma árvore caía e queimava. Grandes lufadas de ozônio encheram o ar chuvoso, a fumaça subiu e foi rompida pela chuva. O monstro tinha uns oitocentos metros de largura e mais de um quilômetro e meio de altura e perambulava pelo chão como uma grande criatura cega. Às vezes, por um momento, não tinha nenhuma perna. Depois, no instante seguinte, mil chicotes desciam de sua barriga, chicotes branco-azulados, para ferroar a selva.

— Eis a tempestade elétrica — disse um dos homens. — Eis aquilo que arruinou nossas bússolas. E vem nesta direção.

— Deitem-se, todos — ordenou o tenente.

— Corram! — gritou Simmons.

— Não seja tolo. Deite-se. A tempestade atinge os pontos mais altos. Pode passar pela gente sem nos ferir. Deite-se a cerca de quinze metros do foguete. Talvez ela gaste sua força por lá e nos deixe em paz. Abaixem-se!

Os homens se jogaram ao chão.

— Está vindo? — eles perguntaram uns para os outros, depois de um instante.

— Vindo.

— Está mais próxima?

— A uns cento e oitenta metros de distância.

— Mais próxima?

— Ela chegou!

O monstro chegou e os cobriu. Dele caíram dez raios azuis elétricos que alvejaram o foguete. O foguete acendeu como um gongo atingido e produziu um zumbido metálico. O monstro lançou mais quinze raios que dançaram para lá e para cá, numa pantomina ridícula, com uma sensação de selva e solo aguado.

— Não, não! — um dos homens disse, se levantando num salto.

— Abaixe-se, seu idiota! — disse o tenente.

— Não!

Os raios atingiram o foguete mais uma dúzia de vezes. O tenente virou a cabeça sobre o braço e viu os relâmpagos azuis ardentes. Viu árvores racharem e desabarem em ruínas. Viu a nuvem escura monstruosa virar como um disco negro acima dele e arremessar outra centena de varas de eletricidade.

O homem que tinha levantado com um salto agora corria, como alguém num grande salão de pilastras. Ele acelerou desviando por entre colunas e então, finalmente, uma dúzia de pilastras o atingiu, provocando um som que parecia uma mosca pousando nas grades elétricas de uma armadilha. O tenente se lembrava disso por ter passado a infância numa fazenda. Em seguida veio o cheiro de um homem queimado até virar cinzas.

O tenente abaixou a cabeça.

— Não olhem para cima — ele disse aos outros. Tinha medo de que ele mesmo acabasse saindo em disparada a qualquer momento.

A tempestade acima deles relampejou com uma nova leva de raios e então seguiu adiante. Mais uma vez havia apenas a chuva, que rapidamente limpou o cheiro de queimado do ar. Em pouco tempo, os três homens remanescentes estavam sentados, esperando o batimento dos seus corações se acalmarem mais uma vez.

Caminharam até o corpo, pensando que talvez ainda pudessem salvar a vida do homem. Não conseguiam acreditar que não houvesse jeito de ajudá-lo. Era um ato natural para homens que não aceitavam a morte até terem tocado nela, a revirado e feito planos para enterrá-la ou deixá-la para que a selva a enterrasse em uma hora de rápido crescimento.

O corpo era aço retorcido enrolado em couro queimado. Parecia um boneco de cera jogado num incinerador e retirado depois de a cera afundar até o esqueleto de carvão. Apenas os dentes eram brancos, e brilhavam como um estranho bracelete branco caindo parcialmente de um punho negro.

— Ele não deveria ter se levantado — disseram quase ao mesmo tempo.

Ainda estavam parados junto ao corpo quando ele começou a desaparecer, a vegetação crescendo por cima dele, pequenas vinhas, trepadeiras e heras, e até flores para o morto.

Ao longe, a tempestade se afastou em raios azuis e desapareceu.

ATRAVESSARAM UM RIO, UM riacho e um córrego, e mais dezenas de outros rios, riachos e córregos. Diante dos seus olhos, rios surgiam, caudalosos, novos rios, enquanto rios antigos mudavam seus caminhos... rios cor de mercúrio, cor de prata e leite.

Chegaram ao mar.

O mar Único. Havia somente um continente em Vênus. A massa terrestre possuía cinco quilômetros de largura e cinco quilômetros de extensão, e em torno dessa ilha existia o mar Único, cobrindo todo o planeta chuvoso. O mar Único, que tocava a costa pálida calmamente...

— POR AQUI — disse o tenente, indicando com a cabeça a direção sul. — Tenho certeza de que existem dois Domos Solares naquela direção.

— Por que não aproveitam e constroem mais uns cem?

— Há cento e vinte deles agora, não?

— Cento e vinte seis até o mês passado. Eles tentaram aprovar um projeto de lei no Congresso da Terra um ano atrás para obter recursos para mais uns vinte, mas não, você sabe como são *essas* coisas. Eles preferem deixar alguns homens enlouquecerem com a chuva.

Partiram para o sul.

O tenente, Simmons e o terceiro homem, Pickard, caminharam debaixo da chuva, debaixo da chuva que caía pesada e leve, pesada e leve; debaixo da chuva que caía ora como uma garoa, ora torrencial, e não parava de cair sobre a terra, o mar e as pessoas caminhando.

Simmons viu primeiro.

— Lá está ele!

— O quê?

— O Domo Solar!

O tenente piscou para limpar a água dos olhos e levantou as mãos para se proteger dos golpes pungentes da chuva.

À distância, havia um brilho amarelo na beira da selva, perto do mar. Era de fato o Domo Solar.

Os homens sorriram uns para os outros.

— Pelo visto você tinha razão, tenente.

— Sorte.

— Irmão, só de vê-lo sinto minha força renovada. Vamos lá! O último a chegar lá é um filho da puta! — Simmons começou a andar rápido. Os outros automaticamente o seguiram, arfando, cansados, mas mantendo o ritmo.

— Um grande bule de café para mim — disse Simmons ofegante e sorrindo. — E uma fornada de pãezinhos de canela, pelo amor de Deus! E só deitar lá e deixar o velho sol aquecê-lo. O sujeito que inventou os Domos Solares devia ter recebido uma medalha!

Correram mais rápido. O brilho amarelo ficou mais forte.

— Muitos homens devem ter enlouquecido até eles descobrirem a cura. Você imaginaria que fosse óbvio! Claro. — Simmons disse as palavras arfando, no mesmo ritmo da sua corrida. — Chuva, chuva! Anos atrás. Encontrei um amigo meu. Na selva. Perambulando. Na chuva. Repetindo e repetindo, "Não sabia, que devia sair, fora da chuva. Não sabia, que devia sair, fora da chuva. Não sabia…", sem parar, assim mesmo. Pobre sujeito maluco.

— Economize o fôlego!

Todos correram.

Eles riram. Alcançaram a porta do Domo Solar, rindo.

Simmons abriu a porta com força.

— Ei! — ele gritou. — Tragam café e pãezinhos!

Nenhuma resposta.

Atravessaram a porta.

O Domo Solar estava vazio e escuro. Não havia nenhum sol amarelo sintético flutuando num sussurro alto gasoso no centro de um teto azul. Não havia comida esperando. Estava frio como um cofre. E, através de mil buracos recém-perfurados no teto, a água escorria, a chuva caía, ensopando os tapetes espessos e a mobília moderna pesada, respingando nas mesas de vidro. A selva estava crescendo como musgo na sala, em cima das estantes e divãs. A chuva invadia com força pelos buracos e caía no rosto dos três homens.

Pickard começou a rir em voz baixa.

— Cale a boca, Pickard!

— Pelos deuses, veja o que nos espera... nenhuma comida, nenhum sol, nada. Os venusianos... foram eles! É claro!

Simmons assentiu, com a chuva escoando pelo seu rosto. A água escorria por seu cabelo prateado e por suas sobrancelhas brancas.

— De vez em quando os venusianos saem do mar e atacam um Domo Solar. Eles sabem que, se acabarem com os Domos Solares, podem acabar com a gente.

— Mas os Domos Solares não são protegidos com armas?

— Claro. — Simmons deu um passo para o lado para um lugar relativamente seco. — Mas já faz cinco anos desde a última vez que os venusianos tentaram alguma coisa. As defesas relaxam. Eles pegaram este domo de surpresa.

— Onde estão os corpos?

— Os venusianos levaram todos eles para o fundo do mar. Ouvi dizer que têm um método encantador de afogar as pessoas. Leva cerca de oito horas para ser afogado do jeito que eles fazem. Realmente encantador.

— Aposto que não há nenhuma comida por aqui — disse Pickard, rindo.

O tenente fez uma careta para ele e assentiu de forma que Simmons pudesse ver. Simmons balançou a cabeça e voltou para o aposento numa das laterais da câmara oval. Na cozinha, havia vários pães empapados espalhados. Na carne, crescia uma leve penugem verde. A chuva entrava por uma centena de furos no teto da cozinha.

— Brilhante. — O tenente levantou a cabeça para observar os buracos. — Imagino não ser possível tapar todos esses buracos e nos acomodar aqui.

— Sem comida, senhor? — Simmons retrucou. — Notei que a máquina solar foi destruída. Nossa melhor opção é tentarmos chegar ao próximo Domo Solar. Qual a distância até lá?

— Não é longe. Se bem me lembro, eles construíram dois domos bem próximos nessa região. Talvez, se esperarmos aqui, possa vir uma missão de resgate do outro...

— Provavelmente já esteve aqui e já foi embora alguns dias atrás. Enviarão uma equipe para consertar este lugar em cerca de seis meses, quando conseguirem dinheiro do Congresso. Não acho prudente esperar.

— Certo. Vamos comer o que sobrou das nossas rações e partir para o próximo Domo.

Pickard disse:

— Se pelo menos a chuva parasse de bater na minha cabeça, só por uns minutos. Se eu conseguisse me lembrar da sensação de não ser incomodado. — Ele colocou as mãos sobre o crânio e segurou com força. — Lembro quando estava na escola, tinha um valentão que costumava se sentar atrás de mim e me beliscar, beliscar, beliscar a cada cinco minutos, o dia todo. Ele fez isso por semanas e meses. Meus braços ficavam doloridos, roxos e escuros o tempo inteiro. Achei que enlouqueceria de tanto ser beliscado.

Um dia devo ter ficado um pouco irritado de ser machucado sem parar, por isso me virei, peguei uma régua metálica que usava em desenhos mecânicos e quase matei o desgraçado. Quase decepei sua cabeça maldita. Quase arranquei seu olho antes de me arrastarem para fora da sala, enquanto eu continuava a gritar: "Por que ele não me deixa em paz? Por que não me deixa em paz? Caramba!". — Suas mãos prendiam o osso da cabeça, tremendo, apertando, seus olhos fechados. — Mas o que eu faço *agora?* Quem eu acerto, para quem digo "me deixe em paz, pare de me perturbar"? Esta maldita chuva, que nem os beliscões, sempre *batendo* em você, é tudo o que se consegue ouvir, tudo que se sente!

— Alcançaremos o outro Domo Solar antes das quatro desta tarde.

— Domo Solar? Olhe bem para este aqui! E se todos os Domos Solares de Vênus tiverem sido destruídos? E aí? E se houver buracos em todos os tetos, com chuva entrando?

— O jeito é arriscar.

— Estou cansado de arriscar. Só quero um teto e um pouco de paz. Quero ficar sozinho.

— São só mais oito horas, se você aguentar.

— Não se preocupe, eu aguento, pode deixar.

E Pickard riu, sem olhar para eles.

— Vamos comer — disse Simmons, observando-o.

ELES PARTIRAM PELA COSTA, mais uma vez rumo ao sul. Depois de quatro horas, precisaram tomar um desvio em direção ao interior para contornar um rio com um quilômetro e meio de largura, tão caudaloso que não era possível atravessá-lo a barco. Tiveram que caminhar quase dez quilômetros para o interior até o lugar onde o rio borbulhava subitamente da terra, como uma ferida mortal. Na chuva, caminharam no terreno sólido e retornaram ao mar.

— Preciso dormir — disse Pickard, por fim. Ele desabou. — Não durmo faz quatro semanas. Tentei, mas não consegui. Vou dormir aqui.

O céu estava escurecendo. A noite de Vênus estava caindo, tão completamente escura que era perigoso se mover. Simmons e o tenente também caíram de joelhos, e o tenente disse:

— Certo, vamos ver o que conseguimos fazer. Já tentamos antes, mas não sei. Dormir não parece ser uma das coisas possíveis de se fazer neste clima.

Eles se deitaram, apoiando a cabeça mais no alto para que a água não descesse até a boca, e fecharam os olhos. O tenente estremeceu.

Ele não dormiu.

Havia coisas rastejando na sua pele. Coisas cresciam em camadas em cima dele. Gotas caíam e tocavam outras gotas, virando fios de água escorrendo por seu corpo, e enquanto os fios se moviam sobre sua carne, as pequenas plantas da floresta se enraizavam nas suas roupas. Ele sentiu a trepadeira se fixar e criar uma segunda roupa sobre ele; sentiu as pequenas flores criarem botões, abrirem as pétalas e depois as soltarem, e ainda assim a chuva tamborilava no seu corpo e na sua cabeça. Na noite luminosa... pois a vegetação crescia na escuridão... ele conseguia ver a silhueta dos outros dois homens, como troncos caídos que tinham vestido coberturas aveludadas de grama e flores. A chuva atingiu seu rosto. Ele cobriu o rosto com as mãos. A chuva atingiu seu pescoço. Ele se virou de bruços, barriga na lama, nas plantas de borracha, e a chuva atingiu suas costas e pernas.

De repente, ele se levantou num salto e começou a limpar a água de si mesmo. Mil mãos encostavam nele, e ele não queria mais ser tocado. Ele não aguentava mais ser tocado. Ele se debateu e acertou alguma outra coisa e sabia que era Simmons, de pé na chuva, espirrando umidade, tossindo e engasgando. Não tardou e Pickard estava de pé, gritando e correndo de um lado para o outro.

— Espere um minuto, Pickard!

— Pare com isso, pare com isso! — gritou Pickard. Ele disparou seis vezes com sua arma para o céu noturno. Nos lampejos de luz pulverizada, podiam ver exércitos de gotículas de chuva, suspensas como se estivessem num âmbar imenso e imóvel; hesitando por um instante como se chocadas pela explosão. Quinze bilhões de gotículas, quinze bilhões de lágrimas, quinze bilhões de ornamentos, joias destacadas num quadro de exibição de veludo branco. Então, com a luz apagada, as gotas que haviam aguardado sua fotografia, suspensas no seu mergulho, caíram sobre eles, pinicando, como uma nuvem de insetos de frio e dor.

— Pare com isso! Pare com isso!

— Pickard!

Mas Pickard estava de pé sozinho agora. Quando o tenente acendeu uma pequena lâmpada de mão e a passou na frente do rosto molhado de Pickard, os olhos do homem estavam dilatados, sua boca, aberta e o rosto, virado para cima, deixando a água bater e espirrar na sua língua, atingir e afogar os olhos arregalados, fervilhar num sussurro borbulhante nas narinas.

— Pickard!

O homem não respondia. Simplesmente ficou parado por um longo tempo com as bolhas de chuva vazando do seu cabelo esbranquiçado e algemas de joias de chuva escorrendo dos seus pulsos e pescoço.

— Pickard! Estamos indo embora. Vamos seguir adiante. Siga-nos.

A chuva pingava dos ouvidos de Pickard.

— Você me escutou, Pickard?

Era como gritar dentro de um poço.

— Pickard!

— Deixe-o em paz — disse Simmons.

— Não podemos seguir sem ele.

— O que vamos fazer, carregá-lo? — disse Simmons, em tom de raiva. — Ele não consegue ajudar ninguém, nem a si mesmo. Sabe o que ele vai fazer? Só vai continuar parado ali e se afogar.

— O quê?

— Você já devia saber disso a essa altura. Não conhece a história? Ele só vai ficar parado com a cabeça virada para cima e deixar a chuva entrar em suas narinas e sua boca. Ele vai respirar a água.

— Não.

— Foi assim que encontraram o general Mendt daquela vez. Sentado numa pedra, cabeça inclinada para trás, respirando a chuva. Seus pulmões estavam cheios d'água.

O tenente voltou a luz para o rosto que não piscava. As narinas de Pickard produziam um minúsculo som molhado sussurrante.

— Pickard! — O tenente deu um tapa no seu rosto.

— Ele não consegue senti-lo — disse Simmons. — Alguns dias nessa chuva e você não tem mais rosto, pernas ou mãos.

O tenente olhou para a própria mão, horrorizado. Não conseguia mais senti-la.

— Mas não podemos deixar Pickard aqui.

— Vou mostrar a você o que podemos fazer. — Simmons atirou com sua arma.

Pickard caiu na terra chuvosa.

Simmons disse:

— Não se mova, tenente. Minha arma está pronta pra você, se for preciso. Pense comigo; ele só teria ficado parado, sentado ou de pé, e se afogado. É mais rápido dessa maneira.

O tenente olhou fixamente para o corpo.

— Mas você o matou.

— Sim, porque ele teria nos matado, sendo um fardo. Você viu o rosto dele. Ele enlouqueceu.

Depois de um instante o tenente assentiu.

— Certo.

Saíram andando debaixo da chuva.

Estava escuro. Suas lâmpadas portáteis produziam um feixe de luz que só penetrava a chuva por cerca de um metro. Depois de meia hora, tiveram de parar e se sentar pelo resto da noite, sentindo dor de tanta fome, esperando a alvorada. Quando ela chegou, estava cinzenta, e chovia sem parar como antes. Eles recomeçaram a caminhar.

— Nós calculamos errado — disse Simmons.

— Não. Mais uma hora.

— Fale mais alto. Não consigo ouvi-lo. — Simmons parou e sorriu. — Jesus — ele disse, e encostou nos seus ouvidos. — Meus ouvidos. Eles desistiram. Toda essa chuva escorrendo finalmente me entorpeceu até os ossos.

— Não consegue ouvir nada? — perguntou o tenente.

— O quê? — Simmons tinha um olhar confuso.

— Nada. Vamos lá.

— Acho que vou esperar aqui. Vai indo na frente.

— Não pode fazer isso.

— Não consigo ouvi-lo. Pode seguir. Estou cansado. Não acho que o Domo Solar fique naquela direção. E, se ficar, provavelmente terá buracos no teto que nem o último. Acho que vou só me sentar aqui.

— Levante-se!

— Adeus, tenente.

— Não pode desistir agora.

— Minha arma aqui comigo diz que eu vou ficar. Simplesmente não me importo mais. Não estou maluco ainda, mas estou quase lá. Não quero morrer desse jeito. Assim que você sumir da minha vista, vou atirar em mim mesmo.

— Simmons!

— Você disse meu nome. Isso eu consigo ler nos seus lábios.

— Simmons.

— Escuta, é questão de tempo. Eu morro agora ou em algumas horas. Espere só até você chegar no próximo Domo, se é que vai chegar lá, e encontrar chuva escorrendo do teto. Não vai ser uma beleza?

O tenente esperou e então saiu chafurdando na chuva. Virou-se e gritou uma vez, mas Simmons apenas continuava lá, sentado com a arma empunhada, esperando que ele saísse do seu campo de visão. Ele sacudiu a cabeça e acenou para o tenente prosseguir.

Ele começou a comer as flores enquanto caminhava. Elas assentaram por pouco tempo. Não eram venenosas, tampouco particularmente nutritivas, e ele as vomitou, enjoado, cerca de um minuto depois.

Numa ocasião, pegou algumas folhas e tentou criar um chapéu para si, mas já tinha tentado isso antes; a chuva derretia as folhas de sua cabeça. Uma vez colhida, a vegetação apodrecia rapidamente e virava massa cinza em seus dedos.

— Mais cinco minutos — ele disse para si mesmo. — Mais cinco minutos e vou tomar a direção do mar e seguir andando. Não fomos feitos para isso; nenhum terráqueo foi ou jamais será capaz de aguentar. Seus nervos, seus nervos.

Perambulou por um mar de lama e folhagem e chegou a uma pequena colina.

Lá longe havia uma tênue mancha amarela nos véus frios de água. O próximo Domo Solar.

Vista através das árvores, uma construção longínqua, redonda e amarela, bem distante. Por um instante ele apenas ficou parado, balançando de um lado para o outro, olhando para ela.

Começou a correr, mas acabou desacelerando por estar com medo. Ele não gritou. E se for o mesmo? E se for um Domo Solar morto, sem sol dentro?, ele pensou.

Escorregou e caiu. Deita aqui, ele pensou; não é o domo certo. Fica aqui. Não adianta. Beba tudo que quiser.

Mas ele conseguiu se levantar novamente e atravessou vários riachos, e a luz amarela cresceu até ficar bem forte, e ele começou a correr novamente, seus pés se chocando com espelhos e vidro, seus braços se debatendo entre diamantes e pedras preciosas.

Parou diante da porta amarela. As letras impressas nela diziam o Domo Solar. Ele levantou a mão entorpecida para senti-la. Em seguida, girou a maçaneta e cambaleou para dentro.

Parou por um instante olhando em volta. Atrás dele, a chuva chicoteava a porta. À sua frente, numa mesa baixa, havia um pote prateado de chocolate quente, fumegante, e um copo cheio do mesmo líquido, com um marshmallow por cima. E do lado, em outra bandeja, sanduíches espessos de carne suculenta de frango, tomates recém-cortados e cebolinha. Numa barra diante dos seus olhos havia uma toalha turca verde, espessa e enorme, e uma cesta para jogar as roupas molhadas. À sua direita, um pequeno cubículo onde raios solares poderiam secá-lo instantaneamente. Em cima de uma cadeira, um uniforme novo e limpo, esperando qualquer um, ele ou outro perdido, que pudesse usá-lo. E mais à frente, café em urnas de bronze fumegantes, e um fonógrafo tocando música suave, além de livros envoltos em couro vermelho e marrom. Próximo dos livros havia um divã, um divã macio e profundo onde poderia se deitar, exposto e nu, para absorver os raios daquele objeto grande e brilhante que dominava toda a sala ampla.

Ele colocou as mãos diante dos olhos. Viu outros homens vindo na sua direção, mas não disse nada para eles. Esperou, abriu os olhos e observou. A água do seu uniforme se acumulava aos seus pés, e ele a sentiu secando do seu cabelo, do seu rosto, peito, braços e pernas.

Estava olhando para o sol.

Ele pendia do centro da sala, enorme, amarelo e quente. Não fazia som, e não havia som no ambiente. A porta estava fechada e a chuva era apenas uma memória no seu corpo que formigava. O sol estava pendurado alto no céu azul da sala, caloroso, quente, amarelo e muito bom.

Ele avançou, arrancando as roupas conforme caminhava.

O HOMEM DO FOGUETE

OS VAGA-LUMES ELÉTRICOS FLUTUAVAM acima do cabelo preto da Mamãe para iluminar seu caminho. Ela estava parada na porta do quarto olhando para mim enquanto eu passava no corredor silencioso.

— Você *vai* me ajudar a mantê-lo aqui desta vez, não vai? — ela perguntou.

— Acho que sim — eu disse.

— Por favor. — Os vaga-lumes jogavam feixes de luz em movimento no seu rosto branco. — Ele não pode ir embora de novo.

— Certo — eu disse, depois de um instante parado. — Mas não vai dar certo; não vai adiantar.

Ela foi embora e os vaga-lumes, em seus circuitos elétricos, seguiram esvoaçantes atrás dela numa constelação errante, mostrando-lhe como caminhar na escuridão. Eu a ouvi dizer em voz baixa:

— Nós precisamos tentar, de qualquer modo.

Outros vaga-lumes me seguiram até meu quarto. Quando o peso do meu corpo cortou um circuito na cama, os vaga-lumes apagaram. Era meia-noite, e Mamãe e eu esperamos na cama, nossos quartos separados pela escuridão. A cama começou a me balançar e a cantar para mim. Toquei num interruptor; a cantoria e o balanço pararam. Eu não queria dormir. Não queria dormir mesmo.

Esta noite não seria diferente de mil outras em nossa época. Acordávamos à noite, sentindo o ar frio esquentando, sentindo o fogo no vento, vendo as paredes ardendo com uma cor viva por um instante, e assim sabíamos que o foguete *dele* passava em cima da nossa casa... o foguete dele, e os carvalhos oscilando com o impacto. Eu ficava ali deitado, olhos arregalados, arfando, e minha mãe, no quarto dela. Sua voz me alcançava pelo rádio interquartos:

— Sentiu isso?

E eu respondia:

— Foi ele, com certeza.

Era a nave do meu pai sobrevoando nossa cidade, uma pequena cidade nunca visitada por foguetes *espaciais*, e nós ficávamos acordados pelas duas horas seguintes, pensando:

— Agora Papai aterrissou em Springfield, agora ele está na pista, agora está assinando os papéis, agora está no helicóptero, agora no rio, agora nas colinas, agora está pousando o helicóptero no pequeno aeroporto aqui da Vila Green... — E a noite já estaria na metade quando, das nossas camas frias separadas, eu e Mamãe seguíssemos escutando, prestando atenção. — Agora ele está andando pela rua Bell. Ele sempre caminha... nunca pega um táxi... agora atravessou o parque, agora está virando a esquina de Oakhurst e *agora*...

Levantei minha cabeça do travesseiro. Lá longe na rua, se aproximando cada vez mais, passos rápidos, acelerados, elegantes. Agora virando na direção da nossa casa, subindo os degraus da varanda. E nós dois sorrindo na escuridão fria, Mamãe e eu, quando ouvimos a porta da frente abrir por tê-lo reconhecido, falar uma rápida mensagem de boas-vindas e fechar, lá embaixo...

Três horas depois, viro silenciosamente a maçaneta de latão do quarto deles, prendendo a respiração, me equilibrando numa escuridão tão grande quanto o espaço entre os planetas, minha mão esticada para alcançar o pequeno estojo preto aos pés da cama dos meus pais.

Depois de pegá-lo, corro furtivamente para meu quarto, pensando. Ele não vai me contar, ele não quer que eu *saiba*.

E, do estojo aberto, seu uniforme negro se derrama como uma nebulosa escura, estrelas brilhando aqui e acolá, à distância, no material. Amasso a matéria escura em minhas mãos quentes; sinto o cheiro do planeta Marte, um odor ferroso, e do planeta Vênus, um cheiro de trepadeira verde, e do planeta Mercúrio, um odor de enxofre e fogo; e consigo sentir o cheiro do clima lácteo e a dureza das estrelas. Ponho o uniforme na máquina centrífuga que construí na minha oficina da nona série naquele ano, e coloco-a para girar. Não tardou e uma fina poeira se precipitou em resposta. Coloquei-a sob um microscópio. E, enquanto meus pais dormiam, alheios, enquanto nossa casa dormia, todos os padeiros automáticos, robôs limpadores e serviçais repousavam, eu encarei os ciscos brilhantes de poeira de meteoros, rabos de cometa e argila do distante Júpiter reluzindo como se fossem eles mesmos mundos, me empurrando por um tubo de bilhões de quilômetros em direção ao espaço, com uma aceleração terrível.

Ao nascer do sol, exausto pela minha jornada e com medo de ser descoberto, devolvi o uniforme, guardado na caixa, ao quarto de dormir deles.

Então eu dormi e fui acordado somente pelo som da buzina do carro de limpeza a seco que parava no quintal. Eles levaram a caixa do uniforme preto com eles. Foi bom não ter esperado, pensei. Pois o uniforme retornaria em uma hora, limpo de todo seu destino e viagens.

Dormi novamente, com o pequeno frasco de poeira mágica no bolso do meu pijama, em cima do meu coração acelerado.

QUANDO DESCI, O PAPAI estava na mesa do café da manhã, mordendo sua torrada.

— Dormiu bem, Doug? — ele disse, como se sempre estivesse ali, como se não tivesse sumido por três meses.

— Tudo certo — eu respondi.

— Aceita uma torrada?

Ele pressionou um botão e a mesa de café da manhã preparou quatro fatias para mim, com uma coloração marrom-dourada.

Eu me lembro do meu pai naquela tarde, cavando e cavando no jardim, como um animal procurando alguma coisa, assim parecia. Ei--lo ali, com seus longos braços escuros se movendo rapidamente, plantando, calcando, fixando, cortando, podando, seu rosto escuro sempre abaixado na direção do solo, seus olhos sempre observando o que ele estava fazendo, nunca virados para o céu, nunca olhando para mim ou mesmo para a Mamãe, a menos que nos ajoelhássemos junto dele para sentir a terra encharcar nossos macacões até os joelhos, colocando nossas mãos na terra escura sem olhar para o céu brilhante e insano. E aí ele olharia para um dos lados, veria a mim ou a Mamãe, piscaria gentilmente e prosseguiria, inclinado para frente, rosto para baixo, o céu encarando suas costas.

NAQUELA NOITE, NOS SENTAMOS no balanço mecânico na varanda, que nos balançou, soprou um vento e cantou para nós.

Era verão, havia lua e tínhamos limonada para beber. Segurávamos os copos gelados em nossas mãos, e Papai lia os jornais-estéreo inseridos no chapéu especial que ele colocava na cabeça e que virava a página microscópica na frente das lentes de aumento se você piscasse três vezes seguidas. Papai fumou cigarros e me contou sobre quando ele tinha sido garoto, no ano de 1997. Depois de um tempo ele disse, como sempre dizia:

— Por que não brinca de chutar latas, Doug?

Eu não falei nada, mas a Mamãe disse:

— Ele faz isso nas noites em que você não está aqui.

Papai olhou para mim e, pela primeira vez naquele dia, para o céu. Mamãe sempre o observava quando ele olhava para as estrelas. No primeiro dia e na primeira noite depois de chegar em casa, ele não olhava muito para o céu. Pensei nele jardinando tão ferozmente, seu rosto quase enfiado na terra. Mas na segunda noite ele olhava um pouco mais para as estrelas. Mamãe não tinha muito medo do céu durante o dia, mas à noite ela queria desligar as estrelas, e às vezes eu podia vê-la tentando achar um interruptor na sua mente, sem encontrá-lo. E na terceira noite, às vezes, Papai ficava lá fora na varanda até bem depois de todos nós estarmos prontos para dormir, e então eu ouvia a Mamãe chamá-lo para dentro, quase como ela me chamava da rua de vez em quando. Em seguida, eu podia ouvir Papai encaixando a tranca de olho elétrico na porta e dando um suspiro. E na manhã seguinte, no café da manhã, eu olhava rapidamente para baixo e via seu pequeno estojo preto perto dos seus pés, enquanto ele passava manteiga na torrada e Mamãe dormia até mais tarde.

— Bom, até a próxima, Doug — ele dizia, e nós apertávamos as mãos.

— Em mais ou menos três meses?

— Isso mesmo.

E ele saía andando pela rua, sem pegar um helicóptero, carro ou ônibus, simplesmente caminhando com seu uniforme escondido num pequeno estojo embaixo do braço; ele não queria que ninguém achasse que ele se vangloriava de ser um Homem do Foguete.

Mamãe saía do quarto para comer o café da manhã, um pedaço de torrada seca, cerca de uma hora depois.

Mas esta era a primeira noite, a noite boa, e ele não estava olhando muito para as estrelas.

— Vamos para o circo da televisão — eu disse.

— Está bem — papai respondeu.

Mamãe sorriu para mim.

E nós fomos correndo para a cidade num helicóptero e levamos Papai para conhecer mil estandes, para manter seu rosto e sua cabeça aqui embaixo conosco sem olhar para outros lugares. Rimos das coisas engraçadas e fizemos um olhar compenetrado nas coisas sérias. Pensei que meu pai viajava para Saturno, Netuno e Plutão, mas nunca me trazia presentes. Outros garotos, cujos pais viajavam pelo espaço, traziam fragmentos de minério de Calisto, pedaços de meteoro escuro ou areia azul. Mas eu acabava tendo que montar minha própria coleção trocando com outros garotos as rochas marcianas e areias mercurianas que preenchiam meu quarto, e sobre as quais Papai nunca comentava.

De vez em quando, eu lembrei, ele trazia algo para a Mamãe. Uma vez ele plantou alguns girassóis marcianos no nosso quintal, mas depois de ele ter ficado um mês fora e os girassóis terem crescido muito, Mamãe saiu um dia e cortou todos eles.

Sem pensar, enquanto parávamos numa das mostras tridimensionais, fiz ao Papai a mesma pergunta de sempre:

— Como é no espaço?

Mamãe me olhou assustada, mas era tarde demais.

Papai ficou parado uns bons trinta segundos tentando encontrar uma resposta e deu de ombros.

— É a melhor coisa numa vida cheia de coisas boas. — E aí ele se deu conta do que tinha falado. — Ah, não é nada demais. Rotina. Você não ia gostar. — Ele olhou para mim, apreensivo.

— Mas *você* sempre volta.

— Hábito.

— Para onde vai dessa vez?

— Não decidi ainda. Vou pensar nisso.

Ele sempre refletia a esse respeito. Na época, pilotos de foguete eram raros e ele podia escolher, podia trabalhar quando quisesse. Na terceira noite da sua chegada dava para perceber ele refletindo e escolhendo entre as estrelas.

— Vamos embora — disse Mamãe. — Vamos voltar para casa.

Ainda era cedo quando chegamos em casa. Eu queria que Papai vestisse seu uniforme. Não devia ter pedido, sempre deixava a Mamãe triste, mas não conseguia evitar. Eu insistia, embora ele sempre se recusasse. Eu nunca o tinha visto usando o uniforme, e finalmente ele disse:

— Está bem.

Esperamos no salão enquanto ele subia pelo tubo de ar. Mamãe me olhava sem expressão, como se não pudesse acreditar que seu próprio filho fosse capaz de fazer algo assim com ela. Desviei o olhar.

— Desculpa — eu disse.

— Você não está ajudando nem um pouco — ela disse. — Nem um pouco.

Um instante depois, ouvimos um sussurro no tubo de ar.

— Prontinho — disse Papai em voz baixa.

Olhamos para ele em seu uniforme.

Era preto, lustroso, com botões prateados e bordas prateadas nos calcanhares das botas pretas. Parecia que alguém havia cortado os braços, pernas e corpo de uma nebulosa escura, com pequenas estrelas levemente brilhando espalhadas por ela. O encaixe era tão perfeito quanto uma luva numa mão longa e fina. Ele cheirava a ar frio, metal e espaço. Cheirava a fogo e tempo.

Papai ficou de pé, sorrindo sem graça, no meio da sala.

— Dá uma volta — disse Mamãe.

Ela olhava para ele com um olhar perdido.

Quando ele não estava lá, ela nunca falava dele. Nunca falava nada sobre qualquer coisa além do clima, das condições do meu pescoço e de como ele estava precisando de um pano molhado, ou do fato de que ela não dormia à noite. Uma vez ela disse que a luz era forte demais à noite.

— Mas não tem lua esta semana — eu disse.

— Tem a luz das estrelas — ela disse.

Fui até a loja e comprei cortinas mais verdes e mais escuras para ela. Deitado na cama à noite, podia ouvi-la puxando-as para prendê-las com firmeza embaixo das janelas. Elas faziam um ruído longo de tecido.

Uma vez tentei cortar a grama.

— Não. — Mamãe parou diante da porta. — Guarde o cortador.

Por causa disso, ficamos três meses sem ninguém cortar a grama. Papai cortou quando voltou para casa.

Ela não me deixava fazer mais nada também, como consertar o preparador elétrico de café da manhã ou o leitor mecânico de livros. Ela economizava tudo, como se estivesse esperando o Natal. Então eu via o Papai martelando ou mexendo nos equipamentos, sempre sorrindo enquanto trabalhava, e Mamãe sorrindo perto dele, feliz.

Não, ela nunca falava dele quando ele estava viajando. E quanto ao Papai, ele nunca tentava fazer contato através de milhões de quilômetros. Ele disse uma vez:

— Se eu ligasse para você, iria querer estar com você. Não seria feliz.

Uma vez, Papai me disse:

— Às vezes sua mãe me trata como se eu não estivesse aqui... como se fosse invisível.

Eu já tinha testemunhado isso. Ela simplesmente olhava através dele, por cima do seu ombro, para o queixo ou as mãos, mas nunca nos seus olhos. E, se olhasse para os olhos dele, os dela estariam cobertos por um filme, como um animal indo dormir. Ela dizia "sim" nas horas certas e sorria, mas sempre meio segundo mais tarde do que o esperado.

— Eu não dou apoio a ela.

Mas, nos outros dias, ela estava lá e ele estava apoiando-a, e eles davam as mãos e caminhavam pelo quarteirão, ou davam uma volta, com o cabelo da mamãe voando para trás que nem o de uma garota, e ela desligava todos os dispositivos mecânicos na cozinha e preparava tortas, bolos e cookies incríveis para ele, olhando profundamente nos olhos dele, e seu sorriso era real. Mas, ao final desses dias que ele passava junto dela, ela sempre chorava. E o Papai ficava parado, impotente, olhando em volta na sala como se procurasse uma resposta, mas nunca a encontrava.

Papai se virou lentamente, em seu uniforme, para que nós víssemos.

— Dá mais uma volta — disse Mamãe.

* * *

Na manhã seguinte, Papai entrou correndo em casa com um punhado de bilhetes. Bilhetes rosa de foguete para a Califórnia, bilhetes azuis para o México.

— Vamos lá! — ele disse. — Compraremos roupas descartáveis e as queimaremos quando estiverem sujas. Olha só, pegamos o foguete do meio-dia para Los Angeles, o helicóptero das duas da tarde para Santa Bárbara, o avião das nove da noite para Ensenada, e dormimos no caminho!

E nós fomos para a Califórnia e subimos e descemos a costa do Pacífico por um dia e meio, parando finalmente nas areias de Malibu para assar salsichas à noite. Papai estava sempre escutando, cantando ou observando tudo à sua volta, se prendendo às coisas como se o mundo fosse uma centrífuga tão acelerada que ele pudesse ser atirado para longe de nós a qualquer momento.

Na última tarde em Malibu, Mamãe ficou lá em cima no quarto de hotel. Papai estava deitado fazia algum tempo ao meu lado na areia, sob o sol quente.

— Ah — ele disse, suspirando — agora, sim. — Seus olhos estavam gentilmente fechados; ele estava deitado de costas, absorvendo o sol. — A gente *sente falta* disso — ele disse.

Ele queria dizer "no foguete", é claro. Mas ele nunca dizia "o foguete" ou mencionava o foguete e todas as coisas que não se podia ter no foguete. Não tinha vento salgado no foguete, um céu azul ou um sol amarelo, ou as comidas da Mamãe. Não dava para conversar com seu filho de catorze anos num foguete.

— Diga lá — ele falou, finalmente.

E eu sabia que agora iríamos conversar, como sempre conversamos, por três horas seguidas. A tarde toda iríamos murmurar de um lado para o outro no sol preguiçoso sobre minhas notas na escola, quão alto eu conseguia pular, quão rápido conseguia nadar.

Papai assentia cada vez que eu falava. Sorria e batia no meu peito de leve em aprovação. Conversamos. Não falamos de foguetes ou de espaço, mas falamos do México, para onde viajamos uma vez dirigindo um carro antigo, e das borboletas que pegamos nas florestas tropicais do México, quente e verde ao meio-dia, vendo as centenas de borboletas sugadas pelo nosso radiador, morrendo lá, batendo suas asas azuis e rubras, se contorcendo, uma visão linda e triste. Falamos dessas coisas em vez do que eu queria falar. E ele me escutou. Era algo que ele fazia, como se tentasse se encher de todo o som que conseguisse escutar. Ele ouvia o vento e o oceano indo e voltando e minha voz, sempre com total atenção, uma concentração que quase excluía os corpos físicos em si e mantinha apenas os sons. Ele fechava os olhos para escutar. Eu conseguia visualizá-lo escutando o cortador de grama enquanto ele aparava a grama manualmente, em vez de usar o dispositivo de controle remoto, e conseguia visualizá-lo cheirando a grama cortada, que era borrifada para o alto, na sua direção, atrás do cortador, como uma fonte verde.

— Doug — ele disse, perto das cinco da tarde, enquanto pegávamos nossas toalhas e caminhávamos de volta ao longo da praia, perto da arrebentação. — Quero que me prometa algo.

— O quê?

— Nunca se torne um Homem de Foguete.

Eu parei.

— Estou falando sério — ele disse. — Porque quando a gente está lá fora quer estar aqui, e quando a gente está aqui quer estar lá fora. Não entre nessa. Não deixe isso controlar você.

— Mas…

— Você não quer saber como é. Cada vez que estou lá fora eu penso: se eu conseguir voltar pra Terra, vou ficar lá, nunca mais vou embora. Mas eu acabo indo, e pelo visto sempre vou viajar.

— Por muito tempo pensei em ser um Homem de Foguete — eu disse.

Ele não estava me escutando.

— Eu tento ficar. No sábado passado, quando cheguei em casa, eu me esforcei ao máximo para ficar aqui.

Lembrei dele no jardim, suando, e de todas as viagens, das coisas que fez e escutou, e eu sabia que ele tinha feito isso para se convencer de que o mar, as cidades, a terra e sua família eram as únicas coisas reais e boas. Mas eu sabia onde ele estaria esta noite: olhando para as joias de Orion da nossa varanda da frente.

— Me prometa que não será como eu — ele disse.

Hesitei por um tempo.

— Tá legal — eu disse.

Ele apertou minha mão.

— Bom garoto — ele disse.

O jantar foi bom naquela noite. Mamãe tinha corrido de um lado para o outro da cozinha com punhados de canela, massa, potes e panelas, e agora um grande peru fumegava na mesa, com molho, calda de cranberry, ervilhas e torta de abóbora.

— No meio de agosto? — perguntou Papai, maravilhado.

— Você não vai estar aqui no Dia de Ação de Graças.

— É verdade.

Ele deu uma fungada. Levantou a tampa de cada terrina e deixou o sabor flutuar sobre seu rosto queimado de sol. Ele disse um "Ah" para cada um. Olhou para a sala e para suas mãos. Observou as imagens na parede, as cadeiras, a mesa, a Mamãe e a mim. Ele pigarreou. Vi que ele estava se decidindo.

— Lilly?

— Sim? — Mamãe olhou do outro lado da mesa que havia montado como uma maravilhosa armadilha prateada, um fosso de calda milagrosa no qual, como alguma fera do passado lutando numa piscina de piche, seu marido pudesse finalmente ser capturado e preso, olhando o mundo lá fora através de uma gaiola feita de ossos, seguro para sempre. Seus olhos brilhavam.

— Lilly — disse Papai.

Vá em frente, pensei loucamente. Fale rápido: diga que ficará em casa desta vez, para sempre, e nunca mais irá embora; diga!

Neste momento, um helicóptero passou, sacudindo o aposento e chacoalhando a janela com um som cristalino. Papai olhou de relance para fora.

As estrelas azuis da noite estavam lá, e o planeta vermelho Marte se levantava a leste.

Papai encarou Marte por um minuto inteiro. Esticou sua mão cegamente na minha direção.

— Pode me passar algumas ervilhas — ele disse.

— Com licença — disse Mamãe. — Vou pegar pão.

Ela saiu correndo para a cozinha.

— Mas tem pão na mesa — eu disse.

Papai nem olhou para mim enquanto começava sua refeição.

Não consegui dormir naquela noite. Desci a uma da manhã e a luz da lua parecia gelo nos telhados, orvalho reluzindo num campo de neve em nossa grama. Fiquei em pé na porta, de pijama, sentindo o vento quente da noite, e então percebi que Papai estava sentado na cadeira de balanço mecânica da varanda, oscilando gentilmente. Podia ver seu perfil reclinado, e ele estava assistindo às estrelas cruzarem o céu. Seus olhos lembravam cristal cinza, a lua refletida em cada um.

Eu saí e me sentei junto a ele.

Deslizamos um pouco de um lado para o outro no balanço.

Finalmente, eu disse:

— Existem quantas maneiras de se morrer no espaço?

— Um milhão.

— Cite algumas.

— Ser atingido por meteoros. O ar escapar do seu foguete. Ou os cometas levarem você com eles. Concussão. Estrangulamento. Explosão. Força centrífuga. Aceleração excessiva. Pouca aceleração. O calor, o frio, o sol, as luas, as estrelas, os planetas, asteroides, planetoides, radiação...

— E enterram você?

— Nunca vão encontrá-lo.

— Para onde você vai?

— Um bilhão de quilômetros de distância. Túmulos viajantes, é como chamam. Você se torna um meteoro ou planetoide viajando para sempre pelo espaço.

Eu não disse nada.

— Tem um detalhe — ele disse mais tarde. — É rápida no espaço, a morte. Acaba rápido. Você não sofre. A maioria das vezes você nem percebe. Morreu e é isso.

Subimos para ir deitar.

Era de manhã.

De pé na porta, Papai escutava o canário amarelo cantando na sua gaiola dourada.

— Bom, eu decidi — ele disse. — Da próxima vez que vier para casa, venho para ficar.

— Papai! — eu disse.

— Conte para sua mãe quando ela se levantar — ele disse.

— Está falando *sério*?

Ele assentiu solenemente.

— Vejo você em mais ou menos três meses.

E lá foi ele pela rua, carregando seu uniforme no estojo secreto, assoviando e olhando para as árvores verdes altas, pegando bolinhas de cinamomo dos arbustos enquanto passava, arremessando-as à sua frente enquanto saía andando na sombra brilhante do início da manhã...

De manhã, poucas horas depois da partida do Papai, perguntei algumas coisas para Mamãe.

— Papai disse que às vezes você age como se não o estivesse ouvindo ou vendo — eu disse.

Logo depois, ela me explicou tudo em voz baixa.

— Quando ele partiu para o espaço dez anos atrás, eu disse para mim mesma: "Ele morreu". Ou é como se estivesse morto. O jeito é pensar nele morto. E quando ele volta, três ou quatro vezes por ano, não é realmente ele, é só um sonho ou uma pequena memória agradável. E se uma memória ou sonho for interrompido, não dói tanto. Por isso, na maior parte do tempo penso nele como se estivesse morto...

— Mas às vezes...

— Mas às vezes não consigo evitar. Faço tortas e o trato como se estivesse vivo, só que aí dói. Não, é melhor pensar que faz dez anos que ele não está com a gente e eu nunca mais o verei. Assim não dói tanto.

— Ele não disse que da próxima vez vai ficar?

Ela balançou sua cabeça lentamente.

— Não, ele morreu. Tenho certeza disso.

— Ele vai renascer então — eu disse.

— Dez anos atrás — disse Mamãe —, eu pensei: E se ele morrer em Vênus? Aí nunca mais poderemos olhar para Vênus. E se ele morrer em Marte? Nunca mais poderemos olhar para Marte, todo vermelho no céu, sem querer entrar e trancar a porta. E se ele morrer em Júpiter ou Saturno ou Netuno? Nas noites em que esses planetas estiverem altos no céu, iríamos sentir repulsa das estrelas.

— Imagino que sim — eu disse.

A MENSAGEM VEIO NO dia seguinte.

O mensageiro a entregou e eu fiquei parado, lendo, na varanda. O sol estava se pondo. Mamãe estava de pé na porta de tela atrás de mim, me observando dobrar a mensagem e colocá-la no meu bolso.

— Mamãe — eu disse.

— Não me diga nada que eu já não saiba — ela disse.

Ela não chorou.

Bom, não foi Marte, Vênus, Júpiter ou Saturno que o matou. Não teríamos que pensar nele cada vez que Júpiter, Saturno ou Marte iluminassem o céu noturno.

Isso era diferente.

Sua nave tinha caído no sol.

E o sol era grande, ardente e impiedoso, e estava sempre no céu, e não tinha como escapar dele.

Assim, por muitos anos depois que meu pai morreu, minha mãe dormia durante o dia e se recusava a sair. Tomávamos café da manhã à meia-noite e almoçávamos às três da manhã, jantando na hora escura e fria das seis da manhã. Íamos a shows que duravam a noite inteira e íamos dormir quando o sol nascia.

E, por um longo tempo, saíamos para caminhar somente nos dias chuvosos e sem sol.

A ÚLTIMA NOITE DO MUNDO

— SE VOCÊ SOUBESSE que esta é a última noite do mundo, o que você faria?

— O que eu faria? Está falando sério?

— Sim, falando sério.

— Não sei. Não pensei nisso.

Ele serviu um pouco de café. No fundo, as duas meninas estavam brincando de blocos no tapete da sala à luz das lâmpadas verdes de furacão. Um aroma tranquilo e limpo de café passado pairava no ar noturno.

— Bom, é melhor começar a pensar nisso — ele disse.

— Não está falando sério!

Ele assentiu.

— Uma guerra?

Ele balançou a cabeça.

— Bomba atômica ou de hidrogênio?

— Não.

— Guerra biológica?

— Não, nada disso — ele disse, mexendo devagar o seu café. — Só, digamos, o fim de um livro.

— Acho que não entendi.

— Não, nem eu, na verdade; é só uma sensação. Às vezes me assusta, e às vezes não estou nem um pouco com medo, estou em paz. — Ele olhou rapidamente para as meninas e seus cabelos loiros reluzindo à luz das lâmpadas. — Não contei nada para você. Aconteceu pela primeira vez quatro noites atrás.

— O quê?

— Um sonho. Sonhei que tudo ia acabar, e uma voz confirmava; não era um tipo de voz da qual eu pudesse me lembrar, mas era uma voz, e dizia que as coisas iam acabar aqui na Terra. Não pensei muito nisso no dia seguinte, mas fui para o escritório e peguei Stan Willis olhando pela janela no meio da tarde e perguntei o que estava passando pela cabeça dele. Stan me disse que tivera um sonho na noite anterior, e, mesmo antes de ele me contar o sonho, eu já sabia o que era. Eu poderia ter contado para ele, mas foi ele quem me contou e eu escutei.

— O mesmo sonho?

— O mesmo. Contei para Stan que havia sonhado a mesma coisa. Ele não parecia surpreso. Na verdade, relaxou. Então começamos a caminhar pelo escritório, assim, do nada. Não foi planejado. Não dissemos: "Vamos dar uma volta". Só começamos a caminhar por conta própria, e por toda parte víamos as pessoas encarando suas mesas, mãos ou janelas. Conversei com alguns. Stan também.

— E todas elas tinham sonhado?

— Todas. O mesmo sonho, sem tirar nem pôr.

— Você acredita nele?

— Sim. Nunca tive tanta certeza.

— E quando vai acabar? O mundo, digo.

— Em algum ponto da noite para nós. E aí, conforme for anoitecendo pelo mundo, será o fim para os outros também. Levará vinte e quatro horas para tudo acabar.

Ficaram sentados por um tempo, sem tocar no café. Depois levantaram o café lentamente e beberam, se encarando.

— Será que merecemos isso? — ela disse.

— Não é questão de mérito; as coisas simplesmente não funcionaram. Percebi que você nem tentou discutir isso. Por que não?

— Devo ter um motivo para isso — ela disse.

— O mesmo de todos no escritório?

Ela assentiu lentamente.

— Eu não quis dizer nada. Aconteceu na noite passada. E hoje as mulheres do quarteirão falaram a respeito disso entre elas. Elas sonharam. Pensei que era só uma coincidência. — Ela levantou o jornal da noite. — Não tem nada no noticiário sobre isso.

— Todo mundo sabe, então não há necessidade.

Ele se reclinou para trás na cadeira, observando-a.

— Não está com medo?

— Não. Sempre imaginei que sentiria, mas não sinto.

— Cadê o tal instinto de autopreservação de que tanto falam?

— Não sei. Não se fica muito alterado quando se sente que as coisas fazem sentido. Isso faz sentido. Nada além disso poderia acontecer considerando o jeito como temos vivido.

— Não temos sido tão ruins assim, ou temos?

— Não, nem imensamente bons. Imagino que seja esse o problema... Não fomos nada além de nós mesmos, enquanto uma grande parte do mundo estava ocupada sendo coisas bem ruins.

As garotas estavam rindo na sala.

— Sempre pensei que as pessoas estariam gritando nas ruas quando algo assim estivesse para acontecer.

— Pelo visto não. Você não grita quando é de verdade.

— Sabe, não vou sentir falta de nada exceto de você e das garotas. Jamais gostei de cidades, do meu trabalho ou de qualquer coisa além de vocês três. Não vou sentir falta de nada exceto talvez da mudança no clima, e um copo de água gelada quando está quente, e talvez sinta falta de dormir. Como podemos ficar sentados aqui falando desse jeito?

— Porque não há mais nada que possamos fazer.

— É isso, claro. Porque, se tivesse, estaríamos fazendo. Suponho que seja a primeira vez na história do mundo em que todos simplesmente saibam o que vão fazer durante a noite.

— Eu me pergunto o que os outros farão agora, esta noite, pelas próximas horas.

— Ir a um show, escutar o rádio, assistir à televisão, jogar cartas, colocar as crianças para dormir e depois ir deitar, como sempre.

— De certo modo, isso é um motivo para se orgulhar... como sempre.

Eles ficaram sentados por um momento. Em seguida, ele se serviu de mais uma dose de café.

— Por que acha que vai acontecer essa noite?

— Porque sim.

— Por que não outra noite no último século, ou cinco séculos atrás, ou dez?

— Talvez porque nunca tenha sido 19 de outubro de 1969 antes na história, e agora é, e é isso aí; porque este é o ano em que as coisas estão como estão no mundo, e é por isso que é o fim.

— Esta noite há bombardeiros, seguindo suas rotas em ambas as direções sobre o oceano, que nunca verão terra.

— Isso é parte do motivo.

— Bom — ele disse, se levantando —, o que faremos? Lavar a louça?

Eles lavaram a louça e a guardaram com cuidado especial. Às oito e meia as garotas foram colocadas para dormir e receberam beijos de boa-noite, as pequenas luzes de cabeceira, ligadas e a porta, com uma fresta aberta.

— Eu me pergunto — disse o marido, vindo do quarto e olhando rapidamente para trás, parado ali de pé com seu cachimbo por um instante.

— O quê?

— Se a porta vai ficar fechada completamente, ou se será deixada só um pouco aberta para alguma luz entrar.

— Eu me pergunto se as crianças sabem.

— Não, claro que não.

Eles se sentaram e leram os jornais, conversaram e escutaram um pouco de música no rádio e depois se sentaram juntos perto da lareira, observando as brasas de carvão enquanto o relógio batia as dez e meia e as onze e meia. Eles pensaram em cada uma das outras pessoas pelo mundo que haviam passado a noite do seu jeito especial.

— Bom — ele disse, finalmente.

Ele beijou sua esposa por muito tempo.

— Fomos bons um para o outro, pelo menos.

— Você quer chorar? — ele perguntou.

— Acho que não.

Eles se moveram pela casa, desligaram as luzes e foram até o quarto, de pé na escuridão fria da noite tirando a roupa e levantando as cobertas.

— Os lençóis estão tão limpos e confortáveis.

— Estou cansada.

— Estamos *todos* cansados.

Eles subiram na cama e se deitaram.

— Só um instante — ela disse.

Ele a ouviu sair da cama e ir até a cozinha. Um momento depois, ela voltou.

— Eu tinha deixado a torneira aberta na pia — ela disse.

Alguma coisa nisso era tão engraçada que ele acabou rindo.

Ela riu com ele, consciente da graça do seu feito. Por fim, eles pararam de rir, deitados em sua cama noturna fria, de mãos dadas, cabeças encostadas.

— Boa noite — ele disse, depois de um pouco de tempo.

— Boa noite — ela disse.

OS EXILADOS

Seus olhos eram fogo, e o bafo flamejante era despejado da boca das bruxas enquanto se inclinavam para cutucar o caldeirão com dedos esqueléticos e gravetos oleosos.

Quando novamente as três nos juntamos
No meio dos raios e trovões que amamos?

Elas dançaram bêbadas na costa de um mar vazio, conspurcando o ar com suas três línguas, queimando-o com seus olhos de gato acesos malevolamente:

Atirai no caldeirão entranhas em podridão;
Os sapos das pedras frias que durante trinta e um dias suaram seu bom bocado, jogai no pote encantado.
Mais dores para a barrela, mais fogo para a panela!

Elas pararam e olharam rapidamente em volta.

— Onde está o cristal? Onde estão as agulhas?

— Aqui!

— Bom!

— A cera amarela está espessa?

— Sim!

— Derrame-a no molde de ferro!

— A imagem de cera está pronta?

Elas a moldaram como melado escorrendo de suas mãos verdes.

— Force a agulha pelo coração!

— O cristal, o cristal, pegue-o da bolsa de tarô. Limpe a poeira, dê uma olhada!

Elas se entortaram para ver o cristal, seus rostos, pálidos.

— Veja, veja, veja...

UM FOGUETE SE MOVIA pelo espaço indo do planeta Terra para o planeta Marte. No foguete, homens estavam morrendo.

O capitão levantou a cabeça, cansado.

— Teremos que usar a morfina.

— Mas, capitão...

— Veja você mesmo a condição deste homem. — O capitão suspendeu o cobertor de lã, e o homem preso embaixo do tecido úmido se moveu e gemeu. O ar estava cheio de trovão sulfúrico.

— Eu vi... eu vi. — O homem abriu os olhos e encarou a claraboia, onde só havia espaços negros, estrelas oscilantes, a Terra lá longe e o planeta Marte surgindo, grande e vermelho. — Eu vi... um morcego enorme, com rosto humano, esticado pela vigia frontal. Flutuando e flutuando, flutuando e flutuando.

— Pulso? — perguntou o capitão.

O enfermeiro mediu.

— Cento e trinta.

— Ele não pode continuar assim. Use a morfina. Vamos lá, Smith.

Eles saíram caminhando. De repente, as placas no chão estavam misturadas com ossos e crânios brancos que gritavam. O capitão não ousava olhar para baixo, e mais alto que os gritos ele disse:

— O Perse está aí? — Enquanto virava numa escotilha.

Um cirurgião de jaleco branco deu um passo para trás, se afastando de um cadáver.

— Simplesmente não entendo.

— Como Perse morreu?

— Não sabemos, capitão. Não foi seu coração, seu cérebro nem choque. Ele só... morreu.

O capitão aferiu o pulso do doutor, que se transformou numa cobra sibilante e o mordeu. O capitão não reagiu.

— Se cuide. Você também está com a pulsação acelerada.

O doutor assentiu.

— Perse reclamou de dores... agulhas, ele disse... em seus pulsos e pernas. Disse que se sentia como se fosse de cera, derretendo. Ele caiu. Eu o ajudei a se levantar. Ele chorou como uma criança. Disse que tinha uma agulha de prata em seu coração. Ele morreu, e cá está. Podemos repetir a autópsia para você. Tudo fisiologicamente normal.

— Isso é impossível! Ele morreu por *algum motivo*!

O capitão caminhou até uma vigia. Suas mãos polidas e de unhas feitas cheiravam a mentol, iodo e sabonete verde. Seus dentes brancos tinham sido escovados, seus ouvidos, limpos até ficarem rosados, assim como suas bochechas. Seu uniforme era da cor de sal novo, suas botas, espelhos negros reluzindo embaixo dele. Seu cabelo num corte militar preciso cheirava a álcool forte.

Até sua respiração era fresca, nova e limpa. Não havia uma mancha nele. Ele era um instrumento novo, afinado e preparado, ainda quente do forno do cirurgião.

Os homens que o acompanhavam seguiam o mesmo molde. Seria de se esperar que houvesse chaves de latão numa lenta espiral nas suas costas. Eram brinquedos caros, talentosos e bem lubrificados, obedientes e rápidos.

O capitão assistiu o planeta Marte crescer até ficar enorme no espaço.

— Vamos aterrissar em uma hora naquele maldito lugar. Smith, você viu algum morcego ou teve outros pesadelos?

— Sim, senhor. No mês anterior à decolagem do nosso foguete em Nova York, senhor. Ratos brancos mordendo meu pescoço, bebendo meu sangue. Eu não contei. Tinha medo de que não me deixasse vir nesta viagem.

— Não se preocupe — disse o capitão, suspirando. — Também andei tendo sonhos. Durante meus cinquenta anos, nunca sonhei com nada até a semana anterior à nossa partida da Terra. Desde então, sonhei toda noite que era um lobo branco. Pego numa colina nevada, levando um tiro de prata. Enterrado com uma estaca no meu coração. — Ele moveu sua cabeça em direção a Marte. — Smith, acha que *eles* sabem que estamos chegando?

— Não sabemos se *existem* marcianos, senhor.

— Não mesmo? Eles começaram a nos assustar oito semanas atrás, antes sequer de começarmos. Mataram Perse e agora Reynolds. Ontem cegaram Greenville. Como? Não sei. Morcegos, agulhas, sonhos, homens morrendo sem motivo. Eu chamaria isso de bruxaria em outra época. Mas estamos em 2120, Smith. Somos homens racionais. Isso não pode estar acontecendo. Mas está! Quem quer que seja, com suas agulhas e seus morcegos, tentará acabar com todos nós. — Ele girou sem sair do lugar. — Smith, vá pegar os livros do meu arquivo. Quero eles quando aterrissarmos.

Duzentos livros foram empilhados na mesa do foguete.

— Obrigado, Smith. Você já deu uma olhada neles? Acha que estou maluco? Talvez. É um palpite doido. Encomendei esses livros do Museu Histórico no último instante, por causa dos meus sonhos. Por vinte noites fui esfaqueado, abatido, fui um morcego gritando preso num colchão cirúrgico, uma coisa apodrecendo embaixo da terra numa caixa preta; sonhos ruins e cruéis. Toda a nossa tripulação sonhou com bruxarias e lobisomens, vampiros e fantasmas, coisas que nem *poderiam* conhecer. Por quê? Porque livros sobre esses assuntos medonhos foram destruídos um século atrás. Por lei. Era proibido a qualquer um ter uma cópia desses volumes terríveis. Esses livros que vê aqui são as últimas cópias, mantidas por propósitos históricos nos cofres trancados do museu.

Smith se inclinou para ler os títulos empoeirados:

— *Contos de imaginação e mistério*, de Edgar Allan Poe. *Drácula*, de Bram Stoker. *Frankenstein*, de Mary Shelley. *A volta do parafuso*, de Henry James. *A lenda do cavaleiro sem cabeça*, de Washington Irvin. "A filha de Rappaccini", de Nathaniel Hawthorne. "Um incidente na ponte de Owl Creek", de Ambrose Bierce. *Alice no País das Maravilhas*, de Lewis Carroll. *Os salgueiros*, de Algernon Blackwood. *O mágico de Oz*, de L. Frank Baum. *A sombra de Innsmouth*, de H. P Lovecraft. E mais! Livros de Walter de la Mare, Wakefield, Harvey, Wells, Asquith, Huxley... todos autores proibidos. Todos queimados no mesmo ano em que o Halloween e o Natal foram banidos! Mas, senhor, de que nos servem esses livros no foguete?

— Eu não sei — o capitão suspirou —, ainda.

* * *

As três bruxas levantaram o cristal onde a imagem do capitão tremulava, sua voz minúscula tinindo para fora do vidro:

— Eu não sei — o capitão suspirou —, ainda.

As três bruxas se encararam com olhos vermelhos.

— Não temos muito tempo — disse uma.

— Melhor avisar a *eles* na cidade.

— Eles vão querer saber sobre os livros. Não parece bom. Aquele idiota do capitão!

— Em uma hora vão aterrissar o foguete.

As três bruxas estremeceram e olharam fixamente para a Cidade Esmeralda na borda do mar seco marciano. Na sua janela mais alta, um homem pequeno mantinha aberta uma cortina vermelho-sangue. Ele observava o deserto onde as três bruxas alimentavam seu caldeirão e moldavam as ceras. Mais adiante, outras dez mil fogueiras azuis e incensos de louros, fumaças negras de tabaco e ervas de abeto, canela e pó de ossos subiam suave como mariposas pela noite marciana. O homem contou as fogueiras furiosas e mágicas. Então, enquanto as três bruxas assistiam, ele se virou. A cortina rubra caiu ao ser solta, fazendo o portal distante piscar, como um olho amarelo.

O sr. Edgar Allan Poe estava de pé na janela da torre, um vago vapor alcoólico na sua respiração.

— As amigas de Hécate estão ocupadas esta noite — ele disse, vendo as bruxas lá embaixo.

Uma voz atrás dele disse:

— Eu vi Will Shakespeare na costa mais cedo, atiçando-as. Ao longo do mar o exército de Shakespeare sozinho chega a milhares: as três bruxas, Oberson, o pai de Hamlet, Puck... todos eles... milhares! Meu Deus, um verdadeiro oceano de pessoas.

— Bom William — Poe se virou. Deixou a cortina vermelha se fechar. Por um momento, parou para observar o quarto de pedra bruta, a mesa de madeira negra, a chama da vela, o outro homem, sr. Ambrose Bierce, sentado bastante à vontade, acendendo fósforos e assistindo-os se consumirem, assobiando em voz baixa, de vez em quando rindo para si mesmo.

— Teremos que contar para o sr. Dickens agora — disse o sr. Poe. — Já adiamos demais. É questão de horas. Você desce até a casa dele comigo, Bierce?

Bierce levantou a cabeça, alegre.

— Estive pensando... o que vai acontecer conosco?

— Se não conseguirmos matar os homens do foguete ou afugentá-los, teremos que partir, é claro. Seguiremos para Júpiter e, quando eles chegarem lá, iremos para Saturno, e quando chegarem lá, para Urano, Netuno, e então para Plutão...

— E depois para onde?

O rosto do sr. Poe mostrava cansaço. Ainda havia brasas em seus olhos, apagando, e uma selvageria triste no modo como falava, e uma inutilidade de suas mãos, e o jeito como seu cabelo caía macilento sobre sua incrível sobrancelha branca. Ele era como um satã de alguma causa sombria perdida, um general vindo de alguma invasão abandonada. Seu bigode suave, negro e sedoso foi desgastado pelos lábios inquisitivos. Ele era tão pequeno que sua sobrancelha parecia flutuar, vasta e fosforescente, no aposento escuro.

— Temos a vantagem da forma superior de viagem — ele disse.

— Podemos sempre torcer por uma de suas guerras atômicas, dissoluções, o retorno da idade das trevas. O retorno da superstição. Aí poderíamos voltar para a Terra, todos nós, em uma única noite.

— Os olhos do sr. Poe adquiriram um ar pensativo sob sua testa redonda e luminosa. Ele encarou o teto. — Quer dizer que eles estão vindo arruinar *este* mundo também? Não vão deixar *nada* livre da corrupção, não é mesmo?

— Uma matilha de lobos para antes de ter matado sua presa e consumido suas entranhas? Essa provavelmente será uma guerra e tanto. Ficarei nas laterais e contarei os pontos. Tantos terráqueos queimados em óleo, tantas srtas. Encontradas em Garrafas queimadas, tantos terráqueos esfaqueados com agulhas, tantas Mortes Vermelhas colocadas para voar por uma massa de seringas hipodérmicas... ha!

Poe balançou de um lado a outro com raiva, levemente bêbado de vinho.

— O que nós fizemos? Fique *conosco*, Bierce, pelo amor de Deus! Tivemos um julgamento justo diante de um regimento de críticos literários? Não! Nossos livros foram pinçados por instrumentos precisos e estéreis de cirurgiões e arremessados em tonéis, para ferver, para matar todos os seus germes mortuários. Malditos sejam todos eles!

— Considero nossa situação divertida — disse Bierce.

Eles foram interrompidos por um grito histérico da escada da torre.

— Sr. Poe! Sr. Bierce!

— Sim, sim, estamos indo! — Poe e Bierce desceram e encontraram um homem arfando, encostado na parede da passagem de pedra.

— Já souberam da notícia? — ele gritou imediatamente, esticando as mãos em garras na direção deles, como se fosse alguém prestes a cair de um penhasco. — Vão aterrissar em uma hora! Estão trazendo livros com eles... livros *antigos*, as bruxas disseram!

O que vocês estão fazendo na torre num momento como este? Por que não estão agindo?

Poe disse:

— Estamos fazendo tudo que podemos, sr. Blackwood. Você é novo aqui. Venha, estamos indo para a casa de Charles Dickens...

— ... para refletir sobre nosso destino, nosso destino sombrio — disse Bierce, com uma piscada de olho.

ELES DESCERAM PELAS GARGANTAS ecoantes do castelo, passando pelos patamares verdes obscuros, descendendo por dentro de mofo, ruína, aranhas, teias que pareciam sonhos.

— Não se preocupe — disse Poe, sua sobrancelha como uma enorme lâmpada branca diante deles, descendo e afundando. — Passei esta noite chamando os outros ao longo de todo o mar morto. Seus amigos e os meus, Blackwood... Bierce. Estão todos aqui. Os animais, as velhas e os homens altos com dentes brancos afiados. As armadilhas aguardam; os fossos, sim, e os pêndulos. A Morte Vermelha. — E nesse ponto ele riu em voz baixa. — Sim, até a Morte Vermelha. Nunca pensei... não, nunca imaginei que chegaria a hora de algo como a Morte Vermelha realmente *existir*. Mas *eles* pediram isso, e eles a terão!

— Mas somos fortes o suficiente? — indagou Blackwood.

— De quanta força estamos falando? Eles não estarão preparados para nós, pelo menos. Não possuem a imaginação necessária. Esses jovens dos foguetes com seus trajes antissépticos e capacetes de redoma, com sua nova religião. Em volta dos pescoços, em correntes douradas, bisturis. Nas suas cabeças, um diadema de microscópios. Nos dedos sagrados, urnas de incenso fumegantes que na verdade são fornos germicidas para eliminar a superstição

por vapor. Os nomes de Poe, Bierce, Hawthorne, Blackwood...
blasfêmia para seus lábios limpos.

Do lado de fora do castelo, avançaram por um espaço úmido, um lago nas montanhas que não era realmente um lago e se transformou diante deles em uma névoa semelhante à matéria de que são feitos os pesadelos. O ar estava tomado por sons de asas e sibilos, um movimento de vento e escuridões. Vozes mudavam, silhuetas oscilavam perto de fogueiras. Sr. Poe observou as agulhas tecendo, tecendo, tecendo à luz do fogo; tecendo crueldade em marionetes de cera, fantoches de barro. Os cheiros de caldeirão de açafrão, pimenta-de-caiena e alho selvagem silvavam ao subirem para preencher a noite com sua pungência maligna.

— Continuem! — disse Poe. — Eu voltarei!

Por toda a margem vazia, silhuetas negras espetavam e desvaneciam, cresciam e sopravam fumaça negra no céu. Sinos soavam em torres nas montanhas, corvos de alcaçuz se derramavam com os sons de bronze e se afastavam em cinzas.

POE E BIERCE SE apressaram por um pântano solitário e um pequeno vale e chegaram repentinamente numa rua de paralelepípedos, num clima frio, árido e penetrante, com as pessoas pisando com força em pátios pedregosos para aquecer seus pés; névoa e velas fulgurantes nas janelas de escritórios e lojas onde pendiam perus de Natal. Ao longe havia alguns garotos, todos encasacados, bufando respirações pálidas no ar invernal, cantando "God Rest Ye Merry, Gentlemen"* enquanto as batidas imensas de um enorme

---

* "Deus descanse os cavalheiros alegres." Uma tradicional cantiga natalina inglesa citada em "Um conto de Natal", do romancista inglês Charles Dickens (1812–1870). (N. T.)

relógio soavam a meia-noite continuamente. Crianças passavam correndo, vindas de uma padaria, carregando jantares fumegantes nos seus punhos sujos, em travessas ou embaixo de tigelas de prata.

Diante de uma placa que dizia SCROOGE, MARLEY E DICKENS, Poe deu uma batida com a aldrava com o rosto de Marley. De dentro, conforme a porta estalava, aberta alguns centímetros, veio uma súbita lufada de música que quase os arrebatou numa dança. E lá, para além do ombro de um homem encarando-os com uma barbicha fina e bigode, estavam o sr. Fezziwig batendo palmas e a sra. Fezziwig, com um sorriso substancial, dançando e colidindo com outros foliões, enquanto o violino trinava e risadas corriam pela mesa como cristais de um candelabro depois de um súbito empurrão do vento. A grande mesa estava amontoada de pudim de cabeça de porco, peru, azevinho e ganso; com tortas de frutas, porcos assados, guirlandas de salsichas, laranjas e maçãs; e lá estavam Bob Cratchit, Little Dorrit, Tiny Tim e o próprio sr. Fagin*, além de um homem que parecia um pedaço não digerido de bife, uma mancha de mostarda, um farelo de queijo, um fragmento de batata mal assada... quem mais além do sr. Marley, correntes e tudo, enquanto o vinho era servido e perus marrons se esforçavam ao seu máximo de excelência para fumegar!

— O que você quer? — quis saber sr. Charles Dickens.

— Viemos para implorar novamente, Charles; precisamos da sua ajuda.

— Ajuda? Acha que eu poderia ajudá-los a combater aqueles bons homens viajando no foguete? Eu não pertenço a esse lugar, de toda forma. Meus livros foram queimados por engano. Não sou um estudioso do sobrenatural, um escritor de horrores e terrores

---

* Personagens criados por Charles Dickens (N. T.)

como você, Poe, ou você, Bierce, ou os outros. Não quero nenhum envolvimento com vocês, pessoas terríveis!

— Você é um orador persuasivo — argumentou Poe. — Poderia se encontrar com os homens do foguete, acalmá-los, tranquilizar suas suspeitas e então... Então poderíamos cuidar deles.

O sr. Dickens observou as dobras da capa negra que escondia as mãos de Poe. Dali, sorrindo, Poe retirou um gato negro.

— Para *um* de nossos visitantes.

— E para os outros?

Poe sorriu novamente, bem satisfeito.

— O Enterro Prematuro?

— Você é um homem sombrio, sr. Poe.

— Sou um homem assustado e furioso. Sou uma divindade, sr. Dickens, assim como você é, assim como todos nós somos, e nossas invenções, nossas criaturas, se quiser chamar assim, foram não só ameaçadas como banidas e queimadas, dilaceradas e censuradas, arruinadas e descartadas. Os mundos criados por nós estão sendo arruinados. Até divindades precisam lutar!

— E daí? — O sr. Dickens inclinou a cabeça, impaciente para voltar à festa, à música e à comida. — Talvez você possa explicar por que estamos aqui? Como viemos parar aqui?

— Guerra leva à guerra. Destruição gera destruição. Na Terra, um século atrás, no ano de 2020, eles proibiram nossos livros. Ah, que ato terrível, destruir nossas criações literárias dessa forma! Isso nos conjurou de... onde? Da morte? Do além? Não gosto de coisas abstratas. Eu não sei. Só sei que nossos mundos e nossas criações nos chamaram e nós tentamos salvá-los, e o único resgate possível foi passar o século aqui em Marte, torcendo para a Terra superar esses cientistas e suas dúvidas. Mas agora eles estão vindo nos varrer daqui, nós e nossas obscuridades, e todos os alquimistas, bruxas, vampiros e lobisomens que, um por um, bateram em retirada pelo espaço enquanto a ciência invadia cada país na Terra, até finalmente não existir nenhuma alternativa além do êxodo. Você precisa nos ajudar. Sabe falar bem. Precisamos de você.

— Repito: não sou um de vocês, não aprovo nem você nem os demais — gritou Dickens com raiva. — Não mexi com bruxas, vampiros e criaturas da meia-noite.

— E quanto a *Um conto de Natal*?

— Ridículo! *Uma* história. E, sim, escrevi algumas outras sobre fantasmas, mas e daí? Meus trabalhos mais essenciais não tinham nada dessas bobagens!

— Equivocados ou não, eles colocaram você no nosso grupo. Destruíram seus livros... seus mundos também. Deveria odiar todos eles, sr. Dickens!

— Admito que eles são estúpidos e rudes, mas isso é tudo. Tenha um bom dia!

— Deixe pelo menos o sr. Marley vir com a gente!

— *Não!*

A porta bateu com força. Enquanto Poe se virava e descia a rua, deslizando sobre o chão gelado, com o cocheiro tocando alegremente uma corneta, uma grande carruagem se aproximou. De dentro dela saíram em bando, vermelhos como cerejas, rindo e cantando, os pickwickianos. Batiam na porta, gritando "Feliz Natal" em alto e bom som, quando a porta foi aberta pelo garoto gordo.

O SR. POE se apressou pela costa do mar seco à meia-noite. Diante das fogueiras e da fumaça ele parou para gritar ordens, verificar os caldeirões borbulhantes, os venenos e os pentagramas desenhados em giz.

— Bom! — ele dizia e seguia correndo. — Ótimo! — ele gritava e partia rapidamente mais uma vez. As pessoas se juntavam a ele e corriam junto. Agora o sr. Coppard e o sr. Machen estavam correndo com ele. E havia serpentes odiosas, demônios furiosos, dragões de bronze flamejantes, víboras sibilantes e bruxas tremulantes, como os espinhos, farpas e urtigas e todo o vil detrito de um mar da imaginação que recuava, deixando-os na margem da melancolia, chiando, espumando e cuspindo.

O sr. Machen parou. Sentou-se como uma criança na areia fria e começou a soluçar. Tentaram consolá-lo, mas ele se recusava a escutar.

— Acabei de pensar nisso — ele disse. — O que vai acontecer com a gente no dia em que as últimas cópias dos nossos livros forem destruídas?

O ar rodopiou.

— Não fale uma coisa dessas!

— Precisamos falar — lamentou o sr. Machen. — Neste exato momento, enquanto o foguete desce, você, sr. Poe; você, Coppard; você, Bierce… estão todos começando a dissipar. Como fumaça de madeira. Soprando no vento. Seus rostos derretem…

— Morte! Morte *real* para todos nós.

— Existimos apenas pela tolerância da Terra. Se um decreto final esta noite destruísse nossos últimos poucos trabalhos, não passaríamos de luzes sendo apagadas.

Coppard ruminou gentilmente.

— Eu me pergunto quem eu sou. Em qual mente terráquea existirei eu nesta noite? Em alguma cabana na África? Algum eremita lendo minhas histórias? Seria ele a vela solitária na ventania do tempo e da ciência? A orbe cintilante que me sustenta aqui no exílio rebelde? Será ele? Ou algum garoto num sótão abandonado, me encontrando justamente na hora certa? Na noite passada me senti mal, mal, mal até o osso, pois existe um corpo da alma assim como um corpo do corpo, e esse corpo da alma doía em cada uma de suas partes reluzentes, e na noite passada eu me senti uma vela, tremulando. Quando subitamente me renovei, após receber uma luz nova! Graças a alguma criança, espirrando por causa da poeira, em algum sótão amarelo na Terra, que encontrava novamente uma cópia escrita por mim, gasta e corroída pelo tempo! E assim me é concedido mais um pouco de tempo!

Uma porta se escancarou com estrondo numa pequena cabana perto da margem. Um homem baixo e magro, com carne pendendo de si em dobras, deu um passo para fora e, sem prestar atenção nos outros, se sentou e encarou seus punhos cerrados.

— É dele que sinto pena — sussurrou Blackwood. — Olhe para ele, definhando. Ele já foi mais real do que nós, que fomos homens. Eles o pegaram, um esqueleto de pensamento, e o vestiram com séculos de carne rosada e barba nevada, com um traje de veludo vermelho e botas negras; criaram para ele renas, enfeites e azevinho. E, após séculos fabricando-o, eles o afogaram num tonel de desinfetante, pode-se dizer.

Os homens ficaram em silêncio.

— Como deve ser na Terra? — se perguntou Poe. — Sem o Natal? Sem castanhas assadas, sem pinheiros, sem enfeites, tambores ou velas… nada; nada além da neve, vento e pessoas solitárias e factuais…

Todos olharam para o velho pequenino e esguio, com sua barba bagunçada e o traje de veludo vermelho desbotado.

— Já ouviu a história dele?

— Posso imaginá-la. O psiquiatra com brilho nos olhos, o sociólogo esperto, o educador ressentido e furioso, os pais antissépticos…

— Uma situação infeliz — disse Bierce, sorrindo — para os mercadores natalinos que, da última vez, se bem me lembro, estavam começando a pendurar azevinhos e cantar músicas natalinas na véspera do Dia das Bruxas. Neste ano, com alguma sorte vão começar no Dia do Trabalhador!

Bierce não continuou. Ele caiu à frente com um suspiro. Conforme desabava no chão, somente teve tempo de dizer:

— Que interessante.

Então, enquanto todos assistiam horrorizados, seu corpo ardeu em poeira azul e ossos queimados, com as cinzas voando pelo ar em farrapos negros.

— Bierce, Bierce!

— Ele se foi!

— Seu último livro, perdido. Alguém na Terra acaba de queimá-lo.

— Que ele descanse em paz. Não resta mais nada dele agora. Pois o que somos, além de livros? E quando eles se forem, não sobrará nada.

Um som de vento preencheu o céu.

Eles gritaram apavorados e olharam para o alto. Lá no céu, deslumbrante com nuvens de fogo escaldantes, estava o foguete! Em volta dos homens na praia, lanternas oscilaram. Vieram guinchos, borbulhas e um odor de feitiços cozinhados. Abóboras com olhos de vela subiram pelo ar limpo e frio. Dedos magros se cerraram em punhos e uma bruxa gritou com sua boca ressequida:

Embarcação, embarcação, quebre, caia!
Embarcação, embarcação, queime todos!
Rache, lasque, trema, derreta!
Poeira de múmia, pele de gato!

— É hora de ir — murmurou Blackwood. — Seguimos para Júpiter, Saturno ou Plutão.

— Fugir? — gritou Poe no vento. — Nunca!

— Sou um velho cansado!

Poe observou o rosto antigo e acreditou nele. Escalou uma enorme rocha e encarou as dez mil sombras cinza, luzes verdes e olhos amarelos no vento sibilante.

— Os pós! — ele gritou.

Um odor quente e espesso de amêndoas amargas, almíscar, cominho, mastruz e íris.

O foguete aterrissava, gradualmente, com o grito de um espírito maldito! Poe se enfureceu diante dele! Jogou seus punhos para o alto e uma orquestra de calor, cheiro e ódio respondeu em sinfonia! Como fragmentos arrancados de uma árvore, morcegos voaram para o alto! Corações flamejantes, arremessados como mísseis, explodiram em fogos de artifício sanguinolentos no ar queimado. Descendo, descendo implacavelmente, como um pêndulo, vinha o foguete. Poe uivou, furiosamente, e recuou com cada manobra do foguete que cortava e devorava o ar! Todo o mar morto parecia um fosso em que, presos, eles aguardavam o maquinário sombrio afundar, o machado reluzente; eram pessoas sob a avalanche!

— As cobras! — gritou Poe.

E serpentes luminosas de um verde ondulante voaram em direção ao foguete. Mas ele desceu, um giro, um fogo, um movimento, e lá ficou ofegando exaustões de plumas vermelhas na areia, a um quilômetro e meio de distância.

— Atrás dele! — gritou Poe. — O plano mudou! Temos apenas uma chance! Corram! Avancem! Avancem! Enterrem eles com nossos corpos! Matem-nos!

E, como se ordenasse um mar violento a mudar seu curso, a sugar a si mesmo para se libertar dos seus leitos primordiais, os turbilhões e surtos selvagens de fogo se espalharam e correram como vento, chuva e relâmpagos bruscos sobre as areias do mar, descendo sobre deltas vazios de rio, escurecendo e gritando, assobiando e lamentando, gaguejando e aglutinando em direção ao foguete que, extinguindo-se, pairava como uma tocha limpa de metal na cavidade mais distante. Como se um grande caldeirão chamuscado de lava brilhante tivesse sido derramado, as pessoas ferventes e animais ferozes se arrastavam pelas braças secas.

— Matem-nos! — gritou Poe, correndo.

Os homens do foguete desceram da nave, armas em punho. Deram uma volta, cheirando o ar como cães. Não viram nada. Relaxaram.

O capitão foi o último a avançar. Deu comandos precisos. Coletou-se e acendeu-se madeira, e um fogo ganhou vida num instante. O capitão chamou seus homens para formarem um meio círculo em torno dele.

— Um novo mundo — ele disse, se forçando a falar num tom confiante, embora olhasse rapidamente, de vez em quando, sobre seu ombro em direção ao mar vazio. — O mundo antigo, deixado para trás. Um novo começo. O que pode ser mais simbólico do que nos dedicarmos com ainda mais afinco à ciência e ao progresso neste lugar. — Ele assentiu firmemente para seu tenente. — Os livros.

A luz da fogueira iluminou os títulos laminados desgastados: *Os salgueiros, O estrangeiro, Behold, O Sonhador, O médico e o monstro, O mágico de Oz, Pellucidar, A Terra que o tempo esqueceu,*

Sonho de uma noite de verão, e os nomes monstruosos de Machen e Edgar Allan Poe, bem como Cabell, Dunsany, Blackwood e Lewis Carroll; os nomes antigos, os nomes malignos.

— Um novo mundo. Com um gesto simbólico, queimaremos os resquícios do antigo.

O capitão arrancou páginas dos livros. Folha por folha queimada, ele alimentou a fogueira com elas.

Um grito!

Saltando para trás, os homens encararam os espaços para além da luz da fogueira nas bordas do mar inabitado e invasor.

Outro grito! Um tom alto de lamentação, como a morte de um dragão ou os estertores de uma baleia bronzeada deixada arfando quando as águas do mar de um leviatã escorrem pelo cascalho e evaporam.

Era o som de ar correndo para preencher um vácuo onde, um instante atrás, *existia* algo!

O capitão descartou cuidadosamente o último livro, colocando-o na fogueira.

O ar parou de tremer.

Silêncio!

Os homens do foguete se inclinaram e prestaram atenção.

— Capitão, você ouviu isso?

— Não.

— Como uma onda, senhor, no fundo do mar! Achei ter visto algo. Ali. Uma onda negra, enorme, acelerando em nossa direção.

— Você se enganou.

— Ali, senhor!

— O quê?

— Está vendo? Ali! A cidade! Mais adiante! A cidade verde perto do lago! Está rachando ao meio. Está desmoronando!

Os homens apertaram os olhos e se amontoaram mais à frente.

Smith estava entre eles, tremendo. Ele levou a mão à cabeça como se quisesse encontrar um pensamento ali.

— Eu lembro. Sim, agora lembro. Muito tempo atrás. Quando era criança. Um livro que li. Uma história. Oz, acho que era o nome. Sim, Oz. *A Cidade Esmeralda de Oz...*

— Oz? Nunca ouvi falar.

— Sim, Oz, foi isso que vi. Eu a vi agora mesmo, como na história. Eu a vi cair.

— Smith!

— Sim, senhor?

— Apresente-se para psicanálise amanhã.

— Sim, senhor! — Uma rápida saudação.

— Tomem cuidado.

Os homens andaram na ponta dos pés, armas a postos, indo além da luz asséptica da nave para encarar o longo mar e as colinas baixas.

— Por que — Smith sussurrou, desapontado — não tem ninguém aqui? Nem uma alma viva.

O vento soprou areia sobre seus sapatos, lamentando.

NENHUMA NOITE
OU MANHÃ ESPECÍFICA

ELE TINHA FUMADO UM maço de cigarros em duas horas.

— A que distância estamos no espaço?

— Um bilhão de quilômetros.

— Um bilhão de quilômetros de onde? — disse Hitchcock.

— Depende — disse Clemens, que não estava fumando nada.

— Um bilhão de quilômetros de casa, daria para dizer.

— Então *diga* isso.

— Casa. Terra. Nova York. Chicago. De onde quer que você tenha vindo.

— Nem lembro mais — disse Hitchcock. — Eu nem acredito que exista uma Terra atualmente, e você?

— Eu acredito — disse Clemens. — Sonhei com ela nesta manhã.

— Não existe manhã no espaço.

— Durante a noite, então.

— É sempre noite — disse Hitchcock em voz baixa. — De que noite você está falando?

— Cala a boca — disse Clemens, irritado. — Deixa eu terminar.

Hitchcock acendeu outro cigarro. Sua mão não tremia, mas era como se, dentro da pele queimada pelo sol, ela pudesse estar tremendo para si mesma, um pequeno tremor em cada mão e um grande tremor invisível no seu corpo. Os dois homens estavam sentados no chão do corredor de observação, olhando para as estrelas. Os olhos de Clemens brilhavam, mas os de Hitchcock não miravam nada; estavam vazios e confusos.

— Acordei às 0500 horas — disse Hitchcock, como se estivesse conversando com sua mão direita. — E me ouvi gritando: "Onde estou? Onde estou?", e a resposta era: "Em lugar nenhum!". E eu dizia: "Onde estive?", e aí respondia: "Terra!". "O que é Terra?", eu me perguntava. "O lugar onde nasci", eu dizia. Mas não era nada, e era pior que nada. Não acredito em nada que não consiga ver, escutar ou tocar. Não consigo ver a Terra, por que deveria acreditar nela? É mais seguro assim, não acreditar.

— Lá está a Terra — Clemens apontou, sorrindo. — Aquele ponto de luz lá.

— Aquela não é a Terra; é o nosso sol. Não dá para ver a Terra daqui.

— Eu consigo vê-la. Tenho uma boa memória.

— Não é a *mesma coisa*, seu tolo — disse Hitchcock abruptamente. Sua voz tinha um tom de raiva. — Estou falando de *enxergar*. Sempre fui assim. Quando estou em Boston, Nova York está morta. Quando estou em Nova York, Boston já era. Quando não vejo alguém por um dia, ele morreu. Quando ele vem caminhando pela rua, meu Deus, é uma ressurreição. Quase começo a dançar, de tão feliz que fico de vê-lo. Costumava, pelo menos. Não danço mais. Só olho. E, quando o sujeito sai caminhando, ele morre mais uma vez.

Clemens riu.

— Isso acontece simplesmente porque sua mente funciona num nível primitivo. Não consegue reter as coisas. Você não tem imaginação, Hitchcock, meu velho. Precisa aprender a retê-las.

— Por que eu deveria me lembrar de algo que não posso usar? — disse Hitchcock, seus olhos arregalados, ainda encarando o espaço. — Sou prático. Se a Terra não está lá para eu caminhar por cima dela, quer que eu caminhe sobre uma memória? Isso *dói*. Memórias, como meu pai já disse, são porcos-espinhos. Para o inferno com elas! Fique longe delas. Elas deixam você triste. Arruínam seu trabalho. Fazem você chorar.

— Estou caminhando na Terra agora mesmo — disse Clemens, olhos semicerrados, soprando fumaça.

— Você está é chutando porcos-espinhos. Mais tarde não vai conseguir almoçar e vai se perguntar o motivo — disse Hitchcock em uma voz morta. — E o motivo será este: você tem um punhado de espinhos machucando você. Para o diabo com isso! Se não posso beber, beliscar, socar ou deitar nele, então eu digo para jogar no sol. Estou morto para a Terra. Ela está morta para mim. Não há ninguém em Nova York chorando por mim nesta noite. Esqueça Nova York. Não existem estações aqui; o inverno e o verão se foram. Assim como a primavera e o outono. Não é nenhuma noite ou manhã específica; só há espaço e mais espaço. A única coisa que existe neste instante somos você, eu e este foguete. E certeza, mesmo, só tenho de *mim*. E é isso.

Clemens ignorou o comentário.

— Estou colocando uma moeda no buraco do telefone agora mesmo — ele disse, fazendo a mímica com um sorriso lento. — Estou ligando para minha garota em Evanston. Olá, Barbara!

O foguete seguiu navegando pelo espaço.

O SINO DO ALMOÇO tocou às 1305 horas. Os homens passaram correndo em tênis macios de borracha e se sentaram diante das mesas acolchoadas.

Clemens não estava com apetite.

— Viu, o que foi que eu falei! — disse Hitchcock. — Você e seus malditos porcos-espinhos! Deixe-os em paz, como eu sugeri. Olhe para mim, devorando a comida. — Ele falou isso com uma voz mecânica, lenta e sem humor. — Observe. — Colocou um grande pedaço de torta na boca e a sentiu com sua língua. Olhou para a torta no seu prato como se estivesse observando a textura. Ele a moveu com seu garfo. Sentiu o cabo do garfo. Amassou o recheio de limão e o viu esguichar entre as pontas. Em seguida, tateou uma garrafa inteira de leite e serviu meio litro num copo, escutando o som produzido. Ele olhou para o leite como se pudesse torná-lo ainda mais branco. Bebeu o leite com tal velocidade que não havia como ter sentido o gosto. Havia comido todo seu almoço em poucos minutos, engolindo tudo febrilmente, e agora olhava ao redor procurando mais, mas já havia acabado. Ele olhou pela vigia do foguete, seu olhar vazio. — Também não são reais — ele disse.

— O quê? — perguntou Clemens.

— As estrelas. Quem já encostou em uma? Posso vê-las, claro, mas qual a serventia de algo a um milhão ou um bilhão de quilômetros de distância? Qualquer coisa tão longe assim não é relevante.

— Por que veio nesta viagem? — perguntou Clemens, de repente.

Hitchcock encarou seu copo de leite surpreendentemente vazio e o apertou com força, depois relaxou a mão e apertou novamente.

— Não sei. — Passou a língua pela borda de vidro. — Eu simplesmente precisava fazer isso. Como sabe o motivo de qualquer coisa que faz na vida?

— Você gostava da ideia de viagens espaciais? Ir a lugares?

— Eu não sei. Sim. Não. Não era uma questão de ir a lugares. E sim de estar no *meio*. — Hitchcock tentou pela primeira vez se concentrar em algo, mas estava tão enevoado e distante que seus olhos não conseguiram fazer o ajuste, embora ele mexesse seu rosto e as mãos. — Tinha mais a ver com o espaço. Tanto espaço. Eu gostava da ideia de não existir nada acima nem abaixo, mais um monte de nada no meio, e eu no meio do nada.

— Nunca ouvi alguém definir dessa forma.

— *Eu* acabo de definir dessa forma; espero que tenha escutado.

Hitchcock puxou seus cigarros, acendeu um e começou a tragar e soprar a fumaça, de novo e de novo.

Clemens disse:

— Como foi sua infância, Hitchcock?

— Nunca fui jovem. Quem eu era antes, morreu. Isso é mais um dos seus espinhos. Não os quero cobrindo meu corpo inteiro. Sempre achei que se morre todo dia, e cada dia é uma caixa, entende, tudo numerado e organizado; mas você nunca volta e levanta as tampas, porque já morreu milhares de vezes na sua vida, e são muitos cadáveres, cada um morreu de um jeito diferente, cada um com uma expressão pior do que a outra. Em cada um desses dias você é alguém diferente, alguém que não conhece, não entende ou quer entender.

— Você está se isolando dessa forma.

— Por que eu desejaria ter algo a ver com o Hitchcock mais novo? Ele era um tolo, empurrado de um lado a outro e usado. O pai dele não era uma boa pessoa, e ele ficou aliviado quando sua mãe morreu, porque ela era igual. Eu deveria voltar e ver seu rosto naquele dia e me vangloriar disso? Ele era tolo.

— Todos somos — disse Clemens —, o tempo inteiro. Só somos um tipo diferente a cada dia. Pensamos, hoje não sou tolo. Aprendi minha lição. Fui tolo ontem, mas não nessa manhã. Mas no dia seguinte descobrimos que sim, também fomos tolos hoje. Acho que o único modo de crescermos e prosperarmos neste mundo é aceitar o fato de não sermos perfeitos e viver de acordo com isso.

— Não quero me lembrar de coisas imperfeitas — disse Hitchcock. — Não posso cumprimentar o jovem Hitchcock, posso? Onde ele está? Consegue encontrá-lo para mim? Ele morreu, então para o inferno com ele! Não vou moldar o que faço amanhã por causa de alguma coisa ruim que fiz ontem.

— Você entendeu errado.

— Se é assim, me explique. — Hitchcock se sentou, sua refeição terminada, encarando a vigia. Os outros homens olharam de relance para ele.

— Meteoros existem? — perguntou Hitchcock.

— Sabe muito bem que sim.

— Nas nossas máquinas de radar… sim, como rastros de luz no espaço. Não, não acredito em nada que não exista e aja na minha frente. Às vezes — ele assentiu para os homens terminando sua refeição —, às vezes não acredito em nada nem ninguém além de mim. — Levantou-se. — Esta nave tem um andar de cima?

— Sim.

— Preciso vê-lo imediatamente.

— Não se anime.

— Espere aqui; eu já volto — Hitchcock saiu andando rapidamente. Os outros homens ficaram mastigando sua comida devagar. Um instante se passou. Um dos outros ergueu a cabeça.

— Há quanto tempo ele tem estado assim? O Hitchcock, quero dizer.

— Só hoje.

— Dia desses ele também estava meio estranho.

— Sim, mas está pior hoje.

— Alguém contou para o psiquiatra?

— Pensamos que ele fosse sair dessa sozinho. Todo mundo fica um pouco aéreo na primeira vez. Eu já fiquei assim. Você fica insanamente filosófico, depois vem o medo. Começa a suar, duvida das suas origens, não acredita na Terra, fica bêbado, acorda de ressaca, e pronto.

— Mas o Hitchcock não fica bêbado — outra pessoa disse. — Queria que ficasse.

— Como ele passou pelo conselho examinador?

— Como todos nós passamos? Eles precisam de mais homens. O espaço assusta pra caramba a maioria das pessoas. Por isso o conselho deixa muitos casos duvidosos passarem.

— Aquele cara não é uma dúvida — alguém disse. — Ele é maluco na certa.

Eles esperaram cinco minutos. Hitchcock não voltou.

Por fim, Clemens se levantou, saiu e escalou a escada circular até o deque de voo superior. Hitchcock estava lá, tocando gentilmente a parede.

— Está aqui — ele disse.

— É claro.

— Eu temia que não estivesse. — Hitchcock olhou para Clemens. — E você está vivo.

— Há bastante tempo.

— Não — disse Hitchcock. — Agora, justo *agora*, neste *instante*, enquanto está aqui comigo, está vivo. Um momento atrás você não era nada.

— Era para mim — respondeu o outro.

— Isso não é importante. Você não estava aqui comigo — disse Hitchcock. — Só isso importa. A tripulação está lá embaixo?

— Sim.

— Pode provar isso?

— Escuta, Hitchcock, é melhor ir falar com o dr. Edwards. Acho que precisa de um pouco de atenção.

— Não, estou bem. Quem é o doutor, afinal? Pode provar que ele está nesta nave?

— Posso. Só precisa chamá-lo.

— Não. Digo, de pé aqui, nesse instante, não pode provar que ele está na nave, pode?

— Não sem me mover. Não posso.

— Viu? Você não possui evidência mental. É disso que preciso, uma evidência mental que possa *sentir*. Não quero evidência física, provas que precisem ser buscadas e trazidas até aqui. Quero uma evidência que você possa carregar na sua mente e sempre tocar, cheirar e sentir. Mas não há como fazer isso. Para acreditar em algo é preciso carregá-lo com você. Não consegue carregar a Terra ou um homem em seu bolso. Preciso de um jeito de fazer isso, carregar as coisas sempre comigo, para poder acreditar nelas. É um desastre precisar de todo esse trabalho de ir buscar algo terrivelmente físico para *provar* sua existência. Odeio coisas físicas porque elas podem ser deixadas para trás e se torna impossível acreditar nelas.

— Essas são as regras do jogo.

— Pois quero mudá-las. Não seria ótimo se pudéssemos *provar* as coisas com a nossa mente e ter certeza de que elas estão sempre no seu lugar? Eu gostaria de saber *como* é um lugar quando *não estou* lá. Queria ter *certeza*.

— Isso não é possível.

— Sabe — disse Hitchcock —, tive meu primeiro impulso de vir para o espaço uns cinco anos atrás. Tinha perdido o emprego, na época. Sempre quis ser escritor, sabia? Sim, um daqueles sujeitos que sempre fala sobre escrever, mas raramente escreve. E eu tinha um temperamento muito difícil. Por causa disso, perdi o emprego bom que eu tinha, deixei o mundo editorial e não consegui encontrar outro emprego. Daí, foi ladeira abaixo. Depois, minha esposa morreu. Veja, nada fica onde você deixa... não dá para confiar em coisas materiais. Tive que deixar meu menino sob os cuidados de uma tia, e as coisas pioraram. Então, um dia, publicaram um conto meu com meu nome assinado, mas não era eu.

— Não entendi.

O rosto de Hitchcock estava pálido e suando.

— Só sei dizer que olhei para a página com meu nome sob o título. Por Joseph Hitchcock. Mas era outra pessoa. Não tinha como *provar*... realmente *provar*, *realmente* provar... que aquele homem era eu. A história era familiar, eu sabia que a tinha escrito... mas o nome no papel ainda não era eu. Era um símbolo, um nome. Era alienígena. Então eu me dei conta de que, mesmo se conseguisse ser bem-sucedido escrevendo, isso nunca significaria nada para mim, porque eu não conseguiria me identificar com aquele nome. Seria cinza e fuligem. Por conta disso, não escrevi mais. Nunca tinha certeza, de qualquer modo, de que as histórias na minha mesa alguns dias depois eram minhas, embora me lembrasse de tê-las escrito. Sempre existia essa lacuna da prova. Essa lacuna entre fazer e ter feito. O que está feito está morto e não é prova, pois não é uma ação. Apenas ações são importantes. E pedaços de papel são restos de ações feitas, acabadas e não mais vistas. A prova do fazer terminou e acabou. Não restava nada além de memória, e eu não confiava na minha memória. Eu poderia *provar* que escrevi essas histórias? Não. *Algum* autor pode? Estou falando de *prova*. Estou falando de ações como prova. Não. Não de verdade. Não a menos que alguém se sente na sala enquanto você escreve, e mesmo assim talvez esteja só copiando da sua memória. E quando algo termina não existe prova, apenas memória. Foi aí que eu comecei a encontrar lacunas em tudo. Duvidei ter sido casado, ter tido um filho ou que já tive um emprego na vida. Duvidei ter nascido em Illinois e ter tido um pai bêbado e uma mãe sórdida. Não podia provar nada. Lógico, as pessoas poderiam dizer: "Você é assim e assado", mas isso não significava nada.

— Você devia deixar esses pensamentos de lado — disse Clemens.

— Não consigo. Só vejo lacunas e espaços. Assim comecei a pensar nas estrelas. Pensei em como seria estar num foguete no espaço, no meio do nada, *nada*, indo para o nada, só com uma camada fina de algo, uma casca de ovo de metal me segurando, indo embora de todas as coisas cheias de lacunas que não podiam se provar. Soube aí que a única felicidade para mim era o espaço. Quando chegar a Aldebaran vou me inscrever para retornar na jornada de cinco anos para a Terra e assim ir de um lado para o outro como uma peteca pelo resto da minha vida.

— Já conversou a respeito disso com o psiquiatra?

— Para ele tentar preencher essas lacunas com cimento, entupir os vazios com barulho, água quente, palavras, mãos me encostando e tudo mais? Não, obrigado. — Hitchcock parou. — Estou piorando, não estou? Achei que sim. Nesta manhã, ao acordar, eu pensei, estou piorando. Ou será que estou melhorando? — Ele parou de novo e virou um olho para Clemens. — Você está aí? Está *realmente* aí? Vá em frente, prove.

Clemens deu um tapa no braço dele, com força.

— Sim — disse Hitchcock, esfregando seu braço, estudando-o cuidadosamente, refletindo, massageando-o. — Você estava aí. Pela breve fração de um instante. Mas me pergunto se está aí... *agora*.

— Vejo você depois — disse Clemens. Ele estava indo falar com o doutor. Saiu caminhando.

Um sino tocou. Dois sinos, três sinos tocaram. A nave chacoalhou como se uma mão tivesse dado um tapa nela. Houve um som de algo sendo sugado, o som de um aspirador sendo ligado. Clemens ouviu os gritos e sentiu o ar ficar rarefeito. O ar, de saída, passou sibilando pelos seus ouvidos. De repente, não havia nada no seu nariz ou pulmões. Ele cambaleou e o sibilo parou.

Ouviu alguém gritar.

— Um meteoro.

Outra pessoa disse:

— Foi consertado!

E era verdade. A aranha de emergência da nave, percorrendo o exterior do casco, tinha aplicado um enxerto quente no buraco no metal e o soldado até fechá-lo com força.

Alguém falava e falava. Depois vieram os gritos à distância. Clemens correu pelo corredor passando pelo ar sendo renovado, ficando mais espesso. Quando dobrou a esquina num anteparo, viu o buraco na parede de aço, recém-selado; viu os fragmentos de meteoro espalhados pelo lugar como pedaços de um brinquedo. Viu o capitão e os membros da tripulação e um homem caído no chão. Era Hitchcock. Seus olhos estavam fechados e ele estava chorando. — Ele tentou me matar — ele disse várias vezes. — Tentou me matar. — Eles o colocaram de pé. — Não pode fazer isso — disse Hitchcock. — Não deveria ser assim. Coisas desse tipo não podem acontecer, podem? Ele veio atrás de *mim*. Por que fez isso?

— Está tudo bem, tudo bem, Hitchcock — disse o capitão.

O doutor fazia um curativo num pequeno corte no braço de Hitchcock. Hitchcock levantou a cabeça, seu rosto pálido, e viu Clemens olhando para ele.

— Ele tentou me *matar* — ele disse.

— Eu sei — disse Clemens.

DEZESSETE HORAS SE PASSARAM. A nave avançou pelo espaço.

Clemens deu um passo através de um anteparo e esperou. O psiquiatra e o capitão estavam lá. Hitchcock estava sentado no chão, as pernas encolhidas contra o peito, braços apertados em volta delas.

— Hitchcock — disse o capitão.

Sem resposta.

— Hitchcock, me escuta — disse o psiquiatra.

Eles se viraram para Clemens.

— Você é amigo dele?

— Sim.

— Gostaria de nos ajudar?

— Se puder.

— Foi o maldito meteoro — disse o capitão. — Talvez isso não tivesse acontecido se não fosse por ele.

— Teria chegado a esse ponto, cedo ou tarde — disse o doutor. Para Clemens: — Talvez fosse bom tentar falar com ele.

Clemens se aproximou silenciosamente, se agachou perto de Hitchcock e começou a sacudir seu braço gentilmente, chamando em voz baixa — Ei, Hitchcock.

Nenhuma resposta.

— Ei, sou eu, Clemens — disse. — Veja, estou aqui. — Deu um tapinha de leve no braço dele. Massageou o pescoço rígido, com cuidado, e a nuca da cabeça inclinada para a frente. Olhou de relance para o psiquiatra, que suspirou bem suavemente. O capitão deu de ombros.

— Tratamento de choque, doutor?

O psiquiatra assentiu.

— Começaremos em menos de uma hora.

Sim, pensou Clemens, tratamento de choque. Colocar para tocar uma dúzia de discos de jazz, agitar sob seu nariz uma garrafa de dentes-de-leão e clorofila verde fresca, colocar grama embaixo dos seus pés, esguichar Chanel no ar, cortar seu cabelo, aparar suas unhas, trazer uma mulher para ele, gritar, bater nele e colidir contra ele, fritá-lo com eletricidade, preencher a lacuna e o vácuo, mas onde estaria sua prova? Não seria possível continuar provando as coisas para ele eternamente. Não se pode entreter um bebê com chocalhos e sirenes a noite inteira, todas as noites, pelos próximos trinta anos. Em algum ponto é preciso parar. E quando fizer isso, ele estará perdido novamente. Isso se ele ao menos prestar atenção.

— Hitchcock! — ele gritou o mais alto possível, de um jeito quase frenético, como se fosse ele caindo de um penhasco. — Sou eu. O seu parceiro! Ei!

Clemens se virou e saiu andando da sala silenciosa.

Doze horas mais tarde, o alarme tocou novamente.

Depois de toda a correria cessar, o capitão explicou:

— Hitchcock recobrou a consciência por um minuto ou algo assim. Ele estava sozinho. Vestiu um traje espacial. Abriu uma câmara de ar e saiu andando pelo espaço... sozinho.

Clemens piscou enquanto encarava a imensa vigia de vidro, por onde podia ver um distante borrão de estrelas e escuridão.

— Ele está lá fora agora?

— Sim. Um milhão de quilômetros para trás. Nunca o encontraremos. Percebi que ele tinha saído da nave quando captamos o rádio do capacete dele no transmissor da sala de controle. Ouvi ele conversando sozinho.

— O que ele disse?

— Algo como "Não existe mais nave agora. Nunca existiu. Nenhuma pessoa. Ninguém no universo. Nunca existiram. Nenhuma planta. Nenhuma estrela". Foi isso. E, depois, algo sobre suas mãos, pés e pernas. "Nenhuma mão", ele disse. "Não tenho mais mãos. Nunca tive. Nenhum pé. Nunca tive. Não posso provar. Nenhum corpo. Nunca tive. Nenhum lábio. Nenhum rosto. Nenhuma cabeça. Nada. Só espaço. Só espaço. Só o vazio."

Os homens se viraram em silêncio para olhar através da vigia de vidro para as estrelas remotas e frias.

Espaço, pensou Clemens. O espaço que Hitchcock tanto amava. Espaço, sem nada em cima, nada embaixo, um monte de nadas vazios no meio, e Hitchcock caindo no meio do nada, a caminho de nenhuma noite ou manhã específica...

A RAPOSA E A FLORESTA

Logo na primeira noite tivemos fogos de artifício. Coisas que deveriam causar medo, talvez, por poderem despertar lembranças de coisas mais horríveis ainda, mas esses eram foguetes lindos subindo pelo ar suave do México e sacudindo as estrelas em fragmentos azuis e brancos. Tudo era bom e doce, o ar estava uma mistura de mortos e vivos, de chuva e poeira, do incenso da igreja, do cheiro de latão das tubas no coreto que pulsavam nos vastos ritmos de "La Paloma". As portas da igreja foram escancaradas, e era como se uma enorme constelação amarela tivesse caído do céu de outubro e estivesse lá, baforando fogo nos muros da igreja; um milhão de velas soltavam cor e fumaça. Fogos de artifício mais novos e melhores se apressavam como cometas andando na corda bamba pela praça de ladrilhos frios, batiam contra as paredes de tijolo crus de cafés. Em seguida, corriam por fios quentes para se espatifarem na torre alta da igreja, na qual só se viam os pés nus dos garotos chutando sem parar, ressoando e balançando de novo e de novo os sinos monstruosos, produzindo música monstruosa.

Um touro flamejante cambaleava pela praça, perseguindo homens que gargalhavam e crianças que gritavam.

— O ano é 1938 — disse William Travis, de pé do lado da esposa na beira da multidão que gritava, sorrindo. — Um bom ano.

O touro correu para cima deles. Abaixando-se, o casal correu, com bolas de fogo os bombardeando, passando pela música e pela confusão, pela igreja, pela banca, sob as estrelas, segurando um ao outro, rindo. O touro passou, carregado levemente nos ombros de um mexicano acelerado, uma estrutura de bambu e pólvora sulfúrica.

— Nunca me diverti tanto na vida.

Susan Travis tinha parado para recuperar o fôlego.

— É incrível — disse William.

— Vai continuar, né?

— A noite toda.

— Não, estou falando de nossa viagem.

Ele franziu a testa e apalpou o bolso da frente da camisa.

— Tenho cheques de viagem suficientes para a vida inteira. Divirta-se. Esqueça disso. Nunca vão nos encontrar.

— Nunca?

— Nunca.

Agora alguém estava acendendo rojões, arremessando-os da grande torre do sino da igreja num surto de fumaça, enquanto a multidão abaixo recuava diante da ameaça, e os rojões explodiam em incríveis impactos no meio de seus pés dançantes e corpos em movimento. Um cheiro maravilhoso de tortillas fritas pairava por tudo, e nos cafés os homens se sentavam às mesas olhando para fora, canecas de cerveja em suas mãos marrons.

O touro tinha morrido. O fogo apagou nos tubos de bambu e ele estava gasto. O trabalhador levantou a estrutura de seus ombros. Garotos pequenos se juntaram para tocar a cabeça magnífica de papel machê, os chifres de verdade.

— Vamos examinar o touro — disse William.

Ao passarem pela entrada do café, Susan viu o homem olhando para eles, um homem branco num terno branco gelo, com uma gravata azul e uma camisa azul, com um rosto magro e queimado de sol! Tinha cabelo loiro liso e olhos azuis, e os observava enquanto andavam.

Ela nunca o teria notado não fossem as garrafas no seu cotovelo imaculado; uma garrafa gorda de *crème de menthe*, uma garrafa transparente de vermute, um jarro de conhaque e sete outras garrafas de bebidas alcóolicas sortidas, e, na ponta dos seus dedos, dez pequenos copos meio cheios que, sem tirar seus olhos da rua, ele bebericava, às vezes apertando os olhos, apertando a boca magra para saborear. Na sua mão livre fumegava um charuto fino de Havana, e numa cadeira havia vinte pacotes de cigarros turcos, seis caixas de charutos e alguns perfumes empacotados.

— Bill… — sussurrou Susan.

— Calma — ele disse. — Não é ninguém.

— Eu o vi na praça essa manhã.

— Não olhe para trás, continue andando. Vá observar o touro de papel machê ali. É isso. Faça perguntas.

— Você acha que ele é um dos investigadores?

— Não há possibilidade de eles terem nos seguido!

— Talvez tenham!

— Que touro legal — disse William para seu proprietário.

— Ele não poderia ter nos seguido duzentos anos para trás, poderia?

— Olha o que você está dizendo, pelo amor de Deus — disse William.

Ela balançou. Ele apertou com força o cotovelo dela, conduzindo-a para longe.

— Não desmaie. — Ele sorriu, para manter as aparências. — Você vai ficar bem. Vamos direto para o café, beber na frente dele. Então, se ele *for* quem achamos que ele é, ele não vai suspeitar.

— Não, não podemos fazer isso.

— *Precisamos* fazer isso. Vamos lá. E, como eu disse para o David, isso é ridículo! — Essa última parte, falou em voz alta enquanto subiam os degraus do café.

Estamos aqui, pensou Susan. Quem somos? Aonde estamos indo? O que tememos? Comece do início, ela pensou, agarrando-se à sua sanidade, enquanto sentia o chão de tijolo cru embaixo dos pés.

Meu nome é Ann Kristen; meu marido se chama Roger. Nascemos no ano de 2155 d.C. E vivíamos num mundo maligno. Um mundo que era como um grande navio negro partindo da costa da sanidade e da civilização, sua sirene negra rugindo pela noite, levando dois bilhões de pessoas com ele, quer quisessem ir ou não, para a morte, para cair além da borda da terra e do mar na insanidade e nas labaredas radioativas.

Eles entraram no café. O homem os encarava.

Um telefone tocou.

O telefone assustou Susan. Ela se lembrou de um telefone tocando duzentos anos no futuro, naquela manhã azul de abril, e ela atendendo.

— Ann, aqui é Rene! Você ficou sabendo? Digo, sobre a Viagens no Tempo, s.a.? Viagens para Roma em 21 a.C., viagens para a Waterloo de Napoleão… qualquer lugar, qualquer época!

— Rene, você só pode estar brincando.

— Não. Clinton Smith partiu essa manhã para a Filadélfia de 1776. A Viagens no Tempo, s.a., organiza tudo. Custa um dinheirão. Mas *imagine...* realmente poder *ver* o incêndio de Roma, Kubla Khan, Moisés e o mar Vermelho! Você provavelmente já recebeu uma propaganda no seu correio por tubo.

Ela abriu o tubo de correio de sucção e lá estava a propaganda em laminado metálico:

ROMA E OS BÓRGIAS!
OS IRMÃOS WRIGHT EM KITTY HAWK!

A VIAGENS NO TEMPO, S.A., PODE FORNECER OS TRAJES ADEQUADOS E COLOCAR VOCÊ NO MEIO DE UMA MULTIDÃO DURANTE O ASSASSINATO DE LINCOLN OU CÉSAR! GARANTIMOS O ENSINO DE QUALQUER IDIOMA NECESSÁRIO PARA SE MISTURAR COM DESENVOLTURA EM QUALQUER CIVILIZAÇÃO E ANO, SEM TENSÕES. LATIM, GREGO, LINGUAGEM COLOQUIAL AMERICANA ANTIGA. VIAJE NO *TEMPO* E NO ESPAÇO!

A voz de Rene vibrava ao telefone.

— Tom e eu partiremos amanhã para 1492. Vão dar um jeito de Tom navegar com Colombo. Não é incrível?

— Sim — Ann murmurou, atônita. — O quê o governo diz sobre essa empresa da Máquina do Tempo?

— Bem, a polícia está de olho nela. Teme que as pessoas acabem fugindo do alistamento, saiam correndo e se escondam no passado. Todo mundo tem que deixar algo de garantia, sua casa e seus pertences, para assegurar o retorno. Afinal, tem uma guerra acontecendo.

— Sim, a guerra — Ann murmurou. — A guerra.

De pé ali, segurando o telefone, ela tinha pensado: eis a oportunidade sobre a qual meu marido e eu conversamos, pela qual torcemos por tantos anos. Não gostamos deste mundo de 2155. Queremos fugir do trabalho dele na fábrica de bombas, e eu, da minha posição nas unidades de cultivo de doenças. Talvez exista uma chance de escaparmos, de correr pelos séculos por uma terra selvagem de anos onde nunca consigam nos encontrar e nos trazer de volta para queimar nossos livros, censurar nossos pensamentos, incendiar nossas mentes com medo, nos forçar a marchar, gritar conosco pelo rádio...

Eles estavam no México no ano de 1938.

Ela olhou para a parede manchada do café.

Os bons trabalhadores do Estado Futuro tinham direito a férias no Passado para escapar da fadiga. Assim, ela e seu marido se mudaram para 1938, para um quarto na cidade de Nova York, para usufruir dos teatros e da Estátua da Liberdade que ainda estava de pé, verde, no porto. E no terceiro dia eles haviam trocado de roupa e de nome e pegado um avião para se esconder no México!

— Só *pode* ser ele — sussurrou Susan, olhando para o estranho sentado à mesa. — Os cigarros, os charutos, a bebida. Essas coisas o entregam. Lembra da *nossa* primeira noite no Passado?

Um mês antes, a primeira noite deles em Nova York, antes do voo, bebendo todo tipo de bebida estranha, saboreando e comprando comidas, perfumes diferentes, cigarros de dez ou doze marcas raras, pois elas eram raras no Futuro, onde só havia a guerra. Por causa disso, eles tinham passado vergonha, entrando e saindo de lojas, salões, tabacarias, subindo até o quarto para aproveitar até passarem mal.

Agora, ali estava o desconhecido fazendo o mesmo, fazendo algo que apenas um homem do Futuro faria, alguém que havia ansiado por bebidas e cigarros por muitos anos.

Susan e William se sentaram e pediram uma bebida.

O desconhecido examinava as roupas deles, seu cabelo, suas joias... O jeito como andavam e se sentavam.

— Sente-se confortavelmente — disse William em voz baixa.
— Como se tivesse usado esse estilo de roupa a vida inteira.

— Nunca deveríamos ter tentado escapar.

— Meu Deus! — disse William. — Ele está vindo. Deixa que eu falo com ele.

O desconhecido se curvou diante deles, com o mais leve som de calcanhares batendo um contra o outro. Susan enrijeceu. Aquele som militar! Inconfundível, que nem a batida horrível específica na sua porta à meia-noite.

— Sr. Roger Kristen — disse o desconhecido. — Você não puxou as pernas de sua calça para cima ao se sentar.

William congelou. Ele olhou para suas mãos apoiadas em cada perna, inocentemente. O coração de Susan batia acelerado.

— Você se enganou — disse William rapidamente. — Meu nome não é Krisler.

— Kristen — corrigiu o desconhecido.

— Sou William Travis — disse William. — E não sei o que você tem a ver com as pernas das minhas calças.

— Desculpe. — O desconhecido puxou uma cadeira. — Digamos que eu pensei que o conhecesse por você *não* ter puxado as pernas da calça. *Todo mundo* faz isso. Se não fazem, as calças ficam frouxas rapidamente. Estou bem longe de casa, senhor... Travis, e preciso de companhia. Meu nome é Simms.

— Sr. Simms, lamento por sua solidão, mas estamos cansados. Vamos partir para Acapulco amanhã.

— Um lugar adorável. Acabei de passar por lá, procurando alguns amigos meus. Eles estão por toda parte. Ainda vou encontrá-los. Ah, a moça está se sentindo mal?

— Boa noite, sr. Simms.

Eles começaram a andar em direção à porta, William segurando firme no braço de Susan. Não olharam para trás quando o sr.

Simms disse para eles — Ah, só mais uma coisa. — Ele parou e lentamente disse as palavras:

— 2155 d.C.

Susan fechou os olhos e sentiu o chão ceder sob ela. Ela seguiu em frente, para a praça flamejante, sem enxergar nada.

ELES TRANCARAM A PORTA do quarto de hotel. Ela estava chorando, os dois, parados no escuro, o quarto oscilando sob seus pés. Lá longe os rojões explodiam, e havia risos na praça.

— Que maldita ousadia, incômoda — disse William. — Ele sentado lá, nos observando de cima a baixo como animais, fumando suas porcarias de cigarro, bebendo suas bebidas. Eu devia tê-lo matado ali mesmo! — Sua voz era quase histérica. — Ele teve até a audácia de usar seu nome de verdade conosco. O chefe dos investigadores. E aquilo que ele disse sobre as pernas da minha calça. Meu Deus, eu deveria tê-las puxado para cima quando me sentei. É um gesto automático dessa época. Quando não fiz isso, fiquei diferente dos outros; fiz com que *ele* pensasse. Eis um homem que nunca usou calças, um homem acostumado a uniformes de tecido sintético e estilos do futuro. Eu devia me matar por ter nos entregado assim!

— Não, não, foi o jeito como ando... esse salto alto... Nossos cortes de cabelo... tão novos, tão modernos. Tudo em nós é esquisito e desconfortável.

Ele acendeu a luz.

— Ele ainda está nos testando. Não tem certeza a nosso respeito... não completamente. Por isso não podemos fugir dele. Não podemos dar essa certeza a ele. Vamos para Acapulco com calma.

— Talvez ele *tenha* certeza, mas esteja só brincando conosco.

— Não duvidaria. Ele tem todo o tempo do mundo. Pode ficar à toa aqui se quiser e nos levar de volta para o Futuro sessenta segundos depois de termos partido. Ele pode nos deixar na dúvida por dias, rindo da gente.

Susan se sentou na cama, limpando as lágrimas do rosto, cheirando o velho odor de carvão e incenso.

— Eles não vão causar um rebuliço, vão?

— Não ousariam. Precisam nos pegar sozinhos para nos colocar na Máquina do Tempo e nos mandar de volta.

— Essa é a solução — ela disse. — Nunca ficaremos sozinhos. Estaremos sempre nas multidões. Faremos um milhão de amigos, visitaremos mercados, dormiremos nos Palácios Oficiais em cada cidade, pagaremos o Chefe de Polícia para nos proteger até encontrarmos um jeito de matar Simms e escapar, nos disfarçar com roupas novas, talvez como mexicanos.

Passos soaram do lado de fora da porta trancada.

Eles apagaram a luz e se despiram em silêncio. Os passos foram embora. Uma porta se fechou.

Susan parou na janela que dava para a praça escura.

— Quer dizer que aquele prédio ali é a igreja?

— Sim.

— Sempre me perguntei como seria uma igreja. Ninguém vê uma faz tanto tempo. Podemos visitá-la amanhã?

— Claro. Venha para a cama.

Eles se deitaram no quarto escuro.

Meia hora depois, o telefone tocou. Ela tirou o telefone do gancho.

— Alô?

— Os coelhos podem se esconder na floresta — disse uma voz —, mas uma raposa sempre consegue encontrá-los.

Ela recolocou o telefone no gancho e se deitou, dura e fria na cama.

Lá fora, no ano de 1938, um homem tocou três canções no seu violão, uma depois da outra.

DURANTE A NOITE, ELA esticou a mão e quase tocou o ano de 2155. Sentiu os dedos deslizando pelos espaços frios do tempo, como se fosse uma superfície ondulada, e ouviu as batidas insistentes de pés marchando, um milhão de bandas tocando um milhão de canções militares, e viu as cinquenta mil fileiras de cultivos de doenças nos seus tubos de ensaio assépticos, sua mão esticando para pegá-los no seu trabalho naquela enorme fábrica no Futuro; os tubos de lepra, peste bubônica, tifo, tuberculose. Em seguida, a grande explosão. Ela viu sua mão ser queimada até virar uma ameixa enrugada, sentiu-a recuar de um choque tão imenso que o mundo parecia ter sido erguido e solto. Todos os prédios quebraram, e as pessoas sangraram e lá ficaram em silêncio. Grandes vulcões, máquinas, ventos, avalanches deslizaram até o silêncio e ela acordou, soluçando, na cama, no México, a muitos anos de distância...

NO INÍCIO DA MANHÃ, zonzos com a única hora de sono que enfim haviam conseguido dormir, acordaram com o som de automóveis barulhentos na rua. Susan espiou pela varanda de ferro e viu um pequeno grupo de oito pessoas que tagarelava e gritava, saindo de caminhões e carros com letras vermelhas neles. Uma multidão de mexicanos tinha seguido os caminhões.

— *Qué pasa?* — Susan perguntou para um garoto.

O garoto explicou.

Susan se virou de volta para o marido.

— Um estúdio americano, fazendo locação.

— Parece interessante. — William estava no banho. — Vamos assisti-los. Acho melhor não partirmos hoje. Tentaremos distrair Simms. Assistiremos aos filmes sendo feitos. Dizem que a cinematografia primitiva era incrível. Tirar nosso pensamento de nós mesmos.

Nós mesmos, pensou Susan. Por um instante, sob o sol forte, ela tinha esquecido de que em algum lugar do hotel havia um homem à sua espera, fumando o que pareciam ser mil cigarros. Ela viu os oito americanos felizes falando alto lá embaixo e queria gritar para eles:

— Me salvem, me escondam, me ajudem! Pintem meu cabelo, meus olhos, me vistam com roupas estranhas. Preciso de ajuda. Sou do ano de 2155!

Mas as palavras permaneceram na sua garganta. Os funcionários da Viagens no Tempo, s.a., não eram tolos. Antes que você partisse na sua viagem, eles colocavam no seu cérebro um bloqueio psicológico. Você não podia contar a ninguém seu local e tempo verdadeiro de nascimento, nem poderia revelar qualquer coisa sobre o Futuro para as pessoas do Passado. O Passado e o Futuro precisavam ser protegidos um do outro. Só com esse bloqueio psicológico as pessoas eram autorizadas a viajar sem supervisão pelas eras. O Futuro precisava ser protegido de qualquer mudança provocada pelo seu pessoal viajando no Passado. Mesmo se quisesse, com toda sua força de vontade, não poderia contar a nenhuma das pessoas felizes na praça lá embaixo quem ela era nem a situação que enfrentava.

— Que tal tomarmos o café da manhã? — disse William.

* * *

O café da manhã foi servido em uma imensa sala de jantar. Presunto e ovos para todos. O lugar estava cheio de turistas. O pessoal do cinema entrou, todos os oito, seis homens e duas mulheres, dando risadinhas, empurrando cadeiras. Susan se sentou perto deles, sentindo o calor e proteção que ofereciam, mesmo enquanto o sr. Simms descia as escadas da recepção, fumando seu cigarro turco com grande intensidade. Ele assentiu de longe, e Susan assentiu em resposta, sorrindo, porque ele não podia lhes fazer nada ali, na frente de oito pessoas do cinema e mais vinte turistas.

— Esses atores — disse William. Talvez eu pudesse contratar dois deles, dizer que era uma farsa, vesti-los com nossas roupas, falar para saírem com nosso carro quando Simms estiver numa posição que não consiga ver seus rostos. Se duas pessoas fingindo ser a gente pudessem distrai-lo por algumas horas, teríamos a chance de ir para a Cidade do México. Levaria anos para ele nos encontrar lá!

— Ei!

Um homem gordo, com um bafo alcóolico, se apoiou na mesa deles.

— Turistas americanos! — ele gritou. — Estou tão farto de ver mexicanos que poderia beijá-los! — Ele apertou as mãos deles. — Venham, comam conosco. Desgraça adora desgraça. Eu sou Desgraça, essa é a sra. Melancolia, e o sr. e sra. Odiamos-o-México! Todos nós odiamos. Mas estamos aqui para algumas cenas preliminares de um maldito filme. O resto da equipe chega amanhã. Meu nome é Joe Melton. Sou diretor. E este é um inferno de país! Funerais nas ruas, pessoas morrendo. Venham, sentem-se. Juntem-se à festa; nos animem!

Susan e William riam.

— Eu sou engraçado? — sr. Melton perguntou para as pessoas próximas.

— Maravilhoso!

Susan mudou de lugar.

O sr. Simms os encarava do outro lado do salão de jantar.

Ela fez uma careta para ele.

O sr. Simms avançou pelas mesas.

— Sr. e sra. Travis — ele disse. — Achei que iríamos tomar café da manhã juntos, sozinhos.

— Desculpe — disse William.

— Sente-se, parceiro — disse o sr. Melton. — Se é amigo deles, então também é amigo meu.

O sr. Simms se sentou. O pessoal do cinema falava em voz alta e, enquanto eles conversavam, o sr. Simms disse em voz baixa:

— Espero que tenha dormido bem.

— Você dormiu?

— Não estou acostumado a colchões de mola — respondeu o sr. Simms com um sorriso irônico. — Mas tem suas compensações. Passei metade da noite acordado experimentando novos cigarros e comidas. Estranhos, fascinantes. Todo um novo espectro de sensações, esses vícios antigos.

— Não sabemos do que está falando — disse Susan.

— Sempre atuando. — Simms riu. — Não adianta. Muito menos essa estratégia de ficar com multidões. Vou conseguir pegá-los sozinhos em algum momento. Sou imensamente paciente.

— Ei — o sr. Melton interrompeu, rosto vermelho. — Esse sujeito está incomodando vocês?

— Está tudo bem.

— É só dizer que eu me livro dele.

Melton se virou de novo para gritar com seu pessoal. No meio das risadas, o sr. Simms continuou:

— Vamos direto ao ponto. Levei um mês para rastrear vocês por cidades e mais cidades até encontrá-los, e todo o dia de ontem para ter minha confirmação. Se vierem comigo calmamente, talvez eu possa evitar uma punição, desde que concordem em voltar a trabalhar na bomba de hidrogênio aprimorada.

— Olha a ciência que esse cara discute no café da manhã! — observou o sr. Melton, meio atento.

Simms continuou, sem se perturbar.

— Pensem nisso. Não podem escapar. Se me matarem, outros os seguirão.

— Não sabemos do que está falando.

— Parem com isso — gritou Simms, irritado. — Usem a inteligência. Sabem que não podemos deixar vocês se safarem com essa fuga. Outras pessoas no ano de 2155 podem ter a mesma ideia e fazer o que fizeram. Precisamos de pessoas.

— Para lutar em suas guerras — disse William, finalmente.

— Bill!

— Está tudo bem, Susan. Vamos falar na língua dele, agora. Não podemos escapar.

— Excelente — disse Simms. — Realmente, vocês dois foram incrivelmente românticos, fugindo de suas responsabilidades.

— Fugindo de um horror.

— Que besteira. É só uma guerra.

— Do que estão falando? — perguntou o sr. Melton.

Susan queria contar para ele. Mas ela só podia falar de generalidades. O bloqueio psicológico na sua cabeça permitia isso. Generalidades, como as discutidas por Simms e William nesse momento.

— Só a guerra — disse William. — Metade do mundo morto por bombas de lepra!

— Seja como for — Simms apontou —, os habitantes do Futuro se ressentem de vocês dois se escondendo numa espécie de paraíso tropical enquanto eles se jogam do penhasco rumo ao inferno. Morte adora morte, não a vida. Pessoas morrendo adoram saber que existe mais gente morrendo com elas. É um conforto saber que não está sozinho no crematório, no cemitério. Sou o guardião do ressentimento coletivo contra vocês dois.

— Olha só esse guardião de ressentimentos! — disse o sr. Melton para seus companheiros.

— Quanto mais tempo me deixarem esperando, pior será. Precisamos de você no projeto da bomba, sr. Travis. Volte agora... sem tortura. Mais tarde, nós o forçaremos a trabalhar e, quando terminar a bomba, experimentaremos vários dispositivos novos e complicados no senhor.

— Tenho uma proposta — disse William. — Voltarei com você se minha esposa puder permanecer aqui, viva e segura, longe da guerra.

O sr. Simms refletiu.

— Certo. Me encontre na praça em dez minutos. Me pegue no seu carro. Me leve de carro até um lugar rural deserto. Mandarei a Máquina de Viagem nos pegar lá.

— Bill! — Susan segurava seu braço com força.

— Não discuta. — Ele olhou para ela. — Está decidido. — E, se virando para Simms. — Uma última coisa. Na noite passada você poderia ter invadido nosso quarto e nos sequestrado. Por que não fez isso?

— Digamos que eu estava me divertindo — retrucou o sr. Simms languidamente, saboreando seu novo charuto. — Odeio abrir mão dessa incrível atmosfera, desse sol, dessas férias. Lamento abandonar o vinho e os cigarros. Nossa, como lamento. Na praça, então, em dez minutos. Sua esposa será protegida e poderá ficar aqui por quanto tempo quiser. Podem se despedir.

O sr. Simms se levantou e saiu andando.

— E lá vai o sr. Papo Sério! — gritou o sr. Melton para o cavalheiro de partida. Ele se virou e olhou para Susan. — Ei. Alguém está chorando. Café da manhã não é hora de ninguém chorar, né?

ÀS NOVE E QUINZE, Susan estava de pé na varanda do quarto, observando a praça. Sr. Simms estava lá sentado, as pernas elegantes cruzadas, num banco delicado de bronze. Mordendo a ponta de um charuto, ele o acendeu gentilmente.

Susan ouviu o ronco de um motor e, no fim da rua, saindo de uma garagem e descendo a colina pavimentada, veio William devagar no seu carro.

O carro começou a acelerar. Cinquenta, sessenta, setenta quilômetros por hora. Galinhas saíram correndo da frente dele.

O sr. Simms tirou seu chapéu panamá branco e limpou sua testa rosa, recolocou o chapéu e aí viu o carro.

Estava acelerado a quase cem quilômetros por hora, se aproximando diretamente da praça.

— William! — gritou Susan.

O carro atingiu o meio-fio baixo da praça com um estrondo de trovão. Ele saltou para cima, acelerou pelos paralelepípedos na direção do banco verde onde o sr. Simms agora deixava seu charuto cair e gritava em pânico, agitando as mãos, antes de ser atingido pelo carro. Seu corpo voou pelos ares e caiu insanamente na rua.

Do outro lado da praça, com uma das rodas da frente quebradas, o carro parou. As pessoas corriam.

Susan entrou e fechou as portas da varanda.

* * *

ELES DESCERAM OS DEGRAUS do Palácio Oficial juntos, braços dados, rostos pálidos, ao meio-dia.

— *Adiós, señor* — disse o prefeito atrás deles. — *Señora*.

Estavam de pé na praça, onde a multidão apontava para o sangue.

— Eles vão querer vê-lo novamente? — perguntou Susan.

— Não, já repassamos o assunto várias vezes. Foi um acidente. Perdi o controle do carro. Chorei para eles. Deus sabe que eu tinha que extravasar de algum jeito. Eu *queria* chorar. Odiei matá-lo. Nunca tive vontade de fazer algo assim na minha vida.

— Eles não vão acusá-lo?

— Eles tocaram no assunto, mas não. Eu falei mais rápido. Eles acreditaram em mim. Foi um acidente. Acabou.

— Para onde iremos? Cidade do México? Uruapan?

— O carro está na oficina. Vai ficar pronto às quatro da tarde. Depois disso, daremos o fora daqui.

— Seremos seguidos? Simms estava trabalhando sozinho?

— Não sei. Teremos um pouco de vantagem em relação a eles, eu acho.

O pessoal do cinema estava saindo do hotel quando eles chegaram. Sr. Melton se apressou à frente, fazendo uma cara séria.

— Ei, soube do ocorrido. Uma lástima. Está tudo bem agora? Querem tirar o pensamento disso? Vamos filmar algumas cenas preliminares na rua. Se quiserem assistir, são bem-vindos. Vamos lá, vai fazer bem.

Eles foram.

Eles ficaram lá na rua de paralelepípedos enquanto a câmera era montada. Susan olhou para a rua que descia e seguia adiante e para a estrada que dava em Acapulco e no mar, passando por pirâmides e ruínas e pequenas cidades de tijolo cru com paredes amarelas, azuis e roxas e buganvílias flamejantes. Ela pensou: pegaremos as estradas, viajaremos em grupos e multidões, em mercados e recepções, subornaremos a polícia para dormirem por perto, usaremos trancas duplas, mas sempre nas multidões, nunca mais sozinhos, sempre com medo de que a próxima pessoa a passar por nós seja alguém como Simms. Sem saber se enganamos e despistamos os investigadores. E sempre à frente, no Futuro, eles estarão esperando que sejamos levados de volta, esperando com suas bombas para nos queimar e doenças para nos apodrecer, com sua polícia para nos dizer para rolar aos seus pés, dançar, passar pelo arco! Então continuaremos correndo pela floresta e nunca mais vamos parar ou dormir bem em nossas vidas.

Uma multidão se juntou para assistir ao filme sendo gravado. Susan observava a multidão e as ruas.

— Viu algo suspeito?

— Não. Que horas são?

— Três da tarde. O carro deve estar quase pronto.

O teste terminou às três e quarenta e cinco. Todos desceram caminhando até o hotel, conversando. William parou na garagem.

— O carro estará pronto às seis — ele disse ao sair, preocupado.

— Mas não vai passar disso, né?

— Vai estar pronto, não se preocupe.

Na recepção do hotel, olharam ao redor, procurando outros homens viajando sozinhos, homens parecidos com o sr. Simms, com novos cortes de cabelo e um odor excessivo de colônia e fumaça de cigarro em volta deles, mas a recepção estava vazia. Subindo as escadas, o sr. Melton disse:

— Bem, foi um dia longo e difícil. Quem gostaria de encerrá-lo com chave de ouro? Vocês aceitam? Martini? Cerveja?

— Talvez uma.

O grupo todo se espremeu para dentro do quarto do sr. Melton e a bebedeira começou.

— Fique de olho na hora — disse William.

Tempo, pensou Susan. Se pelo menos tivessem tempo. Tudo que ela queria era se sentar na praça por um longo dia luminoso de outubro, sem preocupação ou pensamentos, sentir o sol no seu rosto e braços, olhos fechados, sorrindo no calor, e nunca se mover. Só dormir no sol mexicano, dormir com calor, facilidade, lentidão e felicidade, por muitos e muitos dias...

O sr. Melton abriu a champanhe.

— Para uma linda dama, adorável o suficiente para o cinema — ele disse, brindando a Susan. — Talvez até ofereça um teste a você.

Ela riu.

— Falo sério — disse Melton. — Você é muito bonita. Poderia transformá-la numa estrela do cinema.

— E me levar para Hollywood? — gritou Susan.

— Levar para bem longe do México, com certeza!

Susan olhou de relance para William e ele levantou uma sobrancelha e assentiu. Seria uma boa mudança de cenário, vestuário, local, nome, talvez; e eles estariam viajando com oito outras pessoas, um bom escudo contra qualquer interferência do Futuro.

— Parece incrível — disse Susan.

Ela sentia o efeito da champanhe. A tarde estava passando suavemente; a festa girava em volta dela. Sentia-se segura, bem, viva e verdadeiramente feliz pela primeira vez em muitos anos.

— E que tipo de filme seria mais adequado para minha esposa? — perguntou William, enchendo seu copo novamente.

Melton estudou Susan. A festa parou de rir e prestou atenção.

— Bom, eu queria fazer uma história de suspense — disse Melton. — Uma história de um homem e sua esposa, como vocês.

— Continue.

— Uma espécie de história de guerra, talvez — disse o diretor, examinando a cor da sua bebida contra a luz do sol.

Susan e William esperaram.

— Uma história sobre um homem e sua esposa, que vivem em sua pequena casa numa pequena rua no ano de, digamos, 2155 — disse Melton. — Isso é só uma ideia improvisada, entendam. Mas esse homem e sua esposa enfrentam uma guerra terrível, bombas de hidrogênio superaprimoradas, censura, morte naquele ano, e... eis o pulo do gato... eles escapam para o Passado, seguidos por um homem que acreditam ser maligno, mas que só está tentando mostrar a eles qual é o seu dever.

William deixou o copo cair no chão.

O sr. Melton continuou:

— E esse casal se refugia com um grupo de pessoas do cinema em quem aprenderam a confiar. Segurança no coletivo, eles dizem a si mesmos.

Susan se sentiu afundar na cadeira. Todos observavam o diretor. Ele bebeu um gole de vinho.

— Esse vinho é ótimo. Bom, esse homem e essa mulher, aparentemente, não se dão conta de quão importantes são para o Futuro. O homem, especialmente, é a chave para um novo metal de bomba. Então os investigadores, vamos chamá-los assim, não poupam esforço ou gastos para encontrar, capturar e levar de volta o homem e sua esposa. E farão isso assim que conseguirem pegá-los totalmente sozinhos num quarto de hotel, onde ninguém mais possa ver. Estratégia. Os investigadores trabalham sozinhos ou em grupos de oito. Um truque ou outro resolve a questão. Não acha que daria um filme incrível, Susan? E você, Bill?

Ele terminou sua bebida.

Susan estava sentada, olhos vidrados à frente.

— Gostaria de uma bebida? — disse o sr. Melton.

A arma de William foi sacada e disparou três vezes. Um dos homens caiu, os outros correram à frente. Susan gritou. Uma mão cobriu sua boca com força. Agora a arma estava no chão e William estava sendo detido, se debatendo.

— Por favor — disse o sr. Melton parado onde estava, sangue nos dedos. — Não vamos piorar a situação.

Alguém bateu com força na porta que dava para o corredor.

— Me deixem entrar!

— O gerente — disse o sr. Melton secamente. Ele fez um movimento com a cabeça. — Vamos andando, todo mundo!

— Me deixem entrar! Vou chamar a polícia!

Susan e William se entreolharam rapidamente, depois olharam para a porta.

— O gerente deseja entrar — disse o sr. Melton. — Rápido!

Uma câmera foi levada para frente. Dela disparou uma luz azul que cobriu o quarto inteiro instantaneamente. Ela se ampliou e as pessoas do grupo desapareceram, uma por uma.

— Rápido!

Do lado de fora da janela, um instante antes de desaparecer, Susan viu a terra verde, as paredes roxas, amarelas, azuis e vermelhas, os paralelepípedos fluindo para baixo como um rio, um homem sobre um burro cavalgando em direção às colinas quentes, um garoto bebendo refrigerante. Ela podia sentir o líquido doce em sua garganta, ver um homem de pé sob uma árvore fresca da praça com um violão, podia sentir sua mão nas cordas, e, ao longe, o mar, azul e gentil, ela podia senti-lo movendo-se e engolindo-a.

E então ela tinha sumido. Seu marido tinha sumido.

A porta foi aberta de supetão. O gerente e sua equipe entraram correndo.

O quarto estava vazio.

— Mas eles estavam aqui agora mesmo! Eu vi o grupo entrando, e agora... sumiram! — gritou o gerente. — As janelas são protegidas por grades de ferro. Não tinha como passarem por elas!

No final da tarde, o padre foi chamado. Eles abriram o quarto de novo e o arejaram. Pediram para o padre borrifar água benta em cada canto e dar sua benção.

— O que faremos com isso? — perguntou a faxineira.

Ela apontou para o armário, onde havia 67 garrafas de licor francês, conhaque, *crème de cacao*, absinto, vermute, tequila, 106 pacotes de cigarros turcos e 198 caixas amarelas de charutos de Havana, cinquenta por cento puros...

O VISITANTE

Saul Williams acordou em uma manhã parada. Espiou cautelosamente para fora da sua barraca e pensou em quão longe a Terra ficava. Milhões de quilômetros, ele pensou. Mas o que se podia fazer quanto a isso? Seus pulmões estavam cheios de "ferrugem do sangue". Se tossia o tempo todo.

Saul acordou nessa manhã específica às sete horas. Era um homem alto, esguio, emagrecido pela doença. Era uma manhã calma em Marte, com o mar morto liso e silencioso... sem vento. O sol estava claro e frio no céu vazio. Ele lavou o rosto e tomou café da manhã.

Depois disso, queria muito voltar à Terra. Durante o dia tentou de todas as formas estar na cidade de Nova York. Às vezes, se se sentasse direito e segurasse suas mãos de uma certa forma, ele conseguia. Quase dava para sentir o cheiro de Nova York. A maior parte do tempo, contudo, era impossível.

Mais tarde naquela manhã, Saul tentou morrer. Deitou-se na areia e disse ao seu coração para parar, mas ele continuou a bater. Imaginou-se pulando de um penhasco ou cortando os pulsos, mas riu de si mesmo... Sabia não ter coragem para nenhum desses atos.

Talvez, se eu apertar com bastante força e pensar nisso o bastante, consiga simplesmente dormir e nunca mais acordar, ele pensou. Ele tentou. Uma hora depois acordou com a boca cheia de sangue. Levantou-se, cuspiu e sentiu muita pena de si mesmo. Essa ferrugem do sangue... enchia a boca e o nariz; escorria dos ouvidos, das unhas, e levava um ano para matar. A única solução era enfiá-lo num foguete e mandá-lo para o exílio em Marte. Não havia cura conhecida na Terra, e permanecer lá poderia contaminar e matar mais gente. Por isso, ali estava ele, solitário, sangrando sem parar.

Os olhos de Saul se estreitaram. Ao longe, perto da ruína da antiga cidade, ele viu outro homem deitado num lençol imundo.

Quando Saul se aproximou, o homem no lençol se remexeu debilmente.

— Olá, Saul — ele disse.

— Outra manhã — disse Saul. — Meu Deus, como estou sozinho!

— É uma aflição dos enferrujados — disse o homem no lençol, sem se mover, muito pálido, como se pudesse desaparecer se alguém encostasse nele.

— Pelo amor de Deus — disse Saul, olhando para baixo, para o homem —, eu queria que você pelo menos conseguisse conversar. Por que os intelectuais nunca ficam com ferrugem do sangue e vêm parar aqui?

— É uma conspiração contra você, Saul — disse o homem, fechando os olhos, exaurido demais para mantê-los abertos. — Já tive forças para ser um intelectual. Agora é um esforço pensar.

— Se pelo menos pudéssemos conversar — disse Saul Williams.

O homem meramente deu de ombros, indiferente.

— Volte amanhã. Talvez eu tenha força o suficiente para falar de Aristóteles. Vou tentar. Tentar de verdade. — O homem afundou embaixo da árvore desgastada. Ele abriu um olho. — Lembra, uma vez falamos de Aristóteles, seis meses atrás, no meu dia bom.

— Eu lembro — disse Saul, sem prestar atenção. Olhou para o mar morto. — Queria estar tão doente quanto você, aí talvez eu não me preocupasse em ser um intelectual. Aí talvez eu tivesse alguma paz.

— Você vai ficar tão mal quanto estou agora em cerca de seis meses — disse o moribundo. — Então não vai se preocupar com mais nada além de dormir e dormir mais um pouco. O sono será como uma esposa para você. Você sempre voltará a ela, porque ela é viçosa, boa e fiel e sempre trata você da mesma maneira, gentilmente. Só vai acordar para poder pensar em voltar a dormir. É um bom pensamento. — A voz do homem mal chegava a um sussurro. Ela cessou, e uma respiração leve a substituiu.

Saul saiu andando.

Ao longo das margens do mar morto, como garrafas vazias jogadas por alguma onda de muito tempo atrás, espalhavam-se corpos de homens dormindo. Saul podia vê-los ao longo de toda a curva do mar vazio. Um, dois, três... todos dormindo sozinhos, a maioria ainda pior do que ele, todos com seu pequeno estoque de comida, todos solitários, porque a capacidade de interação social estava fraquejando e dormir era bom.

No início, houve algumas noites ao redor de fogueiras comunitárias. E eles tinham todos conversado sobre a Terra. Esse era o único assunto. A Terra e o jeito como as águas corriam em riachos nas cidades, o gosto de tortas de morango feitas em casa e a aparência de Nova York no início da manhã quando se vem de Jersey de balsa no vento salgado.

Eu quero a Terra, pensou Saul. Quero com tanta vontade que chega a doer. Quero algo que nunca mais posso ter. Todos aqui a querem e isso dói neles também. Mais do que comida, uma mulher ou qualquer coisa, eu só quero a Terra. Essa doença tira as mulheres da cabeça para sempre; não são algo a desejar. Mas a Terra, sim, ela é algo para a mente, não para o corpo fraco.

O metal reluzente brilhou no céu.

Saul levantou a cabeça.

O metal brilhante piscou novamente.

Um minuto depois, o foguete aterrissou no fundo do mar. Uma válvula se abriu e saiu um homem, carregando sua bagagem consigo. Dois outros homens, em trajes germicidas de proteção, o acompanhavam, carregando enormes caixas de comida e montando uma barraca para ele.

Mais um minuto e o foguete retornou aos céus. O exilado estava de pé sozinho.

Saul começou a correr. Ele não corria fazia semanas, era muito cansativo, mas ele correu e gritou.

— Olá, olá!

O jovem observou Saul de cima a baixo quando ele chegou.

— Olá. Então aqui é Marte. Meu nome é Leonard Mark.

— Sou Saul Williams.

Eles se cumprimentam com um aperto de mãos. Leonard Mark era muito jovem... Tinha apenas dezoito anos, muito loiro, rosto rosado, olhos azuis, e revigorado apesar da doença.

— Como estão as coisas em Nova York? — perguntou Saul.

— Deste jeito — disse Leonard Mark. Ele olhou para Saul.

Nova York brotou no deserto, feita de pedra e repleta dos ventos de março. Neons explodiram em cores elétricas. Táxis amarelos deslizaram na noite parada. Pontes levantaram e rebocadores cantaram nos portos da meia-noite. Cortinas se levantaram em musicais estrelados.

Saul pôs as mãos na cabeça, violentamente.

— Espere, espere! — ele falou num sobressalto. — O que está acontecendo comigo? O que há de errado comigo? Estou enlouquecendo!

Folhas desabrocharam das árvores no Central Park, verdes e novas. Saul andava calmamente pela trilha, cheirando o ar.

— Pare, pare com isso, seu tolo! — Saul gritou para si mesmo. Ele pressionou a testa com as mãos. — Isso não pode estar acontecendo!

— Está — disse Leonard Mark.

As torres de Nova York se dissiparam. Marte reapareceu. Saul estava de pé no fundo vazio do mar, encarando desanimado o recém-chegado.

— Você — ele disse, estendendo a mão para Leonard Mark. — Foi você que fez isso. Com sua mente.

— Sim — disse Leonard Mark.

Eles se encararam, silenciosamente. Por fim, estremecendo, Saul segurou a outra mão do exilado e a sacudiu de novo e de novo, dizendo:

— Como estou feliz por você estar aqui. Não sabe como estou feliz!

Tomaram o café marrom saboroso dos seus copos de latão. Era meio-dia. Tinham conversado durante toda a manhã quente.

— E essa sua habilidade? — disse Saul por cima do copo, encarando fixamente o jovem Leonard Mark.

— Nasci com ela — disse Mark, olhando para sua bebida. — Minha mãe esteve na explosão de Londres em 57. Nasci dez meses depois. Não sei como você chamaria minha habilidade. Telepatia e transferência de pensamento, imagino. Eu costumava fazer um show, viajava por todo o mundo. Leonard Mark, o prodígio mental, diziam os cartazes. Eu estava ganhando bem. A maioria das pessoas achava que eu não passava de um charlatão. Sabe como as pessoas falam de gente teatral. Só eu sabia que era realmente verdade, mas não deixava ninguém saber. Era mais seguro não deixar a informação se espalhar demais. Alguns dos meus amigos próximos conheciam minha habilidade *real*. Eu tinha muitos talentos que serão úteis agora que estou em Marte.

— Você me deu um baita susto — disse Saul, o copo rígido na mão. — Quando Nova York surgiu do chão daquele jeito, pensei que eu tinha pirado.

— É uma forma de hipnotismo que afeta todos os órgãos sensoriais ao mesmo tempo… olhos, ouvidos, nariz, boca, pele… todos. O que mais gostaria de estar fazendo agora?

Saul abaixou seu copo. Tentou manter as mãos bem firmes. Molhou seus lábios.

— Queria estar no pequeno riacho onde costumava nadar em Mellin Town, Illinois, quando criança. Queria estar pelado e nadando.

— Bom — disse Leonard Mark, e moveu a cabeça só um pouquinho.

Saul caiu para trás na areia, seus olhos cerrados.

Leonard Mark se sentou, observando-o.

— Está vendo esses homens vindo? Alguns deles são malucos.

— Sério?

— Sim.

— O isolamento e o resto todo os deixaram assim?

— Exato. É melhor irmos embora.

— Eles não parecem perigosos. Eles se movem devagar.

— Você ficaria surpreso.

Mark olhou para Saul.

— Você está tremendo. Qual o motivo?

— Não temos tempo para conversar — disse Saul, se levantando depressa. — Venha. Não entende o que acontecerá uma vez que descubram seu talento? Eles lutarão por você. Eles matarão uns aos outros... matarão você... pelo direito de tê-lo.

— Mas eu não pertenço a ninguém — disse Leonard Mark. Ele olhou para Saul. — Não. Nem mesmo você.

Saul sacudiu a cabeça.

— Eu nem tinha pensado nisso.

— É mesmo? — Mark riu.

— Não temos tempo para discutir — respondeu Saul, olhos piscando, bochechas vermelhas. — Vamos lá!

— Não estou a fim. Vou ficar sentado aqui mesmo até esses homens chegarem. Você é um pouco possessivo demais. É a minha vida.

Saul sentiu algo monstruoso dentro dele. Seu rosto começou a se contorcer.

— Você *ouviu* o que eu disse.

— Como foi rápida sua mudança de amigo para inimigo — observou Mark.

Saul avançou para cima dele. Deu um golpe direto e rápido, para baixo.

Mark se esquivou, rindo.

— Sem chance!

Eles estavam no centro da Times Square. Carros rugiam, buzinavam, passando por eles. Construções subiram vertiginosamente, quentes, no ar azul.

— É uma mentira! — gritou Saul, cambaleando sob o impacto visual. — Pelo amor de Deus, não, Mark! Os homens estão vindo. Você vai ser morto!

Mark estava sentado na calçada, rindo da sua piada.

— Deixe que venham. Posso enganar a todos!

Nova York distraiu Saul. Era essa sua serventia... Servia para prender a atenção com sua beleza profana, depois de tantos meses longe dela. Em vez de atacar Mark, ele só conseguia ficar parado, absorvendo a cena alienígena mas familiar.

Fechou os olhos.

— Não. — Caiu para a frente, arrastando Mark com ele. Buzinas gritaram no seu ouvido. Carros frearam violentamente, sibilando. Ele esmagou o queixo de Mark.

Silêncio.

Mark estava deitado no fundo do mar.

Pegando o homem inconsciente em seus braços, Saul começou a correr, pesadamente.

Nova York tinha sumido. Só havia o silêncio vasto do mar morto. Os homens estavam se aproximando por todos os lados. Ele correu para as colinas com seu carregamento precioso, com Nova York, o campo, fontes frescas e velhos amigos em seus braços. Caiu uma vez e lutou para se levantar. Não parou de correr.

A NOITE PREENCHEU A caverna. O vento soprava para dentro e para fora, cutucando a pequena fogueira, espalhando cinzas.

Mark abriu os olhos. Estava amarrado com cordas e reclinado contra a parede seca da caverna, de frente para o fogo.

Saul colocou outro graveto na fogueira, olhando de relance de vez em quando para a entrada da caverna, nervoso como um gato.

— Você é um tolo.

Saul levou um susto.

— Sim — disse Mark —, você é um tolo. Eles vão nos encontrar. Mesmo que precisem caçar por seis meses, vão nos encontrar. Eles viram Nova York de longe, como uma miragem. E nós dois no centro dela. Seria ilusão pensar que não vão ficar curiosos e seguir nossos rastros.

— Vou seguir em frente com você — disse Saul, encarando o fogo.

— E eles virão atrás.

— Cale a boca!

Mark sorriu.

— Isso é jeito de falar com sua esposa?

— Você me ouviu!

— Ah, que lindo casamento esse... a sua cobiça e a minha capacidade mental. O que gostaria de ver desta vez? Quer que eu mostre mais algumas de suas cenas de infância?

Saul sentiu o suor brotando no seu cenho. Não sabia se o homem estava de brincadeira ou não.

— Sim — ele disse.

— Muito bem — disse Mark. — Observe!

Chamas jorraram das rochas. Enxofre o fez engasgar. Fossos de enxofre explodiram, impactos chacoalharam a caverna. Convulsionando, Saul tossiu e cambaleou, queimado, torturado pelo inferno!

O inferno desapareceu. A caverna voltou a existir.

Mark estava rindo.

Saul ficou de pé sobre ele.

— Você — ele disse friamente, se inclinando para baixo.

— Queria o quê? — Mark perguntou, irritado. — Fui amarrado, arrastado, tomado como esposa intelectual de um homem enlouquecido pela solidão... Acha que estou contente com essa situação?

— Desamarro você se prometer não fugir.

— Não posso prometer isso. Sou um agente livre. Não pertenço a ninguém.

Saul se ajoelhou.

— Mas *precisa* pertencer, está me escutando? *Precisa* pertencer. Não posso deixá-lo ir embora!

— Meu caro companheiro, quanto mais diz coisas assim, mais distante eu fico. Se tivesse tido o mínimo de bom senso e agido com inteligência, teríamos sido amigos. Eu teria feito de bom grado esses pequenos favores hipnóticos. Afinal, não é difícil para mim conjurá-los. É até divertido, na verdade. Mas você estragou tudo. Você me queria só para si. Teve medo de que os outros me tirassem de você. Como estava errado. Eu tinha poder suficiente para manter todos felizes. Você poderia ter me compartilhado com eles, como uma cozinha comunitária. Eu teria me sentido como um deus entre crianças, sendo bondoso, fazendo favores em troca dos quais vocês poderiam me trazer pequenos presentes, algumas comidas especiais.

— Desculpe, desculpe! — Saul gritou. — Mas eu conheço esses homens bem demais.

— E você é diferente? Duvido muito! Vá lá fora e veja se estão chegando. Acho que ouvi um barulho.

Saul correu. Na entrada da caverna, ele juntou suas mãos, espiando o barranco preenchido pela noite. Silhuetas vagas se mexiam. Seria somente o vento soprando os tufos de joio? Ele começou a tremer, uma tremedeira tênue e dolorosa.

— Não vejo nada. — Ele voltou e encontrou a caverna vazia. Encarou a fogueira.

— Mark!

Mark tinha desaparecido.

Não havia nada além da caverna, cheia de pedregulhos, pedras, rochas, a fogueira solitária cintilando, o vento suspirando. E Saul ali de pé, incrédulo e entorpecido.

— Mark! Mark! Volte!

O homem tinha se libertado das suas amarras, de forma lenta e cuidadosa, e, usando a artimanha de fingir ter ouvido outros homens se aproximando, ele fugira... mas para onde?

A caverna era profunda, mas terminava numa parede nua. Não tinha como Mark ter passado despercebido por ele em direção à noite. Como, então?

Saul deu a volta pelo fogo. Sacou sua faca e se aproximou de uma rocha grande parada diante da parede da caverna. Sorrindo, pressionou a faca contra a rocha. Sorrindo, cutucou a região com a faca. Então puxou a faca para trás para cravá-la na rocha.

— Pare! — gritou Mark.

A rocha desapareceu. Lá estava Mark.

Saul ergueu a faca. O fogo brincava em suas bochechas. Seus olhos tinham um aspecto insano.

— Não funcionou — ele sussurrou. Esticou a mão para baixo, colocou-a na garganta de Mark e fechou seus dedos em torno dela. Mark não disse nada, mas se moveu desassossegado no aperto da mão de Saul, seu olhar, irônico, dizendo coisas que Saul já sabia.

Se me matar, os olhos diziam, o que acontecerá com os seus sonhos? Se me matar, onde vão parar todos os riachos e trutas? Me mate, mate Platão, Aristóteles, Einstein; sim, mate a todos nós! Vá em frente, me enforque. Eu o desafio.

Os dedos de Saul soltaram a garganta.

Sombras se moviam pela entrada da caverna.

Os dois viraram suas cabeças.

Os outros homens haviam chegado. Cinco deles, exaustos de viajar, arfando, esperando nos limites da luz.

— Boa noite — chamou Mark, rindo. — Entrem, entrem, cavalheiros!

QUANDO O SOL NASCEU, a discussão e a ferocidade permaneciam. Mark estava sentado entre os homens de expressões irritadas, esfregando seus punhos, soltos há pouco das suas amarras. Ele criou um salão de conferências com painéis de mogno e uma mesa de mármore onde todos se sentavam, homens ridiculamente barbados, com um odor maligno, suados e avarentos, olhos fixos no seu tesouro.

— O jeito de resolver isso — disse Mark finalmente — é cada um de vocês ter certas horas de certos dias para ficar comigo. Tratarei a todos igualmente. Serei propriedade da cidade, livre para ir e vir. Isso é justo. Quanto a Saul, ele está em liberdade condicional. Quando provar que pode ser uma pessoa civilizada novamente, vou lhe oferecer um ou dois tratamentos. Até lá, não quero ter nenhuma relação com ele.

Os outros exilados sorriram de canto de boca para Saul.

— Sinto muito — Saul disse. — Eu não sabia o que estava fazendo. Estou bem agora.

— Veremos — disse Mark. — Vamos nos dar um mês, que tal?

Os outros homens sorriram uma vez mais para Saul.

Saul não disse nada. Encarava o chão da caverna.

— Vejamos, agora — disse Mark. — Segunda-feira é o seu dia, Smith.

Smith assentiu.

— Nas terças-feiras, ficarei com Peter por uma hora ou algo assim.

Peter assentiu.

Nas quartas, terminarei com Johnson, Holtzman e Jim, ali.

Os últimos três se entreolharam.

— Durante o resto da semana quero ser deixado em paz, sozinho, entendem? — Mark disse. — Um pouco deveria ser melhor que nada. Se não me obedecerem, não farei nenhuma encenação.

— Talvez nós o *obriguemos* a encenar — disse Johnson. Ele capturou a atenção dos outros. — Olha, somos cinco contra um. Podemos obrigá-lo a fazer tudo que quisermos. Se cooperarmos, teremos algo muito bom à disposição.

— Não sejam idiotas — Mark avisou os outros homens.

— Me deixe falar — disse Johnson. — Ele está nos dizendo o que vai fazer. Por que nós não dizemos a *ele*? Somos maiores do que ele, não? E ele aí, ameaçando não criar as encenações! Bom, deixe-me colocar um fiapo de madeira embaixo de suas unhas, talvez queimar seus dedos um pouco com uma lixa de aço, e vamos ver se ele encena! Me diga por que não podemos ter encenações todas as noites da semana?

— Não deem ouvidos a ele! — disse Mark. — Ele está maluco. Não é confiável. Sabem o que ele fará, não sabem? Pegará vocês desprevenidos, um por um, e matará vocês. Sim, ele matará todos vocês, de modo que, quando tiver terminado, restaremos somente ele e eu! Ele é assim.

Os homens que estavam escutando os encararam. Primeiro Mark, depois Johnson.

— Aliás — observou Mark —, nenhum de vocês pode confiar no outro. Essa é uma conferência de tolos. Assim que virarem suas costas, alguém irá assassiná-los. Ouso dizer que, até o final da semana, estarão todos mortos ou morrendo.

Um vento frio soprou dentro da sala de mogno. Ela começou a dissipar e se tornou uma caverna mais uma vez. Mark estava cansado da sua piada. A mesa de mármore se dissolveu, choveu e evaporou.

Os homens se encaravam com suspeita, olhos selvagens acesos. Era verdade o que havia sido dito. Eles se viam nos dias por vir pegando uns aos outros de surpresa, se matando... até o último sortudo permanecer vivo para aproveitar o tesouro intelectual que caminhava entre eles.

Saul observou-os e se sentiu sozinho e desconfortável. Depois de cometer um erro, era difícil admitir seu equívoco, retornar, começar de novo. Estavam *todos* errados. Estavam perdidos fazia tempo. Agora estavam piores do que perdidos.

— E, para tornar tudo ainda pior — disse Mark, finalmente —, um de vocês tem uma arma. E o resto só tem facas. Mas um de vocês, eu sei, tem uma arma.

Todos se levantaram com um salto.

— Procurem! — disse Mark. — Encontrem quem tem a arma ou estarão todos mortos!

Essa foi a gota d'água. Os homens debateram sem controle, sem saber quem revistar primeiro. Agarravam-se, gritavam e Mark observava-os com desprezo.

Johnson caiu para trás, apalpando sua jaqueta.

— Certo — ele disse. — Talvez seja melhor acabar com isso agora! Ei, você, Smith.

Ele atirou no peito de Smith, que tombou. Os outros homens gritaram. Eles se separaram. Johnson mirou e atirou mais duas vezes.

— Parem! — disse Mark.

Nova York se ergueu em volta deles, surgindo da rocha, da caverna e do céu. O sol brilhava nas torres altas. Os elevados rugiam como trovões; rebocadores apitavam no porto. A dama de verde encarava do outro lado da baía, uma tocha em sua mão.

— Vejam, seus tolos! — disse Mark. No Central Park, constelações de florescências de primavera despontaram. O vento soprou os aromas de grama recém-cortada sobre eles numa onda.

E, no centro de Nova York, assustados, os homens cambaleavam. Johnson disparou sua arma mais três vezes. Saul avançou. Colidiu com Johnson, o derrubou e arrancou sua arma. Ela disparou novamente.

Os homens pararam de zanzar.

Levantaram-se. Saul estava deitado em cima de Johnson. Eles pararam de lutar.

Houve um silêncio terrível. Os homens pararam para assistir.

Nova York afundou de novo no mar. Com um sibilo, borbulho e suspiro, um lamento de metal arruinado e de tempo antigo, as enormes estruturas se inclinaram, retorceram, fluíram e colapsaram.

Mark estava de pé entre os prédios. Então, como um prédio, com um nítido buraco vermelho perfurado em seu peito, ele caiu silenciosamente.

Saul ficou encarando os homens, o corpo.

Ele se levantou, arma em punho.

Johnson não se moveu... estava com medo de se mover.

Todos fecharam os olhos e os abriram outra vez, imaginando que assim talvez pudessem reanimar o homem caído diante deles.

A caverna estava fria.

Saul se levantou e olhou com distanciamento para a arma na sua mão. Ele a arremessou bem longe por sobre o vale e não a assistiu cair.

Eles olharam para baixo, para o corpo, como se não pudessem acreditar. Saul se inclinou e segurou a mão flácida.

— Leonard! — ele disse, suavemente. — Leonard? — Ele balançou a mão. — Leonard!

Leonard Mark não se moveu. Seus olhos estavam cerrados, seu peito tinha parado de subir e descer. Ele estava esfriando.

Saul se levantou.

— Nós o matamos — ele disse, sem olhar para os homens. Sua boca se enchia de um gosto amargo. — O único que não queríamos matar, nós matamos. — Ele levou a mão trêmula aos seus olhos.

Os outros aguardavam de pé.

— Peguem uma pá — disse Saul. — Enterrem-no. — Ele virou as costas. — Não quero ter nada a ver com vocês.

Alguém saiu para procurar uma pá.

SAUL ESTAVA TÃO FRACO que não conseguia se mover. Suas pernas tinham adentrado a terra, as raízes se alimentando profundamente da solidão, do medo e do frio da noite. O fogo quase se extinguira, e somente o duplo luar corria por cima das montanhas azuis.

Havia o som de alguém cavando a terra com uma pá.

— Não precisamos dele, de qualquer modo — alguém disse, em voz alta demais.

O som de escavação continuou. Saul se retirou andando lentamente e se permitiu deslizar pela lateral de uma árvore escura até alcançar a areia e se sentou com uma expressão vazia, as mãos cegas em seu colo.

Dormir, ele pensou. Vamos todos dormir agora. Temos isso, pelo menos. Dormir e tentar sonhar com Nova York e o resto.

Ele fechou os seus olhos, exaurido, o sangue se acumulando no seu nariz, na boca e nos olhos trêmulos.

— Como ele fez isso? — perguntou, com a voz fatigada. Sua cabeça tombou para frente sobre o peito. — Como trouxe Nova York para cá e nos fez caminhar por ela? Vamos tentar. Não deve ser tão difícil. Pensem! Pensem em Nova York — ele sussurrou, caindo no sono. — Nova York, Central Park e depois Illinois na primavera, com suas macieiras e grama verde.

Não funcionou. Não era a mesma coisa. Nova York tinha sumido e nada que ele pudesse fazer traria a cidade de volta. Ele se levantaria a cada manhã e caminharia pelo mar morto à sua procura, caminharia para sempre por Marte à sua procura e nunca a encontraria. E, por fim, se deitaria, cansado demais para andar, tentando encontrar Nova York na sua cabeça, sem conseguir.

A última coisa que ouviu antes de dormir foi a pá subindo e descendo enquanto cavavam um buraco no qual, com um tremendo estrondo de metal e névoa dourada, cheiros, cor e som, Nova York colapsava, desabava e era enterrada.

Ele chorava toda noite durante o sono.

O MISTURADOR DE CONCRETO

ELE PRESTAVA ATENÇÃO NO farfalhar de grama seca das vozes das velhas bruxas embaixo da sua janela aberta:

— Ettil, o covarde! Ettil, o recusador! Ettil, que não travará a guerra gloriosa de Marte contra a Terra!

— Continuem, bruxas! — ele gritou.

As vozes diminuíram até se tornarem um murmúrio, como o da água nos longos canais sob o céu marciano.

— Ettil, o pai de um filho que precisa crescer na sombra desse conhecimento horrível! — disseram as velhas enrugadas. Elas bateram suavemente suas cabeças de olhos astutos. — Vergonha, vergonha!

Sua esposa estava chorando do outro lado do quarto. Suas lágrimas eram numerosas e frias como chuva nas telhas.

— Ó, Ettil, como pode pensar dessa maneira?

Ettil deixou de lado o livro de metal que, seguindo seu comando, cantava para ele uma história durante a manhã a partir da sua estrutura fina de fios dourados.

— Tentei explicar — ele disse. — Isso é uma tolice, Marte invadir a Terra. Seremos absolutamente destruídos.

Lá fora, um impacto, um estrondo, uma ondulação dos metais, um tambor, um grito, pés marchando, galhardetes e canções. Pelas ruas de pedra, o exército, armas de fogo no ombro, passava pisando forte. As crianças pulavam atrás. Velhas acenavam com bandeiras sujas.

— Vou continuar em Marte e ler um livro — disse Ettil.

Uma batida seca na porta. Tylla abriu. O sogro entrou tempestuosamente.

— O que é isso que ando ouvindo sobre meu genro? Um traidor?

— Sim, pai.

— Não vai lutar no exército marciano?

— Não, pai.

— Pelos deuses! — O velho pai ficou muito vermelho. — Uma praga em seu nome! Você será executada.

— Atire, então, e vamos terminar logo com isso.

— Quem já ouviu falar de um marciano que *não* invade? Quem!

— Ninguém. É, admito, bem notável.

— Inacreditável — sussurraram as vozes das bruxas sob a janela.

— Pai, não consegue convencê-lo? — exigiu Tylla.

— Convencer um monte de excremento — gritou o pai, olhos ardentes. Entrou e ficou de pé junto a Ettil. — As bandas estão tocando, um belo dia, mulheres chorando, crianças pulando, tudo certo, homens marchando corajosamente, e você sentado aqui! Que vergonha!

— Vergonha — soluçaram as vozes distantes na cerca viva.

— Saia dessa casa agora, inferno, você e sua tagarelice inútil — disse Ettil, explodindo. — Leve suas medalhas e seus tambores e corra!

Ele empurrou o sogro, passando pela esposa que gritava, mas sua porta foi aberta com força nesse mesmo instante e um destacamento militar entrou.

Uma voz gritou:

— Ettil Vrye?

— Sim!

— Você está preso!

— Adeus, minha querida esposa. Vou partir para batalhar com esses tolos! — gritou Ettil, arrastado pela porta pelos homens vestindo malha de bronze.

— Adeus, adeus — disseram as bruxas da cidade, se dissipando...

A CELA ESTAVA ARRUMADA e limpa. Sem um livro, Ettil estava nervoso. Segurava as barras e assistia aos foguetes dispararem para o alto em direção ao ar noturno. Frias e numerosas, as estrelas pareciam se dispersar a cada foguete que passava estrondosamente entre elas.

— Tolos — sussurrou Ettil. — Tolos!

A porta da cela foi aberta. Um homem entrou, com uma espécie de veículo; livros aqui e acolá, espalhados por toda parte nas câmaras do veículo. Atrás dele, pairava o designador militar.

— Ettil Vrye, queremos saber por que você tinha em casa esses livros terráqueos ilegais. Essas cópias de *Histórias maravilhosas*, *Contos científicos*, *Histórias fantásticas*. Explique. — O homem segurou com força o punho de Ettil.

Ettil se sacudiu para se livrar dele.

— Se vai atirar em mim, atire. Essa literatura, da Terra, é justamente o motivo pelo qual não vou tentar invadi-los. É o motivo pelo qual sua invasão falhará.

— Como assim? — O designador fez uma careta e se virou para as revistas amareladas.

— Pegue uma edição qualquer — disse Ettil. Qualquer uma, mesmo. Nove de cada dez histórias de 1929, da década de 1930 a 1950, no calendário terrestre, mostra uma invasão marciana bem-sucedida contra a Terra.

— Ah! — O designador sorriu, assentiu.

— E então — disse Ettil —, elas fracassam.

— Isso é traição! Possuir tal literatura!

— Se esse é o seu desejo, que assim seja. Mas me permita tirar algumas conclusões. Invariavelmente, cada invasão é derrotada por um homem jovem, tipicamente magro, costuma ser irlandês, frequentemente sozinho, chamado Mick, Rick, Jick ou Bannon, que destrói os Marcianos.

— Você não acredita nisso!

— Não, não acredito que terráqueos realmente possam fazer isso. Mas eles possuem um histórico, entende, designador, de gerações de crianças lendo esse tipo de ficção, absorvendo-a. Toda a literatura deles fala de invasões impedidas com sucesso. Pode dizer o mesmo da literatura marciana?

— Bom...

— Não.

— Imagino que não.

— Você sabe que não. Nunca escrevemos histórias com tal natureza fantástica. Agora nos rebelamos, atacamos e vamos morrer.

— Não entendo seu raciocínio. Como isso se conecta com as histórias das revistas?

— Moral. É um fator importante. Os terráqueos sabem que não podem falhar. Isso faz parte deles, como o sangue correndo em suas veias. Eles não têm como falhar. Vão repelir cada invasão, não importa quão bem organizada ela seja. O fato de sua juventude ler histórias como essas lhes deu uma fé que não podemos igualar. Nós, marcianos? Não temos certeza; sabemos que podemos falhar. Nossa moral é baixa, apesar do rufar dos tambores e das trombetas.

— Não vou ficar escutando essa traição — gritou o designador.

— Essas histórias serão queimadas, assim como você, nos próximos dez minutos. Você tem uma escolha a fazer, Ettil Vrye. Junte-se à Legião da Guerra ou queime.

— É uma escolha entre mortes. Prefiro queimar.

— Homens!

Ele foi arrastado para fora até o pátio. Lá, viu seu material de leitura cuidadosamente acumulado ser incendiado. Preparou-se um fosso especial, com um metro e meio de óleo. Com um grande estrondo, o fosso foi aceso. Em um minuto, ele seria empurrado para lá.

Do outro lado do pátio, nas sombras, notou a figura solene do seu filho sozinho, seus grandes olhos amarelos luminosos com pesar e medo. Ele não esticou a mão nem falou nada, apenas olhou para o pai como algum animal moribundo, um animal sem fala buscando salvação.

Ettil olhou para o fosso flamejante. Sentiu mãos duras agarrá-lo, arrancar suas roupas, empurrá-lo para o perímetro quente da morte. Só então Ettil engoliu e gritou:

— Esperem!

O rosto do designador, iluminado pelo fogo laranja, avançou no ar trêmulo.

— O que foi?

— Eu me juntarei à Legião da Guerra — respondeu Ettil.

— Ótimo! Soltem-no!

As mãos se afastaram.

Enquanto se virava, viu seu filho de pé do outro lado do pátio, aguardando. Seu filho não sorria, apenas esperava. No céu, um foguete de bronze decolava entre as estrelas, brilhante...

— E AGORA DAMOS adeus a esses guerreiros leais — disse o designador. A banda tocava e o vento soprava gentilmente uma fina chuva doce de lágrimas sobre o exército suado. As crianças brincavam. No caos, Ettil viu a esposa chorando com orgulho, seu filho solene e silencioso ao lado dela.

Eles marcharam para a nave, todos rindo e corajosos. Afixaram-se nas suas teias de aranha. Ao longo de toda a nave tensa, as teias de aranha eram preenchidas por homens preguiçosos à vontade. Eles mastigavam pedaços de comida e esperavam. Uma grande tampa fechou-se com força. Uma válvula sibilou.

— Para a Terra e a destruição — sussurrou Ettil.

— O quê? — alguém perguntou.

— Para a vitória gloriosa — disse Ettil, com uma careta.

O foguete decolou.

O espaço, pensou Ettil. Aqui estamos nós, voando através de tinta negra e luzes rosadas do espaço num bule de metal. Aqui estamos, um foguete celebratório arremessado para encher os olhos dos terráqueos com chamas de medo quando levantarem a cabeça para o céu. Como é estar longe, muito distante da sua casa, sua esposa, seu filho, aqui e agora?

Ele tentou analisar seu tremor. Era como prender seus órgãos mais internos a Marte e então saltar para fora do planeta, um milhão de quilômetros de distância. Seu coração ainda estava em Marte, pulsando, brilhando. Seu cérebro ainda estava em Marte, pensando, oscilando como uma tocha abandonada. Seu estômago ainda estava em Marte, sonolento, tentando digerir seu último jantar. Seus pulmões ainda estavam no ar de vinho azul frio de Marte, um fole suave dobrado gritando por liberdade, uma parte sua com saudade do restante.

E aqui está você, um autômato sem engrenagens ou malha, um corpo no qual os oficiais tinham feito uma autópsia clínica, deixando tudo seu de importante lá nos mares vazios e dispersos por colinas escuras. Aqui está você, uma garrafa vazia, sem fogo, gelada, com apenas suas mãos para matar os terráqueos. Agora você não passa de um par de mãos, ele pensou com distanciamento frio.

Aqui está você, repousando na teia imensa. Há outros por perto, mas eles estão inteiros... corações e corpos inteiros. Mas tudo de vivo em você permaneceu lá, caminhando pelos mares desolados no vento noturno. Esta coisa aqui, esta coisa fria de barro, já morreu.

— Estações de ataque, estações de ataque, atacar!

— Pronto, pronto, pronto!

— Subam!

— Fora das teias, rápido!

Ettil se moveu. Em algum lugar antes dele suas duas mãos frias se moveram.

Tudo aconteceu tão rápido, ele pensou. Um ano atrás, um dos foguetes da Terra chegara a Marte. Nossos cientistas, com sua incrível capacidade telepática, o copiaram. Nossos trabalhadores, com suas fábricas incríveis, o reproduziram uma centena de vezes. Nenhuma outra nave terráquea havia alcançado Marte desde então e, ainda assim, conhecíamos seu idioma perfeitamente, cada um de nós. Conhecíamos sua cultura, sua lógica. E agora pagaremos o preço por nosso brilhantismo...

— Armas prontas!

— Certo!

— Mira!

— Leitura em quilômetros?

— Dezesseis mil!

— Atacar!

Um silêncio murmurante. Um silêncio de insetos vibrando nas paredes do foguete. O canto de insetos de minúsculas bobinas, alavancas e o giro de rodas. O silêncio de homens à espera. O silêncio de glândulas emitindo o pulso lento e constante de suor embaixo de braços, na testa, sob fixos olhos pálidos!

— Esperem! Pronto!

Ettil se agarrava à própria sanidade com suas unhas, segurando-a longamente e com força.

Silêncio, silêncio, silêncio. Esperando.

Tiiii-i-ii!

— O que é isso?

— Rádio da Terra!

— Conecte-se com eles!

— Estão tentando nos contatar, nos chamar. Conecte-se com eles!

Iii-i-i!

— Aqui estão! Escutem!

— Chamando a frota de invasão marciana!

O silêncio atento, o zumbido de insetos recuando para deixar a voz nítida da Terra ecoar pelos espaços de homens em espera.

— Aqui é a Terra chamando. Aqui é William Sommers, presidente da Associação de Produtores Unidos Americanos!

Ettil se segurou com força à sua estação, inclinado para a frente, olhos fechados.

— Bem-vindos à Terra.

— O quê? — os homens no foguete rugiam. — O que ele disse?

— Sim, bem-vindos à Terra.

— É uma armadilha!

Ettil estremeceu, abriu os olhos para encarar perplexo a voz invisível vinda do teto.

— Bem-vindos! Bem-vindos à Terra verde e industrial! — declarou a voz amigável. — Recebemos vocês de braços abertos, para transformar uma invasão sangrenta numa época de amizade que vai durar pela eternidade.

— Uma armadilha!

— Calado, escute!

— Muitos anos atrás, nós, habitantes da Terra, renunciamos à guerra, destruímos nossas bombas atômicas. Agora, despreparados como estamos, nos resta somente dar as boas-vindas. O planeta é seu. Só pedimos piedade dos invasores bons e piedosos.

— Não pode ser verdade! — uma voz sussurrou.

— Só pode ser uma armadilha!

— Aterrissem e sejam bem-vindos, todos vocês — disse o sr. William Sommers da Terra. — Aterrissem em qualquer lugar. A Terra é sua; somos todos irmãos!

Ettil começou a rir. Todos no compartimento se viraram para olhar para ele. Os outros marcianos piscaram.

— Ele enlouqueceu!

Só parou de rir ao levar um tapa.

O MINÚSCULO HOMEM GORDO no centro do asfalto quente dos foguetes em Green Town, Califórnia, sacou seu lenço branco limpo e encostou-o na testa úmida. Da sua nova plataforma de tábuas de madeira, ele estreitou os olhos para enxergar melhor as cinquenta mil pessoas contidas atrás de uma cerca de policiais, formando um cordão humano. Todos olharam para o céu.

— Lá estão eles!

Uma arfada.

— Não, são apenas gaivotas!

Um resmungo desapontado.

— Começo a achar que teria sido melhor declarar guerra a eles — sussurrou o prefeito. — Assim poderíamos ter voltado para casa.

— Shh! — disse sua esposa.

— Ali! — a multidão rugiu.

Do sol vinham os foguetes marcianos.

— Estão todos prontos?

O prefeito olhou em volta, nervoso.

— Sim, senhor — disse a Miss Califórnia 1965.

— Sim, disse a Miss América 1940, que veio correndo no último minuto como substituta da Miss América 1966, que estava doente em casa.

— Sim, senhor — disse o sr. Maior Toranja do vale de San Fernando 1956, ansiosamente.

— Pronta, banda?

— A banda posicionou seus instrumentos metálicos como se fossem armas.

— Prontos!

Os foguetes aterrissaram.

— Agora!

A banda tocou "California, Here I Come" dez vezes.

Do meio-dia à uma da tarde, o prefeito fez um discurso, balançando suas mãos em direção aos foguetes silenciosos e apreensivos.

À uma e quinze, as portas dos foguetes foram abertas.

A banda tocou "Oh, You Golden State" três vezes.

Ettil e cinquenta outros marcianos saíram num salto, armas em punho.

O prefeito correu à frente com a chave da Terra em mãos.

A banda tocou "Santa Claus is Coming to Town" e um coro completo de cantores importados de Long Beach cantou uma letra um pouco diferente, algo como "Os marcianos estão chegando na cidade".

Não vendo nenhuma arma em volta, os marcianos relaxaram, mas mantiveram as armas sacadas.

De uma e meia até duas e quinze, o prefeito fez o mesmo discurso para os marcianos.

Às duas e meia a Miss América de 1940 se dispôs a beijar todos os marcianos se eles fizessem uma fila.

Às duas e meia e dez segundos, a banda tocou "How do you do, everybody" para cobrir a confusão causada pela sugestão da Miss América.

Às duas e trinta e cinco, o sr. Maior Toranja presenteou os marcianos com um caminhão de duas toneladas cheio de toranja.

Às duas e trinta e sete, o prefeito deu a ele passes livres para os teatros Elite e Majestic, combinando esse gesto com outro discurso que durou até depois das três.

A banda tocou e cinquenta pessoas cantaram "Ele é um bom companheiro".

Já passava das quatro.

Ettil se sentou à sombra do foguete, dois de seus companheiros com ele.

— Então essa é a Terra!

— Eu digo que devemos matar os ratos imundos — disse um marciano. — Não confio neles. Eles são sorrateiros. Qual o motivo de nos tratarem dessa forma? — Ele levantou uma caixa e algo sacudia nela. — O que é esse negócio que me deram? Uma amostra, disseram. — Ele leu o rótulo. "BLIX, o novo sabonete espumoso."

A multidão tinha dispersado e estava se misturando aos marcianos como um aglomerado carnavalesco. Por toda parte havia o zumbido murmurante de pessoas tocando nos foguetes, fazendo perguntas.

Ettil estava com frio. Estava começando a tremer ainda mais.

— Não sente? — ele sussurrou. — A tensão, a malignidade de tudo isso. Alguma coisa vai acontecer com a gente. Eles têm algum plano. Algo sutil e horrível. Vão fazer algo com a gente... eu sei.

— Sugiro matarmos todos eles!

— Como pode matar pessoas que chamam você de "cara" e "parceiro"? — perguntou outro marciano.

Ettil balançou a cabeça.

— Eles são sinceros. E, ainda assim, sinto como se estivéssemos num grande tonel de ácido derretendo, derretendo. Estou com medo. — Ele projetou sua mente para sentir a multidão. — Sim, são muito amigáveis, "olá, amigo, como está" (um dos seus jeitos de falar). Uma enorme massa de homens comuns, amando cães, gatos e marcianos da mesma forma. E ainda assim... ainda assim...

A banda tocou "Roll out the Barrel". Distribuiu-se cerveja gratuita como cortesia da Hagenback Beer de Fresno, Califórnia.

O enjoo veio.

Os homens vomitaram fontes de lama de suas bocas. Os sons de mal-estar preencheram o ambiente.

Engasgando, Ettil se sentou embaixo de um sicômoro.

— Uma conspiração... uma conspiração terrível — ele gemeu, segurando seu estômago.

— O que você comeu? — O designador estava de pé sobre ele.

— Algo que eles chamam de pipoca — gemeu Ettil.

— E?

— E algum tipo de carne longa no pão, e um líquido amarelo num tonel gelado, além de um tipo de peixe e algo chamado pastrami — disse Ettil suspirando, pálpebras tremendo.

Os gemidos dos invasores marcianos soaram por toda parte.

— Matem as serpentes conspiradoras! — alguém gritou fracamente.

— Esperem — disse o designador. — Foi apenas um gesto de hospitalidade. Eles exageraram. De pé agora, homens. Para a cidade. Temos que posicionar pequenos pelotões de homens nos arredores para garantir que está tudo bem. Outras naves estão aterrissando em outras cidades. Temos trabalho a fazer.

Os homens se colocaram de pé, piscando estupidamente, olhando em volta.

— Avançar, marchem!

Um, dois, três, *quatro*! Um, dois, três, *quatro*!...

As lojas brancas da cidadezinha sonhavam sob o calor cintilante. Calor emanava de tudo... postes, concreto, metal, toldos, tetos, manta asfáltica... tudo.

O som dos pés marcianos soava no asfalto.

— Cuidado, homens! — sussurrou o designador.

Passaram por uma loja de produtos de beleza.

De dentro veio uma risadinha furtiva.

— Veja!

Uma cabeça cor de cobre balançou e desapareceu como uma boneca na janela. Um olho azul brilhou e piscou no buraco da fechadura.

— É uma conspiração — murmurou Ettil. — Uma conspiração, estou dizendo!

Odores perfumados se espalharam pelo ar do verão, vindos dos respiradouros giratórios das grutas onde as mulheres se escondiam como criaturas do fundo do mar, sob cones elétricos, seus cabelos, enrolados em picos e espirais selvagens, seus olhos, astutos e vidrados, animalescos e dissimulados, suas bocas, pintadas de neon vermelho. Ventiladores giravam, o vento perfumado brotando da placidez, se movendo entre árvores verdes, se esgueirando até entre os marcianos impressionados.

— Pelo amor de Deus! — gritou Ettil, seus nervos subitamente explodindo. — Vamos entrar nos nossos foguetes e voltar para casa! Eles vão nos pegar! Essas coisas horríveis ali. Estão vendo? Aquelas criaturas marinhas malignas, as mulheres nas suas pequenas cavernas frescas de pedra artificial!

— Cale a boca!

Olhe só para elas ali, ele pensou, deslizando nos seus vestidos como se fossem guelras verdes frias por cima de suas pernas de pilastra. Ele gritou.

— Alguém o faça calar a boca!

— Elas vão avançar sobre nós, arremessando caixas e cópias de *Kleig Love* e *Holly Pick-ture*, guinchando com suas bocas vermelhas sebosas! Vão nos inundar com banalidades, destruir nossas sensibilidades! Olhem para elas, sendo eletrocutadas por dispositivos, suas vozes como murmúrios, cânticos e zumbidos! Vocês ousam entrar ali?

— Por que não? — perguntaram os outros marcianos.

— Elas vão fritá-los, alvejá-los, mudá-los! Quebrá-los, descamá-los até que não passem de um marido, um trabalhador, um sujeito com dinheiro que paga as contas para que elas possam vir para cá se sentar devorando seus chocolates malignos! Acham que seriam capazes de controlá-las?

— Sim, pelos deuses!

De longe veio uma voz num tom agudo e estridente, uma voz de mulher dizendo:

— O do meio não é bonitinho?

— Marcianos não são tão ruins, afinal. Puxa, são só homens — disse outra, desaparecendo.

— Ei, vocês. *Olá-áá!* Marcianos! Ei!

Ettil saiu correndo, gritando...

Ele se sentou num parque, tremendo sem parar. Lembrou-se do que vira. Levantando os olhos para o céu noturno escuro, sentiu-se tão longe de casa, tão abandonado. Mesmo agora, sentado entre as árvores paradas, podia ver à distância os guerreiros marcianos caminhando pelas ruas com as terráqueas, desaparecendo na escuridão fantasmática de seus pequenos palácios de emoção para ouvir os sons sinistros de coisas brancas se movendo em telas cinzas, com pequenas mulheres de cabelos rebeldes ao seu lado, amontoados de chiclete gelatinoso sendo mastigados pelas mandíbulas, outros amontoados sob os assentos, endurecendo com as marcas fósseis dos minúsculos dentes de gato das mulheres para sempre impressas nelas. A caverna dos ventos... o cinema.

— Olá.

Ele virou a cabeça, aterrorizado.

Uma mulher se sentou no banco ao seu lado, mastigando chiclete devagar.

— Não saia correndo, eu não mordo — ela disse.

— Ah — ele disse.

— Gosta de ir ao cinema? — ela perguntou.

— Não.

— Poxa, vamos lá — ela disse. — Todo mundo gosta.

— Não — ele disse. — Neste mundo vocês só fazem isso?

— Só? Não acha suficiente? — Seus olhos azuis se arregalaram com suspeita. — O que você quer que eu faça... ficar sentada em casa, ler um livro? Ha-ha! Por favor.

Ettil a encarou por um instante antes de fazer uma pergunta.

— Você faz alguma outra coisa? — ele perguntou.

— Ando em carros. Você tem um carro? Deveria pegar um grande conversível Podler Six novinho. Caramba, eles são tão chiques! Alguém com um Podler Six consegue sair com qualquer garota, garanto! — ela disse, piscando para ele. — Aposto que você tem muito dinheiro... você veio de Marte e tudo. Aposto que, se realmente quisesse, poderia conseguir um Podler Six e viajar para qualquer lugar.

— Para o show, talvez?

— E qual seria o problema?

— Nada... nada.

— Sabe que impressão você passa, cavalheiro? — ela disse. — De ser um comunista! Sim, senhor, é o tipo de papo que ninguém defende, puxa vida. Não existe nada de errado com nosso velho sistema. Fomos bons o bastante para deixar vocês, marcianos, nos invadirem e nunca nem levantamos nosso dedinho, não é?

— É o que venho tentando entender — disse Ettil. — Por que nos deram permissão?

— Temos um bom coração, senhor; é esse o motivo! Lembre-se disso, bom coração. — Ela saiu andando para procurar outra pessoa.

Reunindo coragem, Ettil começou a escrever uma carta para a esposa, movendo a caneta cuidadosamente sobre o papel em seu joelho.

"Querida Tylla..."

Mas foi interrompido novamente. Uma velha com cara de garotinha, com um rostinho enrugado pálido e redondo, sacudiu o pandeiro na frente do seu nariz, forçando-o a encará-la.

— Irmão — ela gritou, olhar inflamado. — Você foi salvo?

— Estou em perigo? — Ettil largou sua caneta, assustado.

— Um perigo terrível! — ela gemeu, batendo em seu pandeiro, encarando o céu. — Você precisa ser salvo, irmão, urgentemente!

— Tendo a concordar — ele disse, tremendo.

— Já salvamos muitos, hoje. Eu mesma salvei três de vocês, marcianos. Isso é bom, não é? — Ela sorriu para ele.

— Imagino que sim.

Ela estava seriamente desconfiada. Inclinou-se à frente com seu sussurro secreto.

— Irmão — ela queria saber —, você foi batizado?

— Não sei — ele respondeu sussurrando.

— Não sabe? — ela gritou, jogando a mão e o pandeiro para o alto.

— É como levar um tiro? — ele perguntou.

— Irmão — ela disse —, você está numa condição ruim e pecaminosa. Culpo sua criação ignorante por isso. Aposto que as escolas de Marte são terríveis... não ensinam nenhuma verdade. Só um pacote de mentiras fabricadas. Irmão, você precisa ser batizado se quer ser feliz.

— Isso me tornará feliz até mesmo neste mundo? — ele perguntou.

— Não peça para ter tudo no seu prato — ela disse. — Fique satisfeito com uma ervilha enrugada, pois existe outro mundo para onde todos nós iremos que é melhor do que este.

— Conheço esse mundo — ele disse.

— Ele é pacífico — ela disse.

O HOMEM ILUSTRADO 235

— Sim.

— Silencioso — ela disse.

— Sim.

— Com leite e mel fluindo.

— Ora, sim — ele disse.

— E lá, todos estão rindo.

— Consigo vê-lo agora — ele disse.

— Um mundo melhor — ela disse.

— Muito melhor — ele disse. — Sim, Marte é um grande planeta.

— Senhor — ela disse, endurecendo a expressão e quase jogando o pandeiro na cara dele —, estava zombando da minha cara?

— Ora, não — ele estava envergonhado e atônito. — Achei que estivesse falando de...

— Não era de seu velho e nojento Marte, isso eu posso garantir, senhor! Gente como você vai ferver por anos, sofrer e adoecer e ser torturado...

— Devo admitir que a Terra não é muito legal. Você a descreveu muito bem.

— Senhor, você está zombando de mim outra vez! — ela gritou, furiosa.

— Não, não... por favor. Sou apenas ignorante.

— Bom — ela disse —, você é um herético, e heréticos são inadequados. Tome este papel. Venha a este endereço amanhã à noite, seja batizado e se torne feliz. Gritamos e batemos forte com o pé e falamos em línguas, então, se quiser ouvir nossa banda toda de instrumentos de metal, toda de cornetas, você virá, não é?

— Vou tentar — ele disse, hesitante.

Ela foi embora descendo a rua, tamborilando seu pandeiro, cantando com sua voz mais alta "Feliz eu sou, sou sempre feliz".

Atordoado, Ettil se voltou para sua carta.

"Querida Tylla: E pensar que, na minha ingenuidade, imaginei que os terráqueos iam contra-atacar com armas e bombas. Não, não. Infelizmente estava equivocado. Não há nenhum Rick, Mick, Jick ou Bannon... Aqueles sujeitos com alavancas que salvam mundos. Não.

"Há robôs loiros com corpos de borracha rosa, reais mas de alguma forma irreais, vivos mas de alguma forma automáticos em todas as respostas, vivendo dentro de cavernas a vida inteira. A circunferência dos seus traseiros é incrível. Seus olhos nos encaram fixos e imóveis, consequência do tempo interminável em que passam encarando telas. Os únicos músculos que possuem estão em suas mandíbulas, graças à mastigação incessante de chiclete.

"E não são somente elas, minha querida Tylla, mas a civilização inteira, na qual fomos mergulhados como um punhado de sementes num grande misturador de concreto. Nenhum de nós sobreviverá. Seremos mortos não pela arma, mas pelas boas-vindas desonestas. Seremos destruídos não pelo foguete, mas pelo automóvel..."

Alguém gritou. Uma colisão, outra colisão. Silêncio.

Ettil deixou sua carta de lado. Lá fora, na rua, dois carros haviam batido. Um, cheio de marcianos, e outro com terráqueos. Ettil voltou para a carta:

"Querida, querida Tylla, aqui vão alguns números, se me permite. Quarenta e cinco mil pessoas mortas a cada ano neste continente da América; transformadas em geleia direto no pote, digamos, nos automóveis. Geleia de sangue vermelha, com ossos de medula branca como pensamentos abruptos, pensamentos horrorosos ridículos, transfixados na geleia imutável. Os carros se enrolam apertados como sardinhas... cheios de molho, cheios de silêncio.

"Fertilizante sanguinolento para todas as moscas verdes de verão zumbindo, por todas as estradas. Rostos transformados em máscaras do Dia das Bruxas por paradas abruptas. Dia das Bruxas é um dos feriados deles. Acho que eles veneram o automóvel nessa noite... Tem algo a ver com morte, de qualquer modo.

"Você olha pela janela e vê duas pessoas que, um instante antes, nunca tinham se deitado uma em cima da outra de forma amigável, e assim estão agora, mortas. Prevejo nosso exército esmagado, doente, preso em cinemas pelas bruxas e chicletes. Em algum momento do dia seguinte tentarei fugir e voltar para Marte antes que seja tarde demais.

"Nesta noite, em algum lugar da Terra, minha Tylla, existe um sujeito com uma alavanca que, ao ser puxada, vai salvar o mundo. Esse homem agora está desempregado. Sua máquina acumula poeira enquanto ele joga baralho.

"As mulheres deste planeta maligno estão nos afogando numa maré de sentimentalidade banal, romance equivocado e numa última aventura antes dos fabricantes de glicerina as derreterem para usar de matéria-prima. Boa noite, Tylla. Me deseje sorte, pois provavelmente morrerei tentando fugir. Diga a nosso filho que eu o amo."

Chorando em silêncio, ele dobrou a carta e pensou que deveria colocá-la no correio mais tarde no posto de foguetes.

Foi embora do parque. O que restava fazer? Fugir? Mas como? Retornar ao posto mais tarde nesta noite, roubar um dos foguetes sozinho e voltar para Marte? Seria possível? Ele balançou a cabeça. Estava confuso demais.

Sabia apenas que, se ficasse, logo seria propriedade de um monte de coisas que zumbiam, rosnavam e sibilavam, que produziam fumaça ou odores. Em seis meses seria o dono de uma bela gastrite, rosa e treinada, uma pressão sanguínea de dimensões algébricas, uma miopia quase cega e pesadelos tão profundos quanto oceanos, infestados com extensões improváveis de intestinos do sono através dos quais deveria abrir caminho à força a cada noite. Não, não.

Olhou para os rostos assombrados dos terráqueos perambulando violentamente nas suas caixas mecânicas da morte. Logo... sim, muito em breve... inventariam um automóvel com seis alças prateadas nele!

— Ei, você!

Uma buzina de carro. Um automóvel que parecia um longo carro funerário, preto e agourento, parou na calçada. Um homem se inclinou para fora.

— Você é marciano?

— Sim.

— Justo quem eu procurava. Entra aí, rápido... É uma oportunidade única. Venha. Vou levá-lo para um lugar bem bacana onde poderemos conversar. Vamos... não fique aí parado.

Como se hipnotizado, Ettil abriu a porta do carro e entrou.

O carro partiu.

— O QUE VAI ser, E.V.? Que tal um manhattan? Dois manhattans, garçom. Certo, E.V. Deixa a conta comigo. É um presente meu e da Big Studios! Nem toque na sua carteira. Prazer em conhecê-lo, E.V. Meu nome é R.R. Van Plank. Talvez tenha ouvido falar de mim? Não? Bom, vamos nos cumprimentar de qualquer modo.

Ettil sentiu sua mão ser massageada e depois solta. Eles estavam em algum buraco escuro com música e garçons perambulando ao redor. Alguém trouxe dois drinques e os colocou diante deles.

Tudo aconteceu tão rápido. Agora Van Plank, mãos cruzadas sobre o peito, estudava sua descoberta marciana.

— O que eu quero de você, E.V., é o seguinte. É a ideia mais magnânima que já tive na vida. Nem sei como me ocorreu, num estalo repentino. Estava sentado em casa esta noite e pensei comigo mesmo, meu Deus, que filme isso daria! *Invasão da Terra por Marte*. Então o que eu preciso fazer? Preciso encontrar um consultor para o filme. Sendo assim, entrei no meu carro, encontrei você e aqui estamos. Beba! Um brinde à sua saúde e ao nosso futuro. *Skoal!**

— Mas... — disse Ettil.

— Agora, eu sei, você vai querer dinheiro. Bom, temos bastante. Além disso, tenho um livrinho preto cheio de melões deliciosos que posso emprestar para você.

— Eu não gosto da maioria das frutas da sua Terra, e...

— Você é uma peça rara, rapaz, sério mesmo. Bom, eis o que tenho em mente para o filme... escute. — Ele se inclinou à frente, animado. — Temos uma cena forte dos marcianos numa grande mobilização, rufando tambores, esquentando a cabeça em Marte. No fundo, vemos enormes cidades prateadas...

— Mas as cidades marcianas não são assim...

— Precisamos ter cores, garoto. Cores. Deixa seu parceiro aqui consertar isso. Mas então, esses marcianos estão dançando em volta da fogueira...

— Não dançamos em volta de fogueiras...

— *Neste* filme tem uma fogueira e vocês dançam — declarou Van Plank, olhos fechados, orgulhoso da sua certeza. Ele assentiu, saboreando seu sonho. — Então temos uma linda mulher marciana, alta e loira.

---

* Expressão usada no momento do brinde pelos escandinavos. (N. T.)

— Mulheres marcianas são escuras...

— Olha, não vejo como vamos conseguir ser felizes, E.V. Aliás, filho, você deveria mudar seu nome. Qual era mesmo?

— Ettil.

— Isso é nome de mulher. Vou te dar um melhor. Vou chamar você de Joe. Muito bem, Joe. Como estava dizendo, nossas mulheres marcianas vão ser loiras, porque, bem, porque sim. Senão seu parceiro não vai ficar feliz. Alguma sugestão?

— Eu achei que...

— Também precisamos de uma cena, bem dramática, em que a mulher marciana salva a nave impedindo os homens marcianos de morrerem quando um meteoro ou algo assim acerta a nave. Isso vai dar uma cena das boas. Sabe, que bom que encontrei você, Joe. Você vai fazer um belo negócio conosco, estou dizendo.

Ettil esticou a mão e segurou com força o punho do homem.

— Espere um momento. Tenho uma pergunta.

— Claro, Joe, manda.

— Por que estão sendo tão gentis conosco? Invadimos seu planeta e vocês nos dão as boas-vindas... todos vocês... como se fôssemos crianças perdidas voltando para casa. Por quê?

— Vocês são realmente inocentes em Marte, hein? Você é um tipo meio ingênuo... Dá para notar. Rapaz, veja dessa forma. Somos todos gente do povo, não somos? — Ele acenou com uma mão pequena e bronzeada, repleta de esmeraldas. — Somos gente simples, não somos? Bom, aqui na Terra, nos orgulhamos disso. Este é o século do homem comum, Bill, e temos orgulho de sermos humildes. Billy, você está olhando para um planeta cheio de Saroyans*. Sim, senhor. Uma grande família gorda de Saroyans

---

* Referência a William Saroyan, conhecido por escrever histórias positivas e otimistas na época da Grande Depressão. (N. T.)

amigáveis… Todo mundo amando todo mundo. Entendemos vocês marcianos, Joe, e sabemos por que invadiram a Terra. Sabemos o quanto estavam solitários no pequeno planeta frio chamado Marte, como invejavam nossas cidades…

— Nossa civilização é muito mais antiga que a sua…

— Por favor, Joe, você me entristece quando me interrompe. Deixe-me terminar minha teoria e aí pode falar tudo que quiser. Como eu dizia, vocês estavam sozinhos lá em cima e vieram ver nossas cidades, nossas mulheres e tudo mais. Então, demos as boas-vindas a vocês, porque são nossos irmãos. Homens comuns como nós. Além disso, como um benefício colateral, Roscoe, existe uma pequena oportunidade de lucro nessa invasão. Digo, por exemplo, este filme que estou planejando, que nos renderá, líquido, um bilhão de dólares, aposto. Semana que vem vamos começar a vender uma boneca marciana especial por trinta dólares cada uma. Pense nos milhões aí. Também tenho um contato para criar um jogo marciano e vendê-lo por cinco dólares. Existe todo tipo de oportunidade.

— Entendo — disse Ettil, recuando.

— E há também a questão de um novo mercado legal. Pense em todos os depilatórios, chicletes e graxa para sapatos que poderemos vender para vocês, marcianos.

— Espere. Outra pergunta.

— Diga lá.

— Qual seu primeiro nome? O que significa R.R.?

— Richard Robert.

Ettil olhou para o teto.

— Algumas vezes, talvez, de vez em quando, por acidente, chamam você de… Rick?

— Como adivinhou, cara? Rick, claro.

Ettil suspirou e começou a rir e rir. Ele esticou sua mão.

— Então você é o Rick? Rick! Você é o Rick!

— Qual é a piada, garoto risadinha? Conta aqui pro papai!

— Você não entenderia... uma piada interna. Ha-ha-ha! — Lágrimas escorriam por suas bochechas e caíam na sua boca aberta. Ele esmurrava a mesa, e de novo, e de novo. — Então você é o Rick. Veja só, que diferente, que engraçado. Sem músculos fortes, mandíbula afiada, arma em punho. Só uma carteira cheia de dinheiro, um anel de esmeraldas e uma grande pança!

— Ei, vê lá como fala! Posso não ser nenhum Apolo, mas...

— Vamos apertar as mãos, Rick. Eu queria conhecê-lo. Você é o homem que vai conquistar Marte, com coqueteleiras, pés arqueados, fichas de pôquer, equipamento de equitação, botas de couro, bonés xadrez e drinques de rum.

— Eu sou apenas um humilde homem de negócios — disse Van Plank, olhos marotos para baixo. — Faço meu trabalho e recebo minha humilde fatia da torta. Mas, como estava dizendo, Mort, estava pensando no mercado em Marte para jogos do Tio Wiggily e histórias em quadrinhos do Dick Tracy, tudo novo. Um enorme campo que nunca ouviu falar de quadrinhos, certo? Certo! Então vamos simplesmente jogar um monte de coisas nas cabeças dos marcianos. Vocês vão brigar por isso, garoto, brigar! Quem não brigaria por perfumes, vestidos de Paris e macacões Oshkosh, não é mesmo? E uns sapatos novos legais...

— Não usamos sapatos.

— O que temos aqui? — R.R. perguntou para o teto. — Um planeta cheio de Okies?* Escuta, Joe, vamos cuidar disso. Vamos deixar todo mundo com vergonha de não usar sapatos. E aí venderemos graxa para eles!

---

* Como os californianos se referiam a imigrantes de Oklahoma e outros estados na época da Grande Depressão. (N. T.)

— Entendo.

Ele deu uma batida no braço de Ettil.

— Negócio fechado? Você será o diretor técnico do meu filme? Vai receber duzentos por semana pra começar, chegando no máximo a quinhentos. O que me diz?

— Estou me sentindo mal — disse Ettil. Tinha bebido o manhattan e estava ficando azul.

— Puxa, sinto muito. Não sabia que teria esse efeito em você. Vamos pegar um ar fresco.

Ao ar livre, Ettil se sentiu melhor. Ele hesitou.

— Então foi por isso que a Terra nos acolheu?

— Claro, filho. Sempre que um terráqueo puder faturar um dólar honesto, ele vai aproveitar. O cliente sempre tem razão. Sem ressentimentos. Aqui está meu cartão. Compareça ao meu estúdio em Hollywood amanhã de manhã às nove. Eles vão lhe mostrar seu novo escritório. Eu chego às onze e falo com você. Esteja lá às nove em ponto. É uma regra importante.

— Por quê?

— Caramba, você é muito esquisito, mas adorei você. Boa noite. Feliz invasão!

O carro saiu pela rua.

ETTIL FICOU OLHANDO PARA ele, incrédulo. Em seguida, limpando a testa com a palma da mão, caminhou lentamente pela rua em direção ao porto de foguetes.

— E aí, o que você vai fazer? — ele perguntou a si mesmo, em voz alta.

Os foguetes reluziam sob o luar, silenciosos. Da cidade vinham os sons distantes de folia. No centro médico atendiam um caso extremo de colapso nervoso: um jovem marciano que, de acordo com seus gritos, tinha visto demais, bebido demais, ouvido canções demais nas pequenas caixas vermelhas e amarelas nos lugares de beber, e fora perseguido por inúmeras mesas por uma mulher grande que parecia um elefante. Ele ficava murmurando:

— Não consigo respirar... esmagado, preso.

Os soluços foram se calando. Ettil saiu do escuro e atravessou uma grande avenida em direção às naves. Mais além, ele podia ver os guardas bêbados largados. Ele parou para escutar. Da vasta cidade vinham sons tênues de carros, música e sirenes. E ele imaginava outros sons também: o zunido insidioso de máquinas de malte misturando maltes para engordar os guerreiros e torná-los preguiçosos e esquecidos, as vozes narcóticas das cavernas do cinema atraindo mais e mais os marcianos rapidamente para um estado de torpor, no qual caminhariam sonhando acordado, pelo restante das suas vidas.

Daqui a um ano, quantos marcianos morreriam de cirrose no fígado, doença nos rins, pressão alta, suicídio?

Ele estava parado de pé no meio da avenida vazia. A dois blocos de distância, um carro acelerava na sua direção.

Tinha uma escolha a fazer: ficar ali, aceitar o trabalho no estúdio, aparecer para trabalhar toda manhã como consultor num filme e, com o tempo, acabar concordando com o produtor e dizer que sim, de fato, havia massacres em Marte; sim, as mulheres eram altas e loiras; sim, havia danças tribais e sacrifícios; sim, sim, sim. Ou ele poderia seguir adiante, pegar um foguete e, sozinho, voltar para Marte.

— Mas e quanto ao ano que vem? — ele disse.

O Clube Noturno do Canal Azul chegando em Marte. O Cassino da Cidade Antiga, Construído Lá Dentro. Sim, Dentro de uma Verdadeira Cidade Antiga Marciana! Neons, veículos de corrida soprando pelas cidades antigas, lanches de piquenique nos cemitérios ancestrais... tudo isso, tudo isso.

Mas não por enquanto. Em alguns dias poderia estar em casa. Tylla e seu filho estariam o esperando, e então, pelos últimos poucos anos de uma vida gentil, ele poderia se sentar com a esposa no clima ventoso na beira de um canal lendo seus livros bons e gentis, saboreando um vinho raro e leve, conversando e aproveitando seu pouco tempo antes da confusão de neon cair do céu.

E aí, talvez ele e Tylla pudessem se mudar para as montanhas azuis e se esconder por mais um ano ou dois até os turistas chegarem com suas câmeras para dizer como tudo era tão pitoresco.

Sabia exatamente o que ele diria para Tylla:

— A guerra é ruim, mas a paz pode ser um horror em vida.

Estava parado no meio da ampla avenida.

Ao se virar, viu sem surpresa um carro vindo na sua direção, cheio de crianças gritando. Esses garotos e garotas, nenhum deles com mais de dezesseis anos, davam piruetas e cavalos de pau pela avenida com seu carro conversível aberto. Ettil viu apontarem para ele gritando. Ouviu o motor rugindo mais alto. O carro acelerava a quase cem quilômetros por hora.

Ele começou a correr.

Sim, sim, ele pensou cansado, com o carro chegando nele, que estranho, que triste. Parece tanto um... misturador de concreto.

MARIONETES, S.A.

CAMINHAVAM A PASSOS LENTOS pela rua perto de dez da noite, conversando calmamente. Ambos tinham cerca de trinta e cinco anos e estavam eminentemente sóbrios.

— Mas por que tão cedo? — perguntou Smith.

— Porque sim — disse Braling.

— A primeira vez que você sai à noite em anos e volta para casa às dez da noite.

— Nervos, imagino.

— O que me pergunto é como você conseguiu. Venho há dez anos tentando fazer você sair para uma noite tranquila de drinques. E hoje, nesta única noite, você insiste em voltar cedo.

— Melhor não abusar da sorte — disse Braling.

— O que você fez, colocou um pó sonífero no café da sua esposa?

— Não, isso seria antiético. Você vai ver em breve.

Eles viraram a esquina.

— Sinceramente, Braling, odeio ter que dizer isso, mas você tem sido *realmente* paciente com ela. Pode não admitir para mim, mas o casamento tem sido terrível para você, não?

— Eu não diria isso.

— De qualquer modo, as pessoas comentam, aqui e ali, como ela conseguiu que você se casasse com ela. Falam daquela época, 1979, quando você estava indo para o Rio...

— Querido Rio. Acabou que *nunca* consegui visitar a cidade, apesar de todos os meus planos.

— E como ela arrancou suas roupas, bagunçou seu cabelo e ameaçou chamar a polícia se você não se casasse com ela.

— Ela sempre foi nervosa, Smith, entenda.

— Foi mais que injusto. Você não a amava. Você disse isso a ela, não?

— Lembro de ter sido bem firme sobre o assunto.

— Mas se casou com ela mesmo assim.

— Eu precisava pensar nos meus negócios, assim como nos meus pais. Algo desse tipo teria acabado com eles.

— E faz dez anos.

— Sim — disse Braling, olhos cinza fixos. — Mas talvez isso possa mudar agora. Acho que aquilo que eu aguardava aconteceu. Olha só.

Ele sacou um longo bilhete azul.

— Ora, é uma passagem para o Rio no foguete de quinta-feira!

— Sim, finalmente eu vou.

— Mas que incrível! Você *merece*! Mas *ela* não vai protestar? Criar problemas?

Braling sorriu, nervoso.

— Ela não vai saber até eu ter ido. Estarei de volta dentro de um mês e ninguém saberá de nada, exceto você.

Smith suspirou.

— Queria ir junto.

— Pobre Smith, o *seu* casamento não tem sido um mar de rosas, né?

— Não exatamente, sou casado com uma mulher que exagera demais. Quero dizer, afinal, quando se está casado há dez anos, você não espera que uma mulher se sente no seu colo por duas horas toda noite, telefone pra você no trabalho doze vezes por dia e fique fazendo voz de bebê. E tenho achado que ela piorou no mês passado. Fico me perguntando se talvez ela não seja um pouco ingênua.

— Ah, Smith, sempre conservador. Bom, chegamos a minha casa. Mas, antes, quer saber meu segredo? Como consegui sair esta noite?

— Vai mesmo me contar?

— Olhe lá para cima! — disse Braling.

Os dois levantaram a cabeça para enxergar pelo ar escuro.

Na janela acima deles, no segundo andar, uma persiana se recolheu. Um homem de cerca de trinta e cinco anos, com toques cinza nas duas têmporas, olhos cinza tristes e um pequeno bigode fino olhava para eles.

— Ora, aquele é *você*! — gritou Smith.

— Shhh, não fale tão alto! — Braling acenou para cima. O homem na janela gesticulou significativamente e desapareceu.

— Devo estar ficando maluco — disse Smith.

— Espere um instante.

Eles aguardaram.

A porta do apartamento que dava para a rua se abriu e o cavalheiro alto com bigode e olhos tristes veio cumprimentá-los.

— Olá, Braling — ele disse.

— Olá, Braling — disse Braling.

Eles eram idênticos.

Smith olhava fixamente para eles.

— É seu irmão gêmeo? Eu nunca soube...

— Não, não — disse Braling em voz baixa. — Chegue mais perto, coloque o ouvido no peito do Braling Dois.

Smith hesitou e então se inclinou para encostar sua cabeça nas costelas, que não reclamaram.

Tique, tique, tique, tique, tique, tique, tique, tique, tique, tique, tique.

— Ah, não! Não pode ser!

— É.

— Deixa eu escutar de novo.

Tique, tique, tique, tique, tique, tique, tique, tique, tique, tique, tique.

Smith cambaleou para trás e suas pálpebras tremeram, chocado. Esticou-se e tocou nas mãos quentes e nas bochechas daquela coisa.

— Onde o conseguiu?

— Não é de excelente fabricação?

— Incrível. Onde?

— Dê seu cartão a ele, Braling Dois.

Braling Dois fez um truque de mágica e produziu um cartão branco:

MARIONETES, S.A.

DUPLIQUE A SI MESMO OU SEUS AMIGOS; NOVOS MODELOS DE PLÁSTICO HUMANOIDE 1990, GARANTIDOS CONTRA QUALQUER TIPO DE DESGASTE FÍSICO. DE $7.600 A $15.000 NO MODELO DELUXE.

— Não — disse Smith.

— Sim — disse Braling.

— Naturalmente — disse Braling Dois.

— Já faz quanto tempo?

— Estou com ele há um mês. Deixo-o guardado no porão, numa caixa de ferramentas. Minha esposa nunca vai lá embaixo e tenho a única chave da caixa. Esta noite eu disse que queria dar uma volta para comprar um cigarro. Desci até o porão e tirei o Braling Dois da caixa, depois o mandei subir e se sentar com minha esposa enquanto eu vinha ver você, Smith.

— Maravilhoso! Ele tem até o seu *cheiro*: Bond Street e Melachrinos!

— Talvez seja uma distinção inútil, mas considero uma atitude altamente ética. Afinal, o que minha esposa quer, acima de tudo, sou *eu*. Esta marionete é *igual* a mim nos mínimos detalhes. Estive presente em casa a noite inteira. Estarei em casa com ela durante o próximo mês. Nesse meio-tempo, outro cavalheiro estará no Rio depois de dez anos de espera. Quando eu voltar do Rio, Braling Dois voltará para sua caixa.

Smith pensou nisso por um ou dois minutos.

— E ele vai andar por aí por um mês sem ser alimentado? — ele finalmente perguntou.

— Por seis meses, se necessário. Ele foi construído para fazer tudo... comer, dormir, suar... tudo, tão naturalmente quanto possível. Você vai cuidar bem da minha esposa, não vai, Braling Dois?

— Sua esposa é bem simpática — disse Braling Dois. — Passei a gostar bastante dela.

Smith estava começando a tremer.

— Há quanto tempo a Marionetes, s.a. está em operação?

— Secretamente, há dois anos.

— Será que eu... quero dizer, existe a possibilidade... — Smith segurou no cotovelo do amigo ansiosamente. — Pode me dizer onde consigo um robô, uma marionete, para mim? Vai me dar o endereço, *não vai?*

— Aqui está.

Smith pegou o cartão e virou-o de novo e de novo.

— Obrigado — ele disse. — Não sabe o que isso significa. Só um pouco de descanso. Uma noite ou algo assim, uma vez por mês que seja. Minha esposa me ama tanto que não consegue aguentar minha ausência nem por uma hora. Eu a amo com ternura, sabe, mas você conhece o velho poema: "O amor vai embora se segurá-lo com força de menos, o amor morre se segurá-lo com força demais". Só quero que ela relaxe um pouco.

— Você tem sorte, pelo menos, de ser amado pela sua esposa. Ódio é o meu problema. Não é tão fácil.

— É. A Nettie me ama loucamente. Será minha tarefa fazê-la me amar confortavelmente.

— Boa sorte para você, Smith. Venha me visitar enquanto eu estiver no Rio. Minha esposa achará estranho se você simplesmente parar de vir aqui em casa. Trate o Braling Dois como se fosse eu.

— Certo! Adeus. E obrigado.

Smith saiu sorrindo pela rua. Braling e Braling Dois se viraram e entraram no hall do apartamento.

No ônibus que atravessava a cidade, Smith assoviava suavemente, girando o cartão branco em seus dedos:

CLIENTES PRECISAM PROMETER SEGREDO, POIS, ENQUANTO A LEGALIZAÇÃO DA MARIONETES, S.A. ESTÁ PENDENTE NO CONGRESSO, AINDA É UM DELITO SER PEGO USANDO UMA.

— Bom — disse Smith.

É NECESSÁRIO CRIAR UM MOLDE DO CLIENTE A PARTIR DO SEU CORPO, ALÉM DE UMA VERIFICAÇÃO DE ÍNDICE DE COR DE SEUS OLHOS, LÁBIOS, CABELO, PELE ETC. OS CLIENTES DEVEM AGUARDAR EM TORNO DE DOIS MESES ATÉ O MODELO FICAR PRONTO.

Não é tanto tempo, pensou Smith. Daqui a dois meses minhas costelas terão uma oportunidade de se recuperar do esmagamento que vêm sofrendo. Daqui a dois meses minha mão estará melhor depois de ser segurada com tanta frequência. Daqui a dois meses meu lábio inferior machucado vai começar a ganhar forma novamente. Não quero parecer *ingrato*... ele virou o cartão.

A MARIONETES, S.A., ATUA HÁ DOIS ANOS E TEM UM ÓTIMO HISTÓRICO DE CLIENTES SATISFEITOS. NOSSO LEMA É "SEM FIOS NEM AMARRAS". ENDEREÇO: 43 SOUTH WESLEY DRIVE.

O ônibus chegou no seu ponto e ele saltou. Enquanto cantarolava, subindo as escadas, ele pensou: Nettie e eu temos quinze mil em nossa conta conjunta no banco. Vou simplesmente retirar oito mil como um investimento de negócios, pode-se dizer. A marionete provavelmente compensará esse dinheiro com juros, de várias formas. Nettie não precisa saber. Ele destrancou a porta e, num minuto, estava no quarto. Lá estava Nettie, pálida, enorme e dormindo devotamente.

— Querida Nettie. — Ele se sentiu tomado de remorso diante do seu rosto inocente na semiescuridão. — Se você estivesse acordada, me sufocaria com beijos e sussurros no meu ouvido. Você realmente me faz sentir um criminoso. Tem sido uma esposa tão boa e amorosa. Às vezes parece impossível acreditar que se casou comigo e não com aquele Bud Chapman, de quem já gostou. Parece que no último mês você me amou mais loucamente do que *nunca*.

Lágrimas brotaram nos seus olhos. Ele de repente queria beijá--la, confessar seu amor, rasgar o cartão, esquecer do assunto. Mas, quando começou a se mexer para fazer isso, sua mão doeu, suas costelas estalaram e rangeram. Ele parou, com uma expressão de dor nos olhos, e se virou. Foi para o corredor e atravessou os quartos escuros. Cantarolando em voz baixa, abriu a escrivaninha de cantos arredondados na biblioteca e surrupiou a caderneta bancária.

— É só pegar oito mil dólares — ele disse. — Nada além disso. — Ele parou. — Espere um instante.

Ele verificou a caderneta freneticamente.

— Peraí! — ele lamentou. — Tem dez mil dólares faltando! — Ele se levantou num salto. — Só sobraram cinco mil! O que ela fez? O que Nettie fez com o dinheiro? Mais chapéus, roupas, perfumes! Ou, espera aí... eu sei! Ela comprou a casa no Hudson da qual andava falando faz uns meses, sem dar nem um pio sobre o assunto!

Ele andou a passos firmes até o quarto, furioso e indignado. Como ela podia pegar o dinheiro deles assim? Ele se inclinou por cima dela.

— Nettie! — ele gritou. — Nettie, acorde!

Ela não se mexeu.

— O que você fez com meu dinheiro? — ele vociferou.

Ela se remexeu inquieta. A luz da rua iluminava suas lindas bochechas.

Havia alguma coisa estranha com a Nettie. O coração dele batia violentamente. Sua língua secou. Ele estremeceu. Seus joelhos, subitamente moles como água. Ele desabou.

— Nettie, Nettie! — ele chorou. — O que você fez com meu dinheiro!

Então veio o pensamento horrível. O terror e a solidão o engoliram. Em seguida, a febre e a desilusão. Pois, sem realmente desejar fazê-lo, ele se inclinou à frente, e depois mais um pouco, até que seu ouvido febril descansasse firme e inevitavelmente sobre o peito rosa e redondo dela.

— Nettie! — ele gritou.

Tique, tique, tique, tique, tique, tique, tique, tique, tique, tique, tique.

Enquanto Smith saía à noite pela avenida, Braling e Braling Dois se viraram diante da porta para o apartamento.

— Que bom que ele vai ser feliz também — disse Braling.

— Sim — disse Braling Dois, distraído.

— Bom, de volta para a caixa no porão, B-Dois. — Braling guiou a criatura pelo cotovelo, descendo as escadas para o porão.

— Queria conversar com você a respeito disso — disse Braling Dois, enquanto chegavam ao chão de concreto e caminhavam por ele. — O porão. Não gosto dele. Não gosto da caixa de ferramentas.

— Tentarei arranjar algo mais confortável.

— Marionetes foram feitas para se moverem, não para ficarem paradas. O que acharia de ficar deitado numa caixa a maior parte do tempo?

— Bom...

— Você não ia gostar nem um pouco. Eu continuo funcionando. Não dá para me desligar. Sigo perfeitamente vivo e tenho sentimentos.

— É só por uns dias. Vou viajar para o Rio e você não terá que ficar na caixa. Vai poder morar lá em cima.

Braling Dois gesticulou, irritado.

— E quando você voltar das suas férias, eu volto para a caixa.

Braling disse:

— Eles não me disseram na loja de marionetes que eu recebe-ria um espécime de temperamento difícil.

— Existem muitas coisas que eles não sabem a nosso respeito — disse Braling Dois. — Somos bem recentes. E somos sensíveis. Odeio a ideia de você ir se divertir, deitar sob o sol no Rio enquanto nós estamos aqui presos no frio.

— Mas eu sempre quis fazer essa viagem, a vida inteira — dis-se Braling, em voz baixa.

Ele apertou os olhos e conseguiu enxergar o mar, as montanhas e a areia amarela. O som das ondas era bom na sua mente reflexiva. O sol, agradável nos seus ombros nus. O vinho era excelente.

— Já *eu* nunca poderei ir ao Rio — disse o outro homem. — Já pensou nisso?

— Não, eu...

— E outra coisa. Sua esposa.

— O que tem ela? — perguntou Braling, começando a se esgueirar na direção da porta.

— Estou gostando bastante dela.

— Que bom que você está gostando de seu emprego. — Bra-ling lambeu os lábios, nervoso.

— Temo que não tenha entendido. Acho... que estou apaixo-nado por ela.

Braling deu outro passo e congelou.

— Você o *quê*?

— Andei pensando — disse Braling Dois — como é agradável no Rio, e como nunca conhecerei a cidade, e pensei na sua esposa e... acho que poderíamos ser muito felizes.

— Que... que bom. — Braling começou a perambular da for-ma mais casual que conseguiu rumo à porta do porão. — Não se importa de esperar um instante, né? Preciso fazer um telefonema.

— Para quem? — Braling Dois franziu o cenho.

— Ninguém importante.

— Para a Marionetes, s.a.? Vai pedir que eles venham me pegar?

— Não, não… nada nesse sentido! — ele tentou correr porta afora.

Uma pegada firme de metal segurou seus punhos.

— Não corra!

— Tire suas mãos de mim!

— Não.

— Foi minha esposa que pediu para você fazer isso?

— Não.

— Ela adivinhou? Ela fala com você? Ela sabe? É *isso*? — Ele gritou. Uma mão tampou sua boca.

— Acho que você nunca vai saber, não é mesmo? — Braling Dois sorriu delicadamente. — Nunca vai saber.

Braling se debateu.

— Ela *deve* ter adivinhado; ela *deve* ter afetado você!

Braling Dois disse:

— Vou colocá-lo na caixa, trancá-la e perder a chave. Então comprarei outra passagem para sua esposa.

— Agora, espere, espere aí um instante. Calma aí. Não seja imprudente. Vamos conversar sobre isso!

— Adeus, Braling.

Braling se enrijeceu.

— Como assim, "adeus"?

Dez minutos depois a sra. Braling acordou. Ela colocou a mão na bochecha. Alguém tinha acabado de beijá-la. Ela estremeceu e levantou a cabeça.

— Ora... você não faz isso há anos — ela murmurou.

— Vejamos o que podemos fazer a esse respeito — alguém disse.

A CIDADE

A CIDADE ESPEROU DURANTE vinte mil anos.

O planeta se moveu pelo espaço, e as flores dos campos cresceram e caíram, e ainda assim a cidade esperava. Os rios do planeta levantaram, amainaram e viraram pó. A cidade continuou esperando. Os ventos que tinham sido jovens e selvagens se tornaram velhos e serenos, e as nuvens do céu, arrancadas e dilaceradas, foram deixadas para deslizar num branco ocioso. A cidade continuou esperando.

A cidade esperou com suas janelas e suas paredes de obsidiana negra, seus arranha-céus e suas torres sem flâmulas, suas ruas imaculadas e suas maçanetas intocadas, sem um pedaço de papel ou impressão digital nela. A cidade esperou enquanto o planeta navegava pelo espaço num arco, seguindo sua órbita em torno de um sol azul e branco, e as estações passavam de gelo para fogo e de volta para gelo e depois para campos verdes e pradarias amarelas de verão.

Foi numa tarde de verão no meio do vigésimo milésimo ano que a cidade parou de esperar.

No céu, apareceu um foguete.

O foguete passou voando, virou, voltou e aterrissou nos prados de folhelho a cerca de cinquenta metros da parede de obsidiana.

Havia pegadas de botas na grama fina, e homens dentro do foguete gritavam para os que estavam do lado de fora.

— Prontos?

— Certo, homens. Cuidado! Para a cidade. Jensen, você e Hutchinson patrulhem à frente. Fiquem atentos.

A cidade abriu narinas secretas nas suas paredes negras e um respiradouro constante de sucção, bem fundo no corpo da cidade, puxou tempestades de ar através de canais, através de filtros de cardo e coletores de pó, para uma série fina e tremulamente delicada de bobinas e teias, que irradiavam uma luz prateada. As fortes sucções ocorreram de novo e de novo; de novo e de novo os odores da pradaria foram carregados em ventos quentes para a cidade.

— Odor de fogo, o cheiro de um meteoro caído, metal quente. Uma nave veio de outro mundo. O cheiro de latão, o odor de pó aquecido de pólvora queimada e enxofre de foguete.

A informação, impressa em fitas que foram encaixadas em aberturas, deslizou por engrenagens amarelas para outras máquinas.

Clique-chaque-chaque-chaque.

Uma calculadora produziu o som de um metrônomo. Cinco, seis, sete, oito, nove. Nove homens! Uma máquina de escrever instantânea registrou essa mensagem em uma fita, que deslizou e desapareceu.

Cliqueti-clique-chaque-chaque.

A cidade aguardava as pisadas suaves das suas botas emborrachadas.

As narinas da grande cidade dilataram outra vez.

O cheiro de manteiga. No ar da cidade, flutuava uma aura bem tênue desde os homens à espreita até o grande nariz, que a desconstruía em memórias de leite, queijo, sorvete, manteiga, o eflúvio da economia de laticínios.

Clique-clique.

— Cuidado, homens!

— Jones, saque a arma. Não seja tolo!

— A cidade está morta; por que se preocupar?

— Nunca se sabe.

Agora, diante da conversa em latidos, os Ouvidos despertaram. Depois de séculos escutando ventos que sopravam leves e fracos, de ouvir folhas caindo de árvores e grama crescendo suavemente na época do derretimento das neves, os ouvidos se lubrificaram com óleo e estenderam grandes tambores esticados, nos quais a batida do coração dos invasores pudesse bater repetidas vezes tão delicadamente quanto o tremor da asa de um mosquito. Os ouvidos escutaram e o nariz encheu grandes câmaras de odor.

A transpiração dos homens assustados acelerou. Ilhas de suor se formaram sob seus braços e em suas mãos, que seguravam as armas.

O nariz filtrou e saboreou esse ar, como um especialista estudando uma safra antiga.

Chique-chique-chaque-clique.

As informações rodavam em fitas de verificação paralelas. Transpiração; cloretos tanto por cento; sulfatos outro tanto; nitrogênio de ureia, nitrogênio de amônia, *isso:* creatinina, açúcar, ácido lático, *isso!*

Alarmes soaram. Pequenos totais foram calculados.

O nariz sussurrou, expelindo o ar testado. Os grandes ouvidos escutavam:

— Acho que deveríamos retornar ao foguete, capitão.

— Eu dou as ordens, sr. Smith!

— Sim, senhor.

— Você aí em cima! Patrulha! Viu alguma coisa?

— Nada, senhor. Parece que a cidade está morta faz muito tempo!

— Viu, Smith? Nada a temer.

— Não estou gostando disso. Não sei por quê. Você já teve a sensação de ter visto um lugar antes de estar nele? Bom, esta cidade me parece familiar demais.

— Isso é besteira. Este sistema planetário fica a bilhões de quilômetros da Terra; não teríamos como ter passado por aqui anteriormente. Nosso foguete é o único que existe para viagens de anos-luz.

— Apesar disso, é assim que me sinto, senhor. Acho que deveríamos ir embora.

Os passos hesitaram. Havia apenas o som da respiração do invasor no ar parado.

O ouvido escutou e acelerou. Rotores deslizaram, líquidos reluziram em pequenos riachos através de válvulas e sopradores. Uma fórmula e uma mistura... uma depois da outra. Momentos depois, respondendo aos comandos do ouvido e do nariz, um vapor fresco soprou através de buracos gigantes nos muros da cidade sobre os invasores.

— Está sentindo *isso*, Smith? Ahh... Grama verde. Existe cheiro melhor? Meu Deus, como eu gosto de simplesmente poder ficar aqui e desfrutar desse cheiro.

Clorofila invisível soprou entre os homens em pé.

— Ahh!

Os passos continuaram.

— Não há *nada* de errado com isso, não é, Smith? Vamos lá!

O ouvido e o nariz relaxaram um bilionésimo de uma fração. A reação tinha sido bem-sucedida. Os peões estavam seguindo adiante.

Agora os Olhos nebulosos da cidade se moveram para fora da névoa e da neblina.

— Capitão, as janelas!

— O quê?

— As janelas daquela casa, bem ali! Eu as vi se mexerem!

— *Eu* não vi.

— Elas mudaram. Trocaram de cor. De escuro para claro.

— Parecem janelas quadradas comuns para mim.

Objetos imprecisos ganharam foco. Nas ravinas mecânicas da cidade, eixos lubrificados mergulharam, rodas de equilíbrio afundaram em piscinas de óleo verde. As estruturas das janelas se flexionaram. As janelas brilhavam.

Lá embaixo, na rua, caminhavam dois homens, uma patrulha, seguidos a uma distância segura por outros sete. Seus uniformes eram brancos, seus rostos, rosados como se tivessem sido esbofeteados; seus olhos, azuis. Caminhavam eretos, usando as patas traseiras, carregando armas de metal. Seus pés eram protegidos por botas. Eram machos, com olhos, ouvidos, bocas, narizes.

As janelas tremeram. As janelas afinaram. Elas dilataram imperceptivelmente, como se fossem íris de incontáveis olhos.

— Estou dizendo, capitão, são as janelas!

— Em frente.

— Eu vou voltar, senhor.

— O quê?

— Vou voltar para o foguete.

— Sr. Smith!

— Não vou cair em nenhuma armadilha!

— Está com medo de uma cidade vazia?

Os outros riram, desconfortáveis.

— Podem rir!

A rua estava pavimentada com paralelepípedos, cada pedra com sete centímetros e meio de largura, quinze de comprimento. Com um movimento imperceptível, a rua se acomodou. Ela pesou os invasores.

Num porão de máquinas, uma varinha vermelha encostou em um número: oitenta quilos... noventa e cinco, sessenta e nove, noventa e um, oitenta e nove... cada homem pesado, registrado, e o registro levado por fita para uma escuridão correlativa.

Agora a cidade estava totalmente desperta!

Agora os respiradouros puxavam e sopravam ar, o odor de tabaco da boca dos invasores, o cheiro de sabão verde das suas mãos. Até seus globos oculares tinham um odor delicado. A cidade detectava isso, e essa informação formava totais que corriam para baixo para se somarem a outros totais. As janelas de cristal brilhavam, o ouvido esticava e afinava seu tambor de audição com força, com mais força... todos os sentidos da cidade num enxame, como a queda de uma neve invisível, contando a respiração e as batidas fracas e ocultas do coração dos homens, escutando, observando, provando.

Pois as ruas eram como línguas, e por onde os homens passavam o sabor dos seus calcanhares descia pelos poros de pedra para ser calculado em tornassol. Essa totalidade química, tão sutilmente coletada, era adicionada aos totais que agora aumentavam, esperando o cálculo final entre as rodas girando e engrenagens sussurrando.

Passos. Correndo.

— Volte aqui! Smith!

— Não, maldito seja!

— Peguem-no, homens!

Passos acelerados.

Um teste final. A cidade, tendo escutado, observado, provado, sentido, pesado e equilibrado, precisava executar uma tarefa final.

Uma armadilha se abriu, ampla, na rua. O capitão, correndo fora do campo de visão dos outros, desapareceu.

Pendurado pelos pés, com uma navalha passando pelo seu pescoço e outra descendo pelo peito, sua carcaça, instantaneamente esvaziada de entranhas e exposta numa mesa abaixo da rua, numa cela oculta, o capitão morreu. Grandes microscópios de cristal estudavam fios vermelhos de músculos; dedos sem corpos tateavam o coração ainda pulsante. As dobras da sua pele fatiada foram afixadas à mesa enquanto mãos moviam partes do seu corpo como um rápido e curioso jogador de xadrez, usando os peões vermelhos e peças vermelhas.

Acima, na rua, os homens corriam. Smith corria, homens gritavam. Smith gritava, enquanto embaixo, nessa sala curiosa, sangue escorria para cápsulas, era sacudido, girado, enfiado em lâminas de vidro sob outros microscópios, faziam-se contagens, mediam-se temperaturas, o coração era cortado em dezessete seções, rins e fígado, divididos pela metade com precisão. O cérebro foi perfurado e extraído da caixa craniana; nervos, puxados à frente como fios mortos de um quadro elétrico; músculos esticados para elasticidade, enquanto no subterrâneo da cidade a Mente finalmente alcançou seu maior total e todo o maquinário parou, num movimento monstruoso e momentâneo.

O total.

Eles *são* homens. Eles *são* homens de um mundo distante, um *certo* planeta, e eles têm determinados olhos, ouvidos, caminham sobre pernas de um jeito específico, carregam armas, pensam, lutam, têm corações singulares e todos esses órgãos correspondem ao que foi registrado muito tempo atrás.

Lá em cima, os homens corriam pela rua na direção do foguete.

Smith corria.

O total.

Eles são nossos inimigos. Eles são aqueles que esperamos rever durante vinte mil anos. Esses são os homens por quem aguardamos para nos vingar. As contas conferem. Esses são os homens de um planeta chamado Terra, que declarou guerra contra Taollan vinte mil anos atrás, que nos mantiveram em escravidão, nos arruinaram e nos destruíram com uma terrível doença. Depois disso, eles foram viver em outra galáxia para escapar daquela doença lançada sobre nós após terem saqueado nosso mundo. Eles se esqueceram da guerra e daquela época, e se esqueceram de nós. Mas não nos esquecemos deles. Esses são nossos inimigos. Isso é certo. Nossa espera terminou.

— Smith, volte!

Rápido. Na mesa vermelha, com o cadáver estatelado do capitão vazio, novas mãos iniciaram uma série de movimentos. No interior úmido foram colocados órgãos de cobre, latão, prata, alumínio, borracha e seda; aranhas teceram teias douradas que foram presas na pele; afixou-se um coração e, na caixa craniana, encaixou-se um cérebro de platina que zumbia e emitia pequenas faíscas de fogo azul, com fios que desciam pelo corpo para os braços e pernas. Num instante o corpo foi fechado com forte costura, as incisões, enceradas, corrigidas no pescoço, na garganta e em torno do crânio... tudo perfeito, fresco, novo.

O capitão se sentou e flexionou os braços.

— Parem!

O capitão reapareceu na rua, apontou sua arma e disparou.

Smith caiu, uma bala no seu coração.

Os outros homens se viraram.

O capitão correu até eles.

— Aquele tolo! Com medo de uma cidade!

Eles olharam para o corpo de Smith aos seus pés.

Eles olharam para o capitão, e seus olhos se arregalaram e se estreitaram.

— Escutem — disse o capitão. — Tenho algo importante para falar com vocês.

Agora a cidade, que os havia pesado, provado e cheirado, que tinha usado todos os seus poderes exceto um, se preparou para usar sua habilidade final, o poder da fala. Ela não falou com a fúria e hostilidade de suas paredes ou torres maciças, ou com a espessura das suas avenidas de pedras e fortalezas de maquinário. Ela falou com a voz calma de um homem.

— Não sou mais seu capitão — ele disse. — Tampouco sou um homem.

Os homens recuaram.

— Sou a cidade — ele disse, e sorriu.

— Esperei duzentos séculos — ele disse. — Esperei que os filhos dos filhos dos filhos retornassem.

— Capitão, senhor!

— Deixem-me continuar. Quem me construiu? A cidade. Os homens que morreram me construíram. A antiga raça que um dia viveu aqui. As pessoas que os terráqueos deixaram para morrer de uma doença terrível, uma forma de lepra sem cura. E os homens daquela antiga raça, sonhando com o dia em que os terráqueos talvez pudessem voltar, construíram esta cidade, e o nome da cidade é Vingança, construída no planeta da Escuridão, próximo à margem do mar dos Séculos, perto das montanhas dos Mortos; tudo muito poético. Esta cidade foi pensada como uma máquina de pesar, um tornassol, uma antena para testar todos os futuros viajantes especiais. Em vinte mil anos, apenas outros dois foguetes aterrissaram aqui. Um, vindo de uma galáxia distante chamada Ennt, e os tripulantes daquela nave foram testados, pesados e considerados incompatíveis, e puderam ir embora livres, intocados, da cidade. Assim como os visitantes da segunda nave. Mas hoje, enfim, vocês chegaram! A vingança será executada até o mínimo detalhe. Esses homens estão mortos há duzentos séculos, mas deixaram uma cidade para dar as boas-vindas a vocês.

— Capitão, senhor, você não está se sentindo bem. Talvez fosse melhor retornar para a nave, senhor.

A cidade tremeu.

As ruas se abriram e os homens despencaram, gritando. Em sua queda, viram navalhas reluzentes vindo ao seu encontro!

O tempo passou. Logo veio o chamado:

— Smith?

— Aqui!

— Jensen?

— Aqui!

— Jones, Hutchinson, Springer?

— Aqui, aqui, aqui!

Eles estavam de pé diante da porta do foguete.

— Retornaremos à Terra imediatamente.

— Sim, senhor!

As incisões em seus pescoços eram invisíveis, assim como seus corações de latão ocultos, seus órgãos de prata e os fios finos e dourados de seus nervos. Suas cabeças emitiam um leve zumbido elétrico.

— É para já!

Nove homens carregaram rapidamente as bombas douradas de cultura de doenças no foguete.

— Estas aqui devem ser jogadas na Terra.

— Sim, senhor!

A válvula do foguete foi fechada com força. O foguete decolou em direção ao céu.

Quando o estrondo se dissipou, a cidade permaneceu sobre a pradaria do verão. Seus olhos de vidro se embaçaram. O Ouvido relaxou, os grandes respiradouros da narina pararam, as ruas não mais pesavam ou equilibravam, e o maquinário oculto parou em seu banho de óleo.

No céu, o foguete desaparecia.

Devagar, com prazer, a cidade aproveitava o luxo de morrer.

HORA ZERO

Ah, ia ser tão alegre! Que jogo! Há anos não se divertiam tanto. As crianças se catapultavam de um lado para o outro dos gramados verdes, gritando umas com as outras, dando as mãos, voando em círculos, subindo em árvores, rindo. Lá em cima os foguetes voavam e os automóveis sussurravam pelas ruas, mas as crianças continuaram brincando. Tanta diversão, tanta alegria fremente, tantos tropeços e gritos selvagens.

Mink correu para dentro de casa, toda coberta de suor e sujeira. Para alguém com sete anos, ela era barulhenta, forte e cheia de certezas. Sua mãe, a sra. Morris, mal a viu enquanto ela arrancava gavetas e juntava panelas e ferramentas num grande saco.

— Pelos céus, Mink, o que está acontecendo?

— O jogo mais interessante de todos os tempos! — Mink disse arfando, de rosto rosado.

— Pare e recupere o fôlego — disse a mãe.

— Não, estou bem — disse Mink, arfando. — Tudo bem se eu levar essas coisas, mãe?

— Mas não as amasse — disse a sra. Morris.

— Obrigada, obrigada! — gritou Mink, e, bum!, ela havia desaparecido que nem um foguete.

A sra. Morris deu uma olhada para a criança fugitiva.

— Qual o nome do jogo?

— Invasão! — disse Mink. A porta bateu com força.

Em cada jardim na rua, as crianças traziam para fora facas, garfos, espetos, canos antigos de fogão e abridores de lata.

Era interessante que essa confusão furiosa ocorresse apenas entre as crianças mais novas. As mais velhas, de dez anos ou mais, desdenhavam da coisa toda e saíam marchando com desprezo em suas caminhadas ou jogavam uma versão mais digna de pique-esconde.

Enquanto isso, pais iam e vinham nos seus automóveis cromados. Técnicos chegavam para consertar os elevadores de vácuo das casas, dar um jeito nas televisões flutuantes ou martelar tubos teimosos de entrega de comida. A civilização adulta passava e repassava pelos pequenos, com inveja da energia feroz das crianças selvagens, tolerante e divertida pelas suas artimanhas, com vontade de participar.

— Isso, e isso, e mais *isso* — disse Mink, instruindo os demais com suas coleções de colheres e chaves de fenda. — Faça isso e leve *aquilo* ali. Não! *Aqui*, seu bobo! Certo. Agora volte enquanto eu conserto isso. — Pensando, com a língua nos dentes e o rosto franzido. — Assim. Está vendo?

— Ebaaa! — gritaram as crianças.

Joseph Connors, de doze anos, chegou correndo.

— Vá embora — disse Mink diretamente para ele.

— Quero brincar — disse Joseph.

— Não pode! — disse Mink.

— Por que não?

— Você só vai zombar da gente.

— Não vou, eu juro.

— Não. Conhecemos você. Vá embora ou vamos chutá-lo.

Outro garoto de doze anos passou zunindo em pequenos patins motorizados.

— Ei, Joe! Vamos lá! Deixa esses bobocas brincarem!

Joseph demonstrou relutância e certa melancolia.

— Eu queria brincar — ele disse.

— Você é velho — disse Mink, firmemente.

— Não *tão* velho — disse Joe, com bom senso.

— Você vai só rir e arruinar a invasão.

O garoto de patins motorizados fez um som rude com os lábios.

— Vamos, Joe! Eles e suas fadas! É birutice!

Joseph saiu caminhando devagar. Por todo o quarteirão ele ficava olhando para trás.

Mink já estava ocupada novamente. Ela fez algum tipo de dispositivo com o equipamento que reuniram. Tinha escolhido outra garota com uma prancheta e um lápis para fazer anotações em rabiscos penosamente lentos. Suas vozes se levantavam e caíam sob a luz quente do sol.

Em volta deles, a cidade zumbia por toda parte. As ruas estavam cercadas de boas árvores verdes e serenas. Apenas o vento criava conflito pela cidade, pelo país, pelo continente. Em mil outras cidades havia árvores, crianças e ruas, executivos nos seus escritórios silenciosos registrando suas vozes ou assistindo televisão. Foguetes flutuavam como agulhas de costura no céu azul. Havia a ideia e a facilidade, tranquilas e universais, de homens acostumados à paz, certos de que nunca haveria problemas novamente. De braços dados, homens por toda a Terra formavam uma frente unificada. As armas perfeitas eram mantidas em igualdade por todas as nações. Uma situação de equilíbrio incrivelmente bela fora alcançada. Não havia traidores entre os homens. Ninguém infeliz ou insatisfeito, e portanto o mundo era baseado em sólidas fundações. A luz do sol iluminava metade do mundo e as árvores dormitavam numa maré de ar aquecido.

A mãe de Mink, da sua janela no andar de cima, olhou para baixo.

As crianças. Ela as viu e balançou a cabeça. Bom, elas comeriam direito, dormiriam bem e estariam na escola na segunda. Abençoados fossem seus pequenos corpos vigorosos. Ela parou para escutar.

Mink falava intensamente para alguém perto da roseira... embora não tivesse ninguém ali.

Essas crianças estranhas. E a garotinha, qual era o seu nome? Anna. Anna anotava numa prancheta. Primeiro, Mink fazia uma pergunta para a roseira, e então ditava a resposta para Anna.

— Triângulo — disse Mink.

— O que é um tri — disse Anna com dificuldade — ângulo?

— Deixa para lá — disse Mink.

— Como soletra? — perguntou Anna.

— T-r-i — soletrou Mink devagar, e então perdeu a paciência. — Soletra você mesma! — Ela seguiu para outras palavras. — Feixe — ela disse.

— Ainda não anotei o tri — disse Anna — ângulo ainda!

— Bom, mais rápido, mais rápido! — gritou Mink.

A mãe de Mink se inclinou para fora na janela do andar de cima.

— Â-n-g-u-l-o — ela soletrou para Anna.

— Obrigada, sra. Morris — disse Anna.

— De nada — a mãe de Mink disse e recuou, rindo, para varrer o corredor com um espanador eletromagnético.

As vozes flutuavam no ar reluzente.

— Feixe — disse Anna. Dissipando.

— Quatro nove sete A e B e X — disse Mink, distante, séria. — Além de um garfo, uma corda e um... hex-hex-agonia... hex*ágono*!

No almoço, Mink bebeu o leite num só gole e saiu porta afora. Sua mãe deu um tapa na mesa.

— Trate de se sentar de novo agora mesmo — mandou a sra. Morris. — Sopa quente em um minuto. — Ela apertou um botão vermelho no mordomo da cozinha, e dez segundos depois alguma coisa aterrissou com um baque no receptor de borracha. A sra. Morris abriu, tirou uma lata com um par de seguradores de alumínio, removeu o lacre com um rápido movimento e serviu sopa quente numa tigela.

Nesse meio-tempo, Mink se remexia.

— Depressa, mãe! É uma questão de vida ou morte! A...

— Eu era assim também na sua idade. Sempre vida ou morte. Eu sei.

Mink começou a engolir a sopa.

— Devagar — disse a mãe.

— Não posso — disse Mink. — Broca está me esperando.

— Quem é Broca? Que nome peculiar — disse a mãe.

— Você não conhece — disse Mink.

— Um garoto novo na vizinhança? — perguntou a mãe.

— Ele é novo mesmo — disse Mink. Ela começou a consumir sua segunda tigela.

— Qual deles é o Broca? — perguntou a mãe.

— Ele está por aí — disse Mink, se esquivando. — Você vai tirar sarro. Todo mundo tira sarro. Puxa vida.

— O Broca é tímido?

— Sim. Não. De certa maneira. Puxa, mãe, preciso correr se quisermos que a Invasão aconteça.

— Quem está invadindo o quê?

— Marcianos estão invadindo a Terra. Bom, não exatamente marcianos. Eles são... eu não sei. Lá de cima — ela apontou com sua colher.

— E de *dentro* — disse a mãe, encostando na testa febril de Mink. Mink se rebelou.

— Você está rindo! Você vai matar o Broca e *todos* os outros.

— Não foi a minha intenção — disse a mãe. — O Broca é marciano?

— Não. Ele... bom... é de Júpiter, ou Saturno, ou Vênus talvez. De qualquer maneira, tem sido difícil para ele.

— Imagino. — A sra. Morris escondeu a boca atrás da mão.

— Eles não conseguiam achar um jeito de atacar a Terra.

— Somos inexpugnáveis — disse a mãe, fingindo seriedade.

— Foi essa a palavra que o Broca usou! Inex... foi essa palavra, mãe.

— Ora, ora, o Broca é um garotinho brilhante. Palavra de várias sílabas.

— Eles não conseguiam achar um jeito de atacar, mãe. O Broca disse... ele disse que para ter uma boa luta você precisa de um jeito novo de surpreender as pessoas. É assim que se vence. E ele disse que você precisa da ajuda do seu inimigo.

— Colaboradores — disse a mãe.

— É. Foi o que o Broca disse. E eles não conseguiam achar um jeito de surpreender a Terra ou obter essa ajuda.

— Não me surpreende. Somos bem fortes mesmo — a mãe riu, guardando as coisas. Mink ficou ali sentada, encarando a mesa, visualizando o que ela estava falando.

— Até que, um dia — sussurrou Mink melodramaticamente —, eles pensaram nas crianças!

— Caramba! — disse animada a sra. Morris.

— E pensaram em como os adultos estão tão ocupados que nunca olham embaixo das roseiras ou nos jardins!

— Só quando procuramos caracóis e fungos.

— E tem alguma coisa sobre dim-sons.

— Dim-sons?

— Dimen-sons.

— Dimensões?

— Quatro delas! E tem alguma coisa sobre crianças de menos de nove anos e imaginação. É muito engraçado ouvir o Broca falar. A sra. Morris estava cansada.

— Bom, deve ser engraçado. Você está largando o Broca lá sozinho neste momento. Como está ficando tarde, se quiser que sua Invasão aconteça antes do banho da noite, é melhor correr.

— Preciso mesmo tomar banho? — resmungou Mink.

— Precisa. Por que criança odeia água? Não importa em que era você vive, crianças odeiam água!

— O Broca diz que eu não vou mais precisar tomar banho.

— É mesmo?

— Ele disse isso para todas as crianças. Chega de banhos. E poderemos ficar acordados até as dez da noite e assistir a dois programas de televisão no sábado, em vez de um só.

— Bom, o sr. Broca deveria ter mais cuidado com o que diz. Eu vou falar com a mãe dele e...

Mink foi até a porta.

— Estamos tendo problemas com caras como Pete Britz e Dale Jerrick. Eles estão crescendo. Eles tiram sarro. São piores do que os pais. Simplesmente não acreditam no Broca. Eles são tão esnobes por estarem crescendo. Era de esperar que fossem melhores do que isso. Uns anos atrás ainda eram pequenos. Odeio eles mais do que tudo. Vamos matá-los *primeiro*.

— Seu pai e eu ficamos por último?

— O Broca diz que vocês são perigosos. Sabe por quê? Porque não acreditam em marcianos! Eles vão deixar a *gente* mandar no mundo. Bom, não só a gente, mas as crianças do outro quarteirão também. Talvez eu seja rainha. — Ela abriu a porta.

— Mãe?

— Sim?

— O que é logi-eca?

— Lógica? Ora, querida, lógica é saber o que é verdade ou não.

— Ele *mencionou* isso — disse Mink. — E o que é im-pres--sio-nável? — Ela levou um minuto para conseguir falar.

— Ora, significa... — Sua mãe olhou para o chão, rindo suavemente. — Significa... ser uma criança, querida.

— Obrigada pelo almoço! — Mink saiu correndo, e então colocou a cabeça para dentro. — Mãe, vou garantir que não vão te machucar muito, de verdade!

— Ora, obrigada — disse a mãe.

A porta bateu com força.

Às quatro da tarde, o audiovisor zumbiu. A sra. Morris abriu a aba.

— Oi, Helen! — ela disse, de maneira amável.

— Oi, Mary. Como estão as coisas em Nova York?

— Bem. E as coisas em Scranton? Você parece cansada.

— Você também. As crianças. Muito trabalho — disse Helen.

A sra. Morris suspirou.

— Minha Mink também. A superinvasão.

Helen riu.

— As suas crianças estão brincando disso também?

— Caramba, sim. Amanhã estarão pulando cordas geométricas e amarelinha motorizada. Éramos tão ruins assim quando éramos crianças em 1948?

— Pior. Japoneses e nazistas. Não sei como meus pais me aguentaram. Era uma moleca.

— Meus pais aprenderam a desligar os ouvidos.

Silêncio.

— O que houve, Mary? — perguntou Helen.

Os olhos da sra. Morris estavam semicerrados; sua língua deslizou lenta e pensativamente sobre seu lábio inferior. — Hein? — Ela se sacudiu. — Não foi nada. Só pensando a respeito *disso*. Desligar ouvidos e tal. Esquece. Onde estávamos?

— Meu filho Tim está apaixonado por algum garoto chamado... *Broca*, acho que é isso.

— Deve ser alguma senha. Mink gosta dele também.

— Não fazia ideia de que tinha chegado até Nova York. Boca a boca, imagino. Parece alguma mobilização de guerra. Conversei com Josephine e ela disse que os filhos dela, lá em Boston, estão loucos com essa nova brincadeira. É a nova mania nacional.

Nesse momento, Mink entrou depressa na cozinha para engolir um copo de água. A sra. Morris se virou.

— Como vão as coisas?

— Quase no fim — disse Mink.

— Ótimo — disse a sra. Morris. — O que é *isso*?

— Um ioiô — disse Mink. — Observe.

Ela arremessou o ioiô pela sua corda. Chegando ao final dela... ele desapareceu.

— Viu? — Disse Mink. — Abra! — Mexendo o dedo, ela fez o ioiô reaparecer e subir pela sua corda.

— Faz isso de novo! — pediu sua mãe.

— Não posso. A hora zero é às cinco da tarde! Tchau. — Mink saiu, enrolando seu ioiô.

No audiovisor, Helen riu.

— Tim trouxe um desses ioiôs hoje de manhã, mas quando demonstrei curiosidade ele disse que não podia me mostrar. Quando tentei usá-lo, por fim, não funcionou.

— Você não é *impressionável* — disse a sra. Morris.

— O quê?

— Deixa pra lá. Só uma coisa que passou pela minha cabeça. Posso ajudá-la com alguma coisa, Helen?

— Eu queria sua receita de bolo mesclado...

As horas passaram devagar. O dia se esvaía. O sol desceu no céu azul pacífico. Sombras se espicharam sobre os gramados verdes. Os risos e a animação continuavam. Uma garotinha saiu correndo, chorando. A sra. Morris saiu pela porta da frente.

— Mink, aquela era a Peggy Ann chorando?

Mink estava com o corpo inclinado para a frente no quintal, perto da roseira.

— Sim, ela é uma bebê chorona. Não vamos deixá-la brincar agora. Ela está ficando velha demais para brincar. Talvez tenha crescido assim de repente.

— E chorou por isso? Bobagem. Quero que me responda direito, mocinha, ou vai ter que entrar!

Mink se virou, consternada e irritada.

— Não posso parar agora. Está quase na hora. Vou ser boazinha. Me desculpa.

— Você bateu na Peggy Ann?

— Não, juro. Pode perguntar. Foi só que... bem, ela é só uma medrosa.

A roda de crianças cercou Mink no lugar onde ela fazia uma careta para seu trabalho com colheres e algum tipo de arranjo quadrático de martelos e canos.

— Ali e ali — Mink murmurou.

— O que houve? — perguntou a sra. Morris.

— Broca está travado. No meio do caminho. Se conseguirmos trazer ele para cá, será mais fácil. Aí os outros podem atravessar depois dele.

— Posso ajudar?

— Não, mãe, obrigada. Eu vou consertar.

— Certo. Chamo você para tomar banho em meia hora. Cansei de ficar tomando conta de você.

Ela entrou e se sentou na cadeira elétrica de relaxamento, bebericando um pouco de cerveja de um copo meio vazio. A cadeira massageou suas costas. Crianças, crianças. Crianças, amor e ódio, lado a lado. Às vezes as crianças amavam e odiavam você... tudo em questão de segundos. Crianças estranhas, será que se esqueciam ou perdoavam as surras e as palavras duras e rígidas das broncas?, ela se perguntou. Como se podia esquecer ou perdoar os que estavam acima de você, aqueles ditadores altos e tolos?

O tempo passou. Um silêncio curioso e ansioso caiu sobre a rua, se aprofundando.

Cinco da tarde. Um relógio cantou suavemente em algum lugar da casa numa voz baixa e musical:

— Cinco da tarde, cinco da tarde. O tempo está passando. Cinco da tarde. — E aí se calou com um murmúrio.

Hora zero.

A sra. Morris deu uma risada. Hora zero.

Um automóvel zumbiu chegando na entrada de carros. O sr. Morris. A sra. Morris sorriu. O sr. Morris saiu do automóvel, trancou-o e disse olá para Mink, ocupada com seu trabalho. Mink o ignorou. Ele riu e parou por um momento para assistir às crianças. Em seguida, subiu os degraus da frente.

— Oi, querida.

— Oi, Henry.

Ela se esticou na beirada da cadeira, escutando. As crianças estavam silenciosas. Silenciosas demais.

Ele esvaziou o cachimbo, encheu-o novamente.

— Um dia e tanto. Daqueles que deixam você grato por estar vivo. *Bzzz.*

— O que foi isso? — perguntou Henry.

— Não sei. — Ela se levantou de repente, arregalando os olhos. Ia dizer algo. Parou. Ridículo. Seus nervos estavam à flor da pele. — Essas crianças não estavam fazendo nada perigoso lá fora, estavam? — ela perguntou.

— Nada além de canos e martelos. Por quê?

— Nada elétrico?

— Nem pensar — disse Henry. — Eu olhei.

Ela caminhou até a cozinha. O zumbido continuou.

— Mesmo assim, é melhor você ir dizer a elas para pararem. Já passou das cinco. Diga a elas… — Seus olhos se arregalaram e se estreitaram. — Diga a elas para adiar a Invasão até amanhã. — Ela riu, nervosa.

O zumbido ficou ainda mais alto.

— O que elas estão fazendo? É melhor eu ir ver, com certeza. A explosão!

A casa sacudiu com um baque surdo. Outras explosões ocorreram em outros quintais nas outras ruas.

Involuntariamente, a sra. Morris gritou.

— Suba por aqui! — ela gritou sem sentido, sem razão. Talvez tivesse visto algo de canto de olho; talvez tivesse percebido algum odor novo ou um barulho novo. Não havia tempo de argumentar com Henry para convencê-lo. Deixe-o achar que ela era maluca. Sim, maluca! Guinchando, ela subiu correndo. Ele correu atrás dela para ver o que ela estava fazendo. — No sótão! — ela gritou.

— É de lá que vem! — Era apenas uma desculpa pobre para levá-lo para o sótão em tempo. Ah, Deus... em tempo!

Outra explosão lá fora. As crianças gritaram de alegria, como se fosse uma grande demonstração de fogos de artifício.

— Não está vindo do sótão! — gritou Henry. — Vem lá de fora!

— Não, não! — Arfando, sem fôlego, ela se atrapalhou na porta do sótão. — Vou mostrar a você. Depressa! Eu vou mostrar!

Eles cambalearam para dentro do sótão. Ela bateu a porta, trancou, pegou a chave e a arremessou para um canto distante e bagunçado. Balbuciava coisas insanas agora, que simplesmente saíam dela. Todas as suspeitas e medos inconscientes que vinham se acumulando secretamente durante toda a tarde, fermentando como vinho. Todas as pequenas revelações, conhecimentos e sentidos que a haviam incomodado o dia todo e que ela rejeitara e censurara, com lógica, cuidado e bom senso. Agora tudo explodia dentro dela e a desfazia em pedacinhos.

— Pronto, pronto — ela disse, soluçando encostada na porta. — Estamos seguros até de noite. Talvez possamos sair escondidos. Talvez possamos escapar!

Henry também explodiu, mas por outro motivo.

— Você está louca? Por que jogou a chave fora? Que droga, querida!

— Sim, sim, estou louca, se pensar isso ajudar você, mas fique aqui comigo!

— Nem sei como eu *poderia* sair!

— Silêncio. Eles vão nos ouvir. Deus, não demora muito e eles vão nos encontrar...

Abaixo deles, a voz de Mink. O marido parou. Havia um grande zunido e chiado universais, gritos e risadinhas. Lá embaixo o audiovisor zumbia e zumbia insistentemente, de forma alarmante e violenta. Será a Helen ligando?, pensou a sra. Morris. E ela está ligando para falar a respeito do que acho que está?

Passos entraram pela casa. Passos pesados.

— Quem está invadindo minha casa? — perguntou Henry, com raiva. — Quem está andando no andar debaixo?

Pés pesados. Vinte, trinta, quarenta, cinquenta deles. Cinquenta pessoas se aglomerando dentro da casa. O zumbido. As risadinhas das crianças.

— Por aqui! — gritou Mink, lá de baixo.

— Quem está lá embaixo? — rugiu Henry. — Quem está aí?

— Quieto. Não, não, não, não! — disse sua esposa com voz fraca, segurando-o. — Por favor, fique quieto. Talvez eles acabem indo embora.

— Mãe? — chamou Mink. — Pai? — Uma pausa. — Onde vocês estão?

Passos pesados, pesados, pesados, passos *muito pesados*, subindo as escadas, com Mink conduzindo-os.

— Mãe? — Uma hesitação. — Pai? — Uma espera, um silêncio.

Zumbidos. Passos na direção ao sótão. Mink na frente.

Eles tremeram juntos em silêncio no sótão, o sr. e a sra. Morris. Por algum motivo, o zunido elétrico, a estranha luz fria repentinamente visível sob a fresta da porta, o cheiro estranho e o som alienígena de ansiedade feliz na voz de Mink finalmente afetaram Henry Morris. Ele ficou parado, tremendo, no escuro silencioso, a esposa ao seu lado.

— Mãe! Pai!

Passos. Um pequeno zumbido. A fechadura do sótão derreteu e a porta se abriu. Mink espiou para o lado de dentro, sombras azuis altas atrás dela.

— Achei vocês — disse Mink.

O FOGUETE

Em muitas noites, Fiorello Bodoni acordava ouvindo os foguetes suspirando no céu escuro. Ele saía da cama, pé ante pé, certo de que sua gentil esposa estava sonhando, para a liberdade do ar noturno. Por alguns instantes, ficaria livre dos cheiros de comida velha na pequena casa perto do rio. Por um momento silencioso, deixaria seu coração voar sozinho até o espaço, seguindo os foguetes.

Agora, nesta noite, ele estava seminu na escuridão, assistindo às fontes de fogo murmurando no ar. Os foguetes, na sua longa jornada selvagem para Marte, Saturno e Vênus!

— Ora, ora, Bodoni.

Bodoni levou um susto.

Sentado num engradado de leite, perto do rio silencioso, um homem também observava os foguetes na calma da meia-noite.

— Ah, é você, Bramante!

— Você sai toda noite, Bodoni?

— Só por causa do ar.

— É? Prefiro os foguetes — disse o velho Bramante. — Eu era um garoto quando eles começaram a surgir. Oitenta anos atrás e ainda não estive em um deles.

— Vou andar em um algum dia — disse Bodoni.

— Tolo! — bradou Bramante. — Não vai nunca. Isso é coisa de homens ricos. — Ele sacudiu a cabeça cinza, recordando. — Quando eu era jovem, escreveram em letras flamejantes: O MUNDO DO FUTURO! Ciência, conforto e novidades para todos! Há! Oitenta anos. O futuro se tornou o presente! Pilotamos foguetes? Não! Vivemos em casebres como nossos ancestrais.

— Talvez meus *filhos*... — disse Bodoni.

— Não, nem os filhos *deles*! — o velho gritou. — São os ricos que têm sonhos e foguetes.

Bodoni hesitou.

— Meu amigo, eu economizei três mil dólares. Levei seis anos para guardar essa quantia. Para o meu negócio, para investir em maquinário. Mas tenho ficado acordado toda noite faz um mês. Ouço os foguetes. Eu penso. E esta noite eu decidi. Um de nós vai voar para Marte! — Seus olhos brilhavam escuros.

— Idiota — retrucou Bramante. — Como vai escolher? Quem vai viajar? Se você for, sua esposa vai odiá-lo, pois você estará um pouco mais próximo de Deus, no espaço. Quando contar a ela sobre a sua incrível viagem, ao longo dos anos, a amargura não vai corroê-la?

— Não, não!

— Sim! E seus filhos? A vida deles será preenchida pela memória do pai que voou para Marte enquanto eles continuaram aqui? Que sina insensata você vai dar a eles. Eles passarão a vida inteira pensando no foguete. Vão ficar deitados na cama sem conseguir dormir. Ficarão doentes de tanta vontade. Assim como você está doente agora. Vão querer morrer se não puderem ir. Não persiga um objetivo desses, estou avisando. Deixe-os satisfeitos sendo pobres. Volte os olhos deles para baixo, para as próprias mãos e para seu ferro-velho, não para cima, para as estrelas.

— Mas...

— E se sua esposa fosse? Como se sentiria sabendo que *ela* viu o que você não viu? Ela se tornaria sagrada. Você pensaria em jogá-la no rio. Não, Bodoni, compre uma nova máquina de demolição, algo de que você precisa, e destrua seus sonhos com ela, esmague-os em pedacinhos.

O velho se acalmou, observando o rio no qual, afogadas, imagens de foguetes ardiam pelo céu.

— Boa noite — disse Bodoni.

— Durma bem — disse o outro.

QUANDO A TORRADA SALTOU da caixa prateada, Bodoni quase gritou. Tinha passado a noite insone. Em meio aos filhos nervosos, do lado da esposa imensa, Bodoni havia se contorcido e olhado para o nada. Bramante estava certo. Era melhor investir o dinheiro. Por que economizá-lo quando apenas uma das pessoas da família poderia andar de foguete, enquanto as outras ficariam para trás derretendo de frustração?

— Fiorello, coma sua torrada — disse sua esposa, Maria.

— Minha garganta está seca — disse Bodoni.

As crianças entraram correndo, os três garotos brigando por um foguete de brinquedo, as duas meninas carregando bonecas que imitavam os habitantes de Marte, Vênus e Netuno, manequins verdes com três olhos amarelos e doze dedos.

— Eu vi o foguete de Vênus! — gritou Paolo.

— Ele decolou fazendo *vuuush*! — sibilou Antonello.

— Crianças! — gritou Bodoni, mãos nos ouvidos.

Eles o encararam. Ele raramente gritava.

Bodoni se levantou.

— Me escutem — ele disse. — Tenho dinheiro suficiente para um de nós viajar no foguete para Marte.

Todo mundo gritou.

— Vocês entenderam? — ele perguntou. — Só *um* de nós. Quem seria?

— Eu, eu, eu! — gritaram as crianças.

— Você — disse Maria.

— Você — disse Bodoni para ela.

Todos se calaram.

As crianças refletiram.

— Deixa o Lorenzo ir... ele é o mais velho.

— Deixe a Miriamne ir... ela é uma garota!

— Pense no que você poderia ver — a esposa de Bodoni disse para ele. Mas seus olhos estavam estranhos. Sua voz tremia. — Os meteoros, como peixes. O Universo. A Lua. Deveríamos escolher alguém que saiba contar as coisas direito ao voltar. Você é bom com palavras.

— Besteira. Você também — ele protestou.

Todos tremiam.

— Aqui — disse Bodoni, infeliz. De uma vassoura ele tirou palhas de vários tamanhos. — Quem puxar a palha mais curta, vence. — Ele esticou seu punho cerrado. — Escolham.

Solenemente, cada um teve sua vez.

— Palha longa.

— Palha longa.

Outro.

— Palha longa.

As crianças haviam terminado. A sala estava silenciosa.

Duas palhas permaneciam. Bodoni sentiu seu coração doer dentro dele.

— Agora — ele sussurrou. — Maria.

Ela puxou.

— A palha curta — ela disse.

— Puxa — suspirou Lorenzo, meio feliz, meio triste. — A mamãe vai para Marte.

Bodoni tentou sorrir.

— Parabéns. Vou comprar sua passagem hoje.

— Espere, Fiorello...

— Pode viajar na semana que vem — ele murmurou.

Ela viu os olhares tristes que as crianças direcionavam a ela, com os sorrisos embaixo dos narizes retos e grandes. Ela devolveu a palha lentamente para o marido.

— Não posso ir para Marte.

— Mas por que não?

— Estarei ocupada com outra criança.

— O quê!?

Ela não o encarou.

— Não me faria bem viajar nestas condições.

Ele a segurou pelo cotovelo.

— É verdade?

— Sorteie de novo. Comece do zero.

— Por que não me contou antes? — ele disse, incrédulo.

— Eu não lembrei.

— Maria, Maria — ele sussurrou, tateando o rosto. Virou-se para as crianças. — Puxem de novo.

No mesmo instante Paolo puxou a palha curta.

—Eu vou para Marte!—Ele dançou loucamente.—Obrigado, pai!

As outras crianças recuaram.

— Que bom, Paolo.

Paolo parou de sorrir para observar seus pais e seus irmãos e irmãs.

— Eu *posso* ir, não posso? — ele perguntou, hesitante.

— Sim.

— E vocês vão *gostar* de mim quando eu voltar?

— É claro.

Paolo estudou a preciosa palha de vassoura na sua mão trêmula e balançou a cabeça. Ele a jogou fora.

— Esqueci. A escola está para começar. Não posso ir. Sorteie de novo.

Mas ninguém queria tentar a sorte. Uma tristeza completa recaía sobre a família.

— Nenhum de nós vai — disse Lorenzo.

— É melhor assim — disse Maria.

— Bramante estava certo — disse Bodoni.

COM SEU CAFÉ DA manhã coalhado dentro de si, Fiorello Bodoni trabalhou no seu ferro-velho, arrancando metal, derretendo-o, derramando-o para formar barras utilizáveis. Seu equipamento estava caindo aos pedaços; a concorrência o tinha mantido numa pobreza enlouquecedora por vinte anos. Foi uma manhã muito ruim.

À tarde, um homem entrou no ferro-velho e chamou Bodoni na sua máquina de demolição.

— Ei, Bodoni, tenho metal para você!

— O que é, sr. Mathews? — perguntou Bodoni, desanimado.

— Um foguete. O que foi? Não quer?

— Sim, sim! — Ele pegou o homem pelo braço e parou, atônito.

— Claro — disse Matthews —, é apenas uma maquete. Você sabe. Quando planejam um foguete, eles primeiro constroem um modelo em escala completa, feito de alumínio. Talvez consiga um pequeno lucro derretendo a peça. Posso vendê-lo por dois mil...

Bodoni baixou a mão.

— Não tenho esse dinheiro.

— Desculpe. Pensei que poderia ajudá-lo. Da última vez você falou como todo mundo dá lances maiores que os seus em sucata. Achei que dessa vez eu pudesse oferecer um negócio exclusivo. Bom...

— Preciso de equipamento novo. Economizei dinheiro para isso.

— Entendo.

— Se comprasse seu foguete, nem conseguiria derretê-lo. Meu forno de alumínio quebrou na semana passada...

— Claro.

— Não teria como usar o foguete se o comprasse de você.

— Eu sei.

Bodoni piscou e fechou os olhos. Abriu-os e olhou para o sr. Mathews. — Mas como sou besta, vou pegar meu dinheiro no banco e o darei a você.

— Mas se não puder derreter o foguete...

— Pode me entregar — disse Bodoni.

— Certo, bem, se você diz. Esta noite?

— Esta noite — disse Bodoni — seria ótimo. Sim, quero ter um foguete esta noite.

LÁ ESTAVA A LUA. O foguete estava branco e grande no ferro-velho. Absorvia todo o branco da lua e o azul das estrelas. Bodoni olhou para ele e amou tudo que havia nele. Queria acariciá-lo e dormir encostado nele, pressionando-o com sua bochecha, contando todos os desejos secretos de seu coração.

Ele o encarou.

— Você é todo meu — ele disse. — Mesmo se nunca se mover ou cuspir fogo, e apenas ficar aí e enferrujar durante cinquenta anos, você é meu.

O foguete cheirava a tempo e distância. Era como caminhar para dentro de um relógio. Tinha sido produzido com delicadeza suíça. Algo que se carregaria numa corrente de relógio de bolso.

— Talvez até durma aqui esta noite — Bodoni sussurrou animado.

Ele se sentou no banco do piloto.

Encostou em uma alavanca.

Murmurou com a boca fechada, seus olhos cerrados.

O murmúrio aumentou em volume, cada vez mais alto, estranho, mais estimulante, tremendo nele e levando-o a se inclinar para frente, puxando a nave e a ele num silêncio trovejante e algum tipo de grito metálico, enquanto seus punhos voavam pelos controles e seus olhos fechados tremiam. O som cresceu e cresceu até surgir fogo, uma força, um poder de atração e repulsão que ameaçava rasgá-lo ao meio. Ele arfou. Murmurou de novo e de novo, e não parou, pois não podia ser parado, podia somente continuar, seus olhos mais apertados, seu coração furioso.

— Decolando! — ele gritou. *O impacto sacolejante! O trovão!* — A Lua! — ele gritou, olhos cegos, tensos. — Os meteoros! — *A corrida silenciosa à luz vulcânica.* — Marte. Meu Deus, Marte! Marte!

Ele caiu para trás, exausto e arfando. Soltou as mãos trêmulas dos controles e inclinou a cabeça para trás, loucamente. Permaneceu sentado por um bom tempo, inspirando e expirando, seu coração desacelerando.

Lentamente, lentamente, ele abriu os olhos.

O ferro-velho ainda estava lá.

Ele ficou parado. Por um minuto, observou as pilhas amontoadas de metal, sem nunca desviar os olhos. Em seguida, se levantando num movimento brusco, chutou as alavancas.

— Decole, maldição!

A nave continuou silenciosa.

— Vou acabar com você! — ele gritou.

Saindo cambaleante no ar noturno, ele deu a partida no motor feroz da sua terrível máquina de demolição e avançou para cima do foguete. Manobrou os pesos maciços sob o céu iluminado pela lua. Preparou as mãos trêmulas para arremessar os pesos, esmagar, despedaçar esse falso sonho insolente, essa coisa tola na qual gastara seu dinheiro e que agora não se movia nem obedecia.

— Agora você vai ver! — ele gritou.

Mas sua mão parou.

O foguete prateado permaneceu na luz da lua. Além do foguete, as luzes amarelas da sua casa, a um quarteirão de distância, ardiam calorosamente. Ele ouviu o rádio da família tocando alguma música distante. Ficou sentado durante meia hora pensando no foguete e nas luzes da casa, e seus olhos se estreitaram e arregalaram. Desceu da sua máquina de demolição e começou a caminhar, e, conforme andava, começou a rir. Quando chegou à porta dos fundos da sua casa, respirou fundo e chamou:

— Maria, Maria, prepare as malas. Vamos pra Marte!

— Oh!

— Ah!

— Não estou *acreditando*!

— Você vai, você vai.

As crianças balançaram no quintal em meio ao vento, embaixo do foguete reluzente, sem tocar nele ainda. Elas começaram a chorar.

Maria olhou para o marido.

— O que você fez? — ela disse. — Gastou nosso dinheiro nisso? Essa coisa nunca vai voar.

— Vai, sim — ele disse, olhando para o foguete.

— Foguetes custam milhões. Você tem milhões?

— Vai voar — ele repetiu, lentamente. — Agora, vão para casa, todos vocês. Tenho que fazer alguns telefonemas, alguns trabalhos. Amanhã partiremos! Não contem a ninguém, entenderam? É segredo.

As crianças se afastaram do foguete aos tropeços. Ele viu seus pequenos rostos febris nas janelas da casa, lá longe.

Maria ainda não tinha saído do lugar.

— Você nos deixou na pior — ela disse. — Gastou nosso dinheiro nisso... nessa coisa. Quando devia ter investido em equipamento.

— Você vai ver — ele disse.

Sem dizer mais nada, ela deu as costas.

— Que Deus me ajude — ele sussurrou, e começou a trabalhar.

Durante as horas da madrugada, caminhões chegaram, pacotes foram entregues e Bodoni, sorridente, esvaziou sua conta bancária. Com um maçarico e peças de metal, partiu para o ataque no foguete, adicionando, retirando, lançando magia flamejante e insultos secretos sobre ele. Prendeu nove motores antigos de automóvel dentro do compartimento de motor vazio do foguete. Em seguida, soldou o compartimento do motor, fechando-o, de modo que ninguém pudesse ver seu trabalho secreto.

Ao nascer do sol, ele entrou na cozinha.

— Maria — ele disse —, estou pronto para o café da manhã.

Ela se recusou a falar com ele.

Ao pôr do sol, ele chamou os filhos.

— Estamos prontos! Venham! — A casa estava silenciosa.

— Tranquei-os no armário — disse Maria.

— Como assim? — ele quis saber.

— Você vai morrer naquele foguete — ela disse. — Que tipo de foguete você poderia comprar por dois mil dólares? Um bem ruim!

— Me escute, Maria.

— Ele vai explodir. Além disso, você não é piloto.

— Mesmo assim. Posso pilotar *esta* nave. Eu a consertei.

— Você enlouqueceu — ela disse.

— Cadê a chave do armário?

— Está comigo.

Ele estendeu a mão.

— Me dê a chave.

Ela entregou a chave para ele.

— Você vai matá-los.

— Não, não.

— Sim, vai. Estou *sentindo* isso.

Ele ficou de pé na frente dela.

— Não quer vir também?

— Vou ficar aqui — ela disse.

— Você vai entender; você vai ver — ele disse, e sorriu. Destrancou o armário. — Venham, crianças. Sigam seu pai.

— Tchau, tchau, mamãe!

Ela ficou na janela da cozinha, olhando para eles, muito séria e silenciosa.

Na porta do foguete, o pai disse:

— Crianças, vamos ficar fora por uma semana. Vocês precisam voltar para a escola e eu, para meu trabalho. — Ele pegou nas mãos dos filhos, um por vez. — Escutem, este foguete é muito velho e só vai conseguir voar mais *uma* vez. Depois disso não voará mais. Esta será a viagem das suas vidas. Mantenham os olhos abertos.

— Sim, papai.

— Prestem bastante atenção. Sintam os cheiros de um foguete. *Sintam. Lembrem.* Assim, quando estiverem de volta, poderão falar disso pelo resto da vida.

— Sim, papai.

A nave estava silenciosa como um relógio parado. A câmara de vácuo sibilou, fechando atrás deles. Ele prendeu todos eles, como pequenas múmias, em redes de borracha.

— Prontos? — ele perguntou.

— Prontos! — todos responderam.

— Decolagem! — Ele empurrou dez interruptores. O foguete trovejou e se projetou. As crianças dançaram em suas redes, gritando.

— Lá vem a Lua!

A Lua passou como um sonho. Meteoros explodiram em fogos de artifício. O tempo fluiu como uma serpente de gás. As crianças gritaram. Soltas das suas redes, horas depois, espiaram pelas vigias.

— Lá está a Terra!

— Lá está Marte!

O foguete soltou pétalas rosa de fogo enquanto os indicadores de hora giravam. As pálpebras das crianças começaram a pesar. Finalmente eles se penduraram como mariposas bêbadas nas suas redes-casulos.

— Ótimo — sussurrou Bodoni, sozinho.

Ele saiu pé ante pé da sala de controle para ficar parado por um longo momento, com medo, diante da porta da câmara de vácuo.

Apertou um botão. A porta da câmara se escancarou aberta. Ele deu um passo para fora. Para o espaço? Para marés escuras de meteoros e tocha gasosa? Para milhagens rápidas e dimensões infinitas?

Não. Bodoni sorriu.

Em volta do foguete trêmulo estava o ferro-velho.

Enferrujando, inalterado, lá estava o portão trancado do ferro--velho, a pequena casa silenciosa perto do rio, a janela da cozinha iluminada e o rio descendo para o mesmo mar. E no centro do ferro-velho, fabricando um sonho mágico, estava o foguete que tremia e ronronava. Tremendo e rugindo, balançando as crianças presas nas redes como moscas numa teia.

Maria estava de pé na janela.

Ele acenou para ela e sorriu.

Não dava para ver se ela havia acenado de volta. Um pequeno aceno, talvez. Um pequeno sorriso.

O sol estava nascendo.

Bodoni voltou rapidamente para o foguete. Silêncio. Todos ainda estavam dormindo. Ele respirou aliviado. Prendendo-se a uma rede, ele fechou os olhos. Para si mesmo ele rezou: não deixe nada acontecer com a ilusão nos próximos seis dias. Deixe todo o espaço vir e partir, e Marte vermelho aparecer sob nossa nave, assim como as luas de Marte, e que não haja falhas no filme colorido. Que existam as três dimensões; que nada dê errado com os espelhos e telas secretas que moldam a fina ilusão. Que o tempo passe sem crise.

Ele despertou.

Marte vermelho flutuava perto do foguete.

— Pai! — As crianças lutavam para se libertar.

Bodoni viu Marte vermelho e ele era bom, não havia falhas nele, e ele se sentiu muito feliz.

Ao pôr do sol do sétimo dia, o foguete parou de estremecer.

— Estamos em casa — disse Bodoni.

Eles caminharam pelo ferro-velho saindo pela porta aberta do foguete, animados, rostos brilhando.

— Tenho presunto e ovos para todos vocês — disse Maria, na porta da cozinha.

— Mamãe, mamãe, você deveria ter vindo, ver Marte, mamãe, e os meteoros, e tudo mais!

— Sim — ela disse.

Na hora de dormir, as crianças se reuniram diante de Bodoni.

— Queremos agradecer, papai.

— Não foi nada.

— Vamos lembrar disso para sempre, papai. Nunca vamos esquecer.

Bem tarde da noite, Bodoni abriu os olhos. Sentiu que sua esposa estava deitada ao seu lado, observando-o. Ela não se moveu por muito tempo. De repente, ela beijou suas bochechas e sua testa.

— O que foi? — ele perguntou, surpreso.

— Você é o melhor pai do mundo — ela sussurrou.

— Por quê?

— Agora isso ficou claro — ela disse. — Eu entendo.

Ela deitou e fechou os olhos, segurando sua mão. — É uma viagem muito incrível? — ela perguntou.

— Sim, ele disse.

— Talvez — ela disse —, talvez, alguma noite, você possa me levar numa pequena viagem, o que acha?

— Uma bem rápida, talvez — ele disse.

— Obrigada — ela disse. — Boa noite.

— Boa noite — disse Fiorello Bodoni.

O HOMEM ILUSTRADO

— Ei, o Homem Ilustrado!

Uma calíope gritou, e o sr. William Philippus Phelps ficou de pé, braços cruzados, no alto da plataforma na noite de verão, sendo uma multidão por si só.

Ele era uma civilização inteira. No País Principal, seu peito, viviam os vasties — dragões com olhos de mamilos rodopiando sobre seu inferninho, seus peitos quase femininos. Seu umbigo era a boca de um monstro de olhos estreitos... uma boca obscena, puxada para dentro, desdentada como a de uma bruxa. E havia as cavernas secretas onde darklings ficavam à espreita, suas axilas, escorrendo lentos licores subterrâneos, de onde as criaturas sombrias, seus olhos acesos de inveja, espiavam através das trepadeiras e vinhas penduradas.

O sr. William Philippus Phelps olhou maliciosamente do alto da plataforma de esquisitice com mil olhos de pavão. Do outro lado da pradaria de serragem, ele viu sua esposa, Lisabeth, lá longe, rasgando ingressos ao meio, encarando as fivelas prateadas dos cintos dos homens que passavam.

As mãos do sr. William Philippus Phelps eram rosas tatuadas. Ao perceber o interesse da sua esposa, as rosas murcharam, como se a luz do sol tivesse se dissipado.

Um ano antes, quando levara Lisabeth ao cartório para observá-la escrevendo seu nome em tinta, lentamente, no formulário, a pele dele era pura, branca e limpa. Ele olhou para baixo, para si mesmo, com um horror repentino. Agora ele parecia uma grande tela pintada, chacoalhada no vento noturno! Como isso tinha acontecido? Onde tudo tinha começado?

Tinha começado com as discussões, depois veio a carne e então as imagens. Eles tinham brigado até tarde nas noites de verão, ela, como um trompete metálico, sempre gritando com ele. E ele tinha saído para comer cinco mil cachorros-quentes fumegantes, dez milhões de hambúrgueres e uma floresta de cebolinhas, bebendo vastos mares vermelhos de suco de laranja. A bala de hortelã formou seus ossos de brontossauro, os hambúrgueres moldaram sua carne de balão e o sorvete de morango foi bombeado de maneira doentia para dentro e para fora das válvulas do seu coração, até ele pesar cento e trinta e cinco quilos.

— William Philippus Phelps — Lisabeth disse a ele no décimo primeiro mês de seu casamento —, você é burro e gordo.

Esse foi o dia em que o dono do circo lhe entregou o envelope azul.

— Desculpe, Phelps. Você não tem utilidade para mim com toda essa banha.

— Não fui o melhor homem desta tenda, chefe?

— Foi, mas não é mais. Agora você se senta, não sai para trabalhar.

— Me deixe ser seu Homem Gordo.

— Eu tenho um Homem Gordo. Tem um monte deles por aí. — O chefe o olhou de cima a baixo. — Mas vou dizer uma coisa.

Não temos um Homem Tatuado desde a morte de Gallery Smith no ano passado...

Isso tinha acontecido um mês antes. Quatro semanas curtas. Por meio de um contato ele descobriu uma tatuadora no vasto campo do estado de Wisconsin, uma velha, diziam, que entendia do assunto. Se ele pegasse a estrada de terra e virasse à direita no rio, e depois à esquerda...

Tinha caminhado por uma pradaria amarela, quebradiça por conta do sol. Flores vermelhas eram sopradas e dobradas pelo vento enquanto ele caminhava. Então ele chegou a uma cabana velha que parecia ter aguentado um milhão de chuvas.

Depois da porta havia uma sala silenciosa e vazia, e no centro da sala vazia estava sentada uma anciã.

Seus olhos estavam costurados com fios de resina vermelha. Seu nariz, selado com fios de cera preta. Seus ouvidos também tinham sido costurados, como se uma libélula feita de agulha houvesse costurado todos os seus sentidos para vedá-los. Ela estava sentada imóvel na sala vazia. Havia pó espalhado, como uma farinha amarela, por toda parte, sem marcas de pés por muitas semanas. Se ela tivesse se movido, teria ficado marcado, mas ela não tinha. As mãos dela se tocavam como instrumentos finos e enferrujados. Seus pés, expostos, eram obscenos como galochas, e perto deles havia frascos de tintura de tatuagem... vermelho, azul-relâmpago, marrom, amarelo-gato. Ela era uma coisa costurada com força, resultando em sussurros e silêncio.

Sem costura alguma, somente sua boca se movia.

— Entre. Sente-se. Estou sozinha.

Ele não obedeceu.

— Você veio pelas imagens — ela disse num tom agudo. — Primeiro, quero mostrar uma imagem a você.

Ela bateu com um dedo cego na palma da mão estendida.

— Veja! — ela disse em voz alta.

Era um retrato em forma de tatuagem de William Philippus Phelps.

— Sou eu! — ele disse.

Seu grito o manteve na porta.

— Não corra.

Ele segurou o batente da porta, de costas para ela.

— Sou eu, sou eu desenhado na sua mão!

— Está aqui há cinquenta anos. — Ela acariciou a imagem como a um gato, repetidas vezes.

Ele se virou.

— É uma tatuagem *antiga*.

Lentamente, ele se aproximou. Chegou mais perto e se inclinou para observá-la. Esticou um dedo trêmulo para roçar na imagem.

— Velha, isso é impossível! Você não me conhece. Eu não conheço você. Seus olhos, todos costurados.

— Eu estava esperando você — ela disse. — E muitas outras pessoas. — Ela exibiu seus braços e pernas, como eixos de uma cadeira antiga. — Trago em mim imagens de pessoas que já vieram me ver. E existem imagens de pessoas que virão nos próximos cem anos. E você, você veio.

— Como sabe que sou eu? Não consegue enxergar!

— Eu *sinto* os leões, elefantes e tigres em você. Desabotoe sua camisa. Você precisa de mim. Minhas agulhas são tão limpas quanto os dedos de um médico. Quando eu tiver terminado de ilustrá--lo, esperarei outra pessoa vir caminhando até aqui e me encontrar. E algum dia, daqui a cem verões, talvez, eu simplesmente deite na floresta sob alguns cogumelos brancos, e na primavera você não encontrará nada além de uma pequenina flor azulada...

Ele começou a desabotoar as mangas.

— Eu conheço o passado profundo, o presente claro e até o futuro ainda mais profundo — ela sussurrou, olhos torcidos em cegueira, rosto erguido para esse homem invisível. — Isso está na minha carne. Vou pintá-lo na sua também. Você será o único Homem Ilustrado de *verdade* no universo. Darei a você imagens especiais das quais nunca se esquecerá. Imagens do futuro na sua pele.

Ela o espetou com uma agulha.

Naquela noite, ele correu de volta para o circo, bêbado de terror e júbilo. Com que rapidez a velha bruxa da poeira o havia costurado com cor e desenhos. No final de uma longa tarde de mordidas de uma cobra prateada, seu corpo estava vivo com retratos. Parecia que tinha caído e sido esmagado pelos compressores de aço de uma prensa e saído como uma rotogravura incrível. Estava vestido numa roupa de trolls e dinossauros rubros.

— Veja! — ele falou animado para Lisabeth. Ela levantou a cabeça da sua mesa de cosméticos enquanto ele arrancava a camisa. Ele ficou de pé sob a luz da lâmpada exposta no trailer deles, estufando seu peito impossível. Aqui, os tremblies, meio-donzelas, meio-bodes, saltando quando seus bíceps flexionavam. Ali, a Terra das Almas Perdidas, a região do queixo. Em dobras de acordeão de gordura, vários pequenos escorpiões, besouros e ratos eram esmagados, segurados, escondidos, aparecendo rapidamente e desaparecendo, conforme ele levantava ou abaixava as dobras do queixo.

— Meu Deus — disse Lisabeth. — Meu marido é uma aberração.

Ela saiu correndo do trailer e o deixou sozinho, posando diante do espelho. Por que ele tinha feito isso? Para ter um emprego, sim, mas principalmente para cobrir a gordura que se acumulava impossivelmente sobre seus ossos. Para esconder a gordura sob uma camada de cor e fantasia, para escondê-la da sua esposa, mas principalmente de si mesmo.

Ele pensou nas últimas palavras da velha. Com suas agulhas, ela havia feito duas tatuagens *especiais*, uma no peito, outra nas costas, que ela não permitiu que ele visse, cobrindo cada uma com pano e adesivo.

— Você não deve olhar para essas duas — ela dissera.

— Por quê?

— Mais pra frente você verá. Essas imagens contêm o futuro. Se olhar para elas agora poderá estragá-las. Elas ainda não estão propriamente finalizadas. Coloquei tinta na sua carne, e seu suor forma o resto da imagem, o futuro... seu suor e seus pensamentos. — Sua boca vazia sorriu. — No próximo sábado à noite, pode fazer propaganda! A Grande Revelação! Venha ver o Homem Ilustrado revelar sua imagem! Você pode ganhar dinheiro assim. Pode cobrar pela Revelação, como uma galeria de arte. Diga que existe uma imagem que *nem você* viu, que *ninguém* viu até o momento. A imagem mais estranha já pintada. Quase viva. E ela conta o futuro. Rufem os tambores e soprem as trombetas. E você pode ficar lá e se exibir na Grande Revelação.

— É uma boa ideia — ele disse.

— Mas revele apenas a imagem no seu peito — ela disse. — Essa vem primeiro. Deve guardar a imagem nas suas costas, sob o adesivo, para a semana seguinte. Entendeu?

— Quanto eu devo?

— Nada — ela disse. — Se sair andando por aí com essas imagens em você, minha própria satisfação será meu pagamento. Ficarei aqui sentada pelas próximas duas semanas e pensarei em como minhas imagens são inteligentes, pois faço com que se encaixem em cada homem e naquilo que ele possui por dentro. Agora, saia dessa casa e não retorne jamais. Adeus.

— Eı! A Grande Revelação! As propagandas vermelhas sopravam no vento noturno: NÃO É UM HOMEM TATUADO COMUM! ESTE É "ILUSTRADO"! MAIOR QUE MICHELANGELO! ESTA NOITE! INGRESSOS POR 10 CENTAVOS! A hora havia chegado. Sábado à noite, a multidão com seus pés animalescos inquietos na serragem quente.

— Em um minuto... — o dono do circo apontou seu megafone de papelão —, na tenda imediatamente atrás de mim, revelaremos o retrato misterioso no peito do Homem Ilustrado! No próximo sábado, na mesma hora, no mesmo local, revelaremos a imagem nas *costas* do Homem Ilustrado! Tragam seus amigos!

Um rufar hesitante de tambores.

O sr. William Philippus Phelps saltou para trás e desapareceu; a multidão entrou depressa pela tenda e, uma vez lá dentro, o encontrou restabelecido em outra plataforma, a banda tocando com seus instrumentos uma melodia de *jig-time*.

Ele procurou a esposa e a viu em meio à multidão como uma desconhecida, tendo vindo para assistir à bizarrice, um olhar de curiosidade e desprezo no seu rosto. Afinal, ele era seu marido, e a tatuagem a ser revelada era algo sobre ele que nem ela conhecia. Ele teve uma sensação de grande altitude, calor e luz, por se ver no centro do universo animado, o mundo do circo, por uma noite. Até os outros esquisitões — o Esqueleto, o Garoto-Foca, o Iogue, o Mágico e o Balão — estavam espalhados pela multidão.

— Senhoras e senhores, o grande momento!

Um floreio de trombetas, umas batidas de baquetas no couro de vaca esticado.

Sr. William Philippus Phelps deixou sua capa cair. Dinossauros, trolls e criaturas metade mulheres, metade serpentes, se contorciam na sua pele sob a luz potente.

"Ah", murmurou a multidão, pois certamente nunca existiu um homem tatuado assim! Os olhos do bicho pareciam usar fogo azul e vermelho, piscando e se retorcendo. As flores nos seus dedos pareciam produzir um doce buquê cor-de-rosa. O Tiranossauro Rex se levantava ao longo da sua perna, e o som do trompete de latão no céu quente da tenda soava como um grito pré-histórico da garganta do monstro vermelho. Sr. William Philippus Phelps era um museu trazido à vida por uma descarga de eletricidade. Peixes nadavam em mares de tinta azul-elétrico. Fontes reluziam sob sóis amarelos. Viam-se construções antigas em prados de plantações de trigo. Foguetes passavam ardendo por espaços de músculo e carne. A menor respiração ameaçava jogar no caos todo o universo desenhado. Ele parecia aceso, as criaturas, reagindo às chamas, recuando do grande calor de seu orgulho, enquanto ele se expandia sob a contemplação atenta do público.

O dono do circo colocou seus dedos no adesivo. O público correu à frente, silencioso na imensidão do forno da tenda noturna.

— Vocês não viram nada ainda! — gritou o dono do circo.

O adesivo foi arrancado.

Por um instante nada aconteceu. Um instante em que o Homem Ilustrado pensou que a Revelação fora um fracasso terrível e inegável.

Mas então o público gemeu em voz baixa.

O dono do circo recuou, olhos vidrados.

No fundo da multidão, uma mulher, depois de um instante, começou a chorar, começou a soluçar, e não parou mais.

Lentamente, o Homem Ilustrado olhou para baixo, para seu peito e barriga nus.

O que ele viu fez as rosas nas suas mãos desbotarem e morrerem. Todas as suas criaturas pareciam envelhecer, se voltar para dentro, se encolher com o frio ártico bombeado do seu coração para congelá-las e destruí-las. Ele permaneceu de pé, tremendo. Suas mãos flutuaram para cima para tocar aquela imagem incrível, que vivia, se movia e estremecia com vida. Era como espiar dentro de um pequeno aposento, ver algo da vida de outra pessoa, tão íntimo, tão impossível, que não dava para acreditar nem encarar por muito tempo sem virar o rosto.

Era uma imagem da sua esposa, Lisabeth, e dele mesmo.

E ele a estava matando.

Diante dos olhos de mil pessoas numa tenda escura no centro da área de florestas negras de Wisconsin, ele matava sua esposa.

Suas grandes mãos floridas apertavam o pescoço dela, seu rosto ficando escuro, e ele a matou, matou-a e nem por um instante no minuto seguinte parou de matá-la. Era real. Enquanto a multidão assistia, ela morria e ele ficava terrivelmente nauseado.

Ele estava prestes a desabar diretamente na multidão. A tenda girava como a asa de um morcego monstruoso, batendo grotescamente. A última coisa que ouviu foi uma mulher, soluçando, no fundo da multidão silenciosa.

E a mulher que chorava era Lisabeth, sua esposa.

À noite, sua cama estava encharcada de suor. Os sons do show tinham sumido e sua esposa, na cama dela, continuava quieta. Ele mexeu no próprio peito. O adesivo era liso. Eles o haviam obrigado a colocá-lo de volta.

Ele tinha desmaiado. Ao recobrar a consciência, o dono do circo brigou com ele.

— Por que não me *contou* sobre a imagem?

— Eu não sabia, eu não sabia — disse o Homem Ilustrado.

— Meu Deus! — disse o chefe. — Deu um baita susto em todo mundo. Um baita susto na Lizzie, um baita susto em mim. Caramba, onde *conseguiu* aquela maldita tatuagem? — Ele estremeceu. — Peça desculpas para Lizzie agora mesmo.

— Sinto muito, Lisabeth — ele disse, fraco, seus olhos fechados. — Eu não sabia.

— Você fez isso de propósito — ela disse. — Para me assustar.

— Desculpe.

— Ou você se livra disso ou eu vou embora — ela disse.

— Lisabeth.

— Você me ouviu. Essa imagem sai daí ou eu abandono o show.

— É, Phil — disse o chefe. — É isso mesmo.

— Você perdeu dinheiro? A multidão exigiu reembolso?

— Não é questão de dinheiro, Phil. Em termos de público, quando espalharam a notícia, centenas de pessoas quiseram vir assistir. Mas meu show aqui é honesto. Essa tatuagem precisa sair! Você planejou isso como se fosse algum tipo de piada, Phil?

Ele se entregou à cama quente. Não, não era uma piada. Não era nem de perto uma piada. Ficou tão aterrorizado quanto os outros. Não era uma piada. O que aquela bruxa velha poeirenta tinha feito *com ele*? E como? Ela colocou essa imagem ali? Não; ela disse que a imagem estava incompleta, e que ele mesmo, com seus pensamentos e suor, iria finalizá-la. Bom, ele tinha feito isso.

Mas qual era seu significado, se é que havia algum? Ele não queria matar ninguém. Não queria matar Lisabeth. Por que uma imagem tão tola arderia na sua carne no escuro?

Tateou suavemente com os dedos, tocando cautelosamente no lugar trêmulo onde ficava o retrato escondido. Apertou com força e a temperatura daquele lugar era alta. Quase podia sentir a pequena imagem maligna matando, matando e matando durante a noite inteira.

Eu não quero matá-la, ele pensou, insistentemente, olhando para a cama dela. E então, cinco minutos depois, ele sussurrou:

— Ou será que *quero*?

— O quê? — ela disse, acordando confusa.

— Nada — ele disse, depois de uma pausa. — Volte a dormir.

O HOMEM SE INCLINOU à frente, um instrumento zunindo na sua mão.

— Custa cinco dólares para cada dois centímetros e meio. É mais caro arrancar as tatuagens do que fazê-las. Muito bem, pode tirar o adesivo.

O Homem Ilustrado obedeceu.

O restaurador de pele recuou, sentando.

— Caramba! Não me admira que você queira tirar isso! É terrível. Nem *eu* quero olhar para isso. — Ele ligou sua máquina. — Preparado? Isso não vai doer.

O dono do circo estava presente, de pé na entrada da tenda, assistindo. Depois de cinco minutos, o restaurador da pele mudou a cabeça do instrumento, praguejando. Dez minutos depois, ele arrastou sua cadeira para trás e coçou a cabeça. Meia hora se passou e ele se levantou, disse ao sr. William Philippus Phelps para se vestir e guardou seu kit para levar embora.

— Espere um momento — disse o dono do circo. — Você não fez seu trabalho.

— E nem vou — disse o especialista em pele.

— Estou pagando bem. Qual é o problema?

— Nada, é só que a maldita imagem não sai de jeito algum. Essa porcaria deve ir até o osso.

— Você está maluco.

— Senhor, estou nesse ramo há trinta anos e nunca vi uma tatuagem assim. No máximo dois centímetros e meio de profundidade, se é que chega a isso.

— Mas preciso tirá-la! — lamentou o Homem Ilustrado.

O restaurador de pele balançou sua cabeça.

— Só tem um jeito de tirá-la agora.

— Como?

— Pegue uma faca e corte fora seu próprio peito. Não viverá por muito tempo, mas vai se livrar da imagem.

— Volte aqui!

Mas o restaurador de pele saiu andando.

Eles podiam ouvir o grande público de domingo à noite esperando.

— É uma multidão e tanto — disse o Homem Ilustrado.

— Mas eles não vão ver o que vieram ver — disse o dono do circo. — Você só vai aparecer lá fora com o adesivo. Agora, fique quieto, estou curioso a respeito da *outra* imagem, nas suas costas. Talvez possamos fazer uma Revelação dessa, em vez da outra.

— Ela disse que demoraria mais uma semana para ficar pronta. A velha disse que levaria tempo para assentar, formar um padrão.

O dono do circo puxou uma aba de fita branca na espinha do Homem Ilustrado produzindo um som suave de algo sendo arrancado.

— O que está vendo? — O sr. Phelps perguntou, arfando e dobrado à frente.

O dono do circo recolocou a fita.

— Camarada, como Homem Tatuado você é um fracasso, hein? Por que deixou aquela anciã mexer contigo assim?

— Eu não sabia quem ela era.

— Ela te enganou bastante com essa. Não tem nada desenhado. Nada. Nenhuma imagem.

— Ela vai ficar aparente. Espere e veja.

O chefe riu.

— Certo. Vamos lá. Vamos mostrar pelo menos parte de você para a multidão.

Eles saíram caminhando numa explosão metálica de música.

ELE PAIRAVA MONSTRUOSO NO meio da noite, esticando as mãos como um cego para se equilibrar num mundo ora fora do eixo, ora acelerado, ora ameaçando rolar sobre ele e cair em cima do espelho diante do qual ele erguia suas mãos. Na superfície achatada, fracamente iluminada da mesa, havia peróxido, ácidos, navalhas prateadas e quadrados de lixa. Ele tentou todos eles, um de cada vez. Encharcou a tatuagem cruel no seu peito e a raspou. Trabalhou sem cessar durante uma hora.

Subitamente, ele percebeu que alguém estava na porta do trailer atrás dele. Eram três da manhã. Havia um cheiro fraco de cerveja. Ela tinha voltado para casa, depois de ir para a cidade. Ele ouviu sua respiração lenta. Ele não se virou.

— Lisabeth? — ele disse.

— É bom você se livrar disso — ela disse, vendo suas mãos movendo a lixa. Deu um passo para dentro do trailer.

— Eu não queria que a imagem ficasse desse jeito — ele disse.

— Queria, sim — ela disse. — Você planejou isso.

— Não é verdade.

— Eu conheço você — ela disse. — Sei que me odeia. Bom, isso não é nada. Eu odeio você. Odeio você há tempos. Meu Deus, quando você começou a engordar, acha mesmo que alguém poderia amá-lo assim? Eu poderia ensinar algumas coisas sobre ódio a você. Por que não me pergunta?

— Me deixe em paz — ele disse.

— Na frente daquela multidão, me usando como espetáculo!

— Eu não sabia o que tinha embaixo da fita.

Ela deu a volta na mesa, mãos encaixadas nos quadris, se dirigindo às camas, às paredes, à mesa, falando tudo que carregava dentro de si. E ele pensou: Ou será que eu sabia? Quem criou essa imagem, eu ou a bruxa? Quem a moldou? Como? Será que realmente a quero morta? Não! Mas... Ele assistiu sua esposa se aproximando cada vez mais, viu as cordas sinuosas de sua garganta vibrarem com seus gritos. Seu problema era isso, isso e *aquilo*! Aquilo e aquilo e mais *isso* eram indizíveis sobre ele! Ele era um mentiroso, um manipulador, um homem feio, preguiçoso e gordo, uma criança. Achava mesmo que podia competir com o dono do circo ou com os montadores de tenda? Se achava esbelto e gracioso, como um El Greco emoldurado? Da Vinci, hein? Michelangelo, sei! Ela vociferava. Ela mostrava os dentes.

— Bom, não pode me assustar ao ponto de eu ter de aceitar alguém que não quero encostando em mim com suas patas imundas! — ela terminou, triunfante.

— Lisabeth — ele disse.

— Nem vem! — ela guinchou. — Eu conheço seu plano. Você mandou pôr aquela imagem para me assustar. Achou que eu não *ousaria* deixá-lo. Pois bem!

— No sábado que vem, a Segunda Revelação — ele disse. — Você vai ficar orgulhosa de mim.

— Orgulhosa! Você é ridículo e patético. Por Deus, parece uma baleia. Já viu uma baleia encalhada? Eu vi, quando era criança. Ela estava lá e foram dar um tiro nela. Alguns salva-vidas atiraram nela. Jesus, uma baleia!

— Lisabeth.

— Estou indo embora, é isso, e vou me divorciar de você.

— Não faça isso.

— E vou me casar com um homem, não com uma mulher gorda... porque é isso que você é, tem tanta gordura em você que não existe mais sexo!

— Não pode me abandonar — ele disse.

— Não só posso como vou!

— Eu te amo — ele disse.

— Ah — ela disse. — Fique aí com as suas imagens.

Ele esticou as mãos.

— Não encoste em mim — ela disse.

— Lisabeth.

— Não se aproxime. Você me enoja.

— Lisabeth.

Todos os olhos no seu corpo pareceram se acender, todas as cobras, se mover, todos os monstros, rosnar, todas as bocas, se abrir e se enfurecer. Ele avançou na direção dela... — não um homem, mas uma multidão.

Sentiu o grande reservatório sanguinolento de laranjada bombear por ele, a represa de refrigerante e limonada pulsar em fúria doce e enjoativa por seus pulsos, suas pernas, seu coração. Tudo, os oceanos de mostarda e molho e todos aqueles milhões de bebidas em que se afogara no último ano estavam fervendo; seu rosto tinha ficado da cor de carne no vapor. E as rosas nas suas mãos se tornaram flores carnívoras famintas, mantidas longos anos na selva abafada e, neste momento, libertadas para encontrar seu caminho no ar noturno diante dele.

Ele a cercou como uma fera imensa encurralando um animal que se debatia. Era um gesto frenético de amor, vivificante e exigente que, conforme ela lutava, endureceu, se transformando em outra coisa. Ela lutava e atacava com garras a imagem no seu peito.

— Você precisa me amar, Lisabeth.

— Me largue! — ela gritou. Ela batia na imagem que ardia sob seus punhos. Ela a rasgava com suas unhas.

— Minha Lisabeth — ele disse, suas mãos subindo pelos braços dela.

— Eu vou gritar — ela disse, olhando-o nos olhos.

— Lisabeth — as mãos subiram para seus ombros, seu pescoço —, não se vá.

— Socorro! — ela gritou. O sangue se esvaiu da figura em seu peito.

Ele colocou os dedos em volta do pescoço dela e apertou.

Ela era uma calíope interrompida no meio de seu grito.

Lá fora, a grama sussurrava. O som de passos correndo.

Sr. William Philippus Phelps abriu a porta do trailer e saiu.

Eles o aguardavam. Esqueleto, Anão, Balão, Iogue, Electra, Popeye, Garoto-Foca. Os esquisitos, esperando no meio da noite, na grama seca.

Ele caminhou na direção deles. Movia-se com a sensação de que precisava fugir. Aquelas pessoas não entenderiam nada, não eram do tipo que gostava de pensar. E como não fugiu, como somente caminhou, equilibrado, estupefato, entre as tendas, devagar, o estranho grupo abriu caminho para deixá-lo passar. Eles o observaram, porque sua observação garantia que ele não iria escapar. Ele caminhou pela pradaria negra, mariposas se debatendo no seu rosto. Caminhou devagar enquanto ainda era visível, sem saber para onde ia. Eles o assistiram partir, e então se viraram e entraram juntos no trailer silencioso e abriram lentamente a porta até escancará-la...

O Homem Ilustrado caminhou lentamente pelas pradarias secas além da cidade.

— Ele foi por ali! — uma voz distante gritou. Lanternas balançavam sobre as colinas, silhuetas escuras corriam.

O sr. William Philippus Phelps acenou para elas. Ele estava cansado. Só queria ser encontrado. Estava cansado de fugir. Ele acenou de novo.

— Lá está ele! — As lanternas mudaram de direção. — Vamos lá! Vamos pegar o canalha!

Quando chegou a hora, o Homem Ilustrado correu de novo. Ele fez questão de correr devagar. Deliberadamente caiu duas vezes. Olhando para trás, viu as estacas da tenda nas mãos deles.

Ele correu em direção a uma lanterna distante na intersecção onde, em todas as noites de verão, pareciam se reunir carrosséis de vaga-lumes girando, grilos movendo sua canção na direção daquela luz, todos correndo, como se o fizessem devido a alguma atração da meia-noite, rumo àquela única lanterna pendurada bem no alto... O Homem Ilustrado primeiro, os outros logo atrás.

Quando ele alcançou a luz, passou alguns metros abaixo dela e seguiu adiante, não precisou olhar para trás. Na estrada, à sua frente, viu as silhuetas das estacas erguidas subirem violentamente e, logo depois, *descerem!*

Um minuto se passou.

Nas ravinas do campo, os grilos cantavam. Os esquisitos estavam de pé sobre o Homem Ilustrado esparramado, segurando frouxamente suas estacas de prender a lona.

Finalmente rolaram seu corpo para deixá-lo de barriga para baixo. Sangue escorria de sua boca.

Eles arrancaram o adesivo de suas costas. Encararam por um longo tempo a imagem recém-revelada. Alguém sussurrou. Outra pessoa praguejou em voz baixa. O Homem Magro recuou, saiu andando e passou mal. Outro dos esquisitos parou para ver, e mais outro em seguida, bocas tremendo e recuando, deixando o Homem Ilustrado na estrada deserta, sangue escorrendo da sua boca.

Na luz fraca, era fácil ver a ilustração revelada.

Ela mostrava um grupo de esquisitões inclinados sobre um homem gordo morrendo numa estrada escura e solitária, olhando a tatuagem nas suas costas que mostrava um grupo de esquisitos inclinados sobre um homem gordo morrendo numa...

EPÍLOGO

ERA QUASE MEIA-NOITE. A lua estava bem alta no céu. O Homem Ilustrado estava deitado sem se mexer. Eu tinha visto o que havia para ver. As histórias tinham sido contadas, tinham terminado.

Só permanecia aquele espaço vazio nas costas do Homem Ilustrado, aquela área de cores e formas bagunçadas. Agora, enquanto eu observava, a área vaga começou a se montar, lentas dissoluções de uma forma se transformando em outra e mais outra. Finalmente um rosto se formou ali, um rosto que me encarava da carne colorida, um rosto com um nariz e boca familiares, olhos familiares.

Estava muito borrado. Eu só vi o suficiente da ilustração para me levantar de supetão. Fiquei de pé sob a luz da lua, com medo de que o vento ou as estrelas pudessem se mover e despertar a galeria monstruosa aos meus pés. Mas ele continuou dormindo, silenciosamente.

A imagem nas suas costas mostrava o próprio Homem Ilustrado, com seus dedos em torno do meu pescoço, me esganando até a morte. Eu não esperei que ela se tornasse um desenho nítido e claro.

Corri pela estrada sob a luz da lua. Não olhei para trás. Havia uma pequena cidade à frente, escura e adormecida. Eu sabia que, bem antes da manhã, eu chegaria até ela...

ESTE LIVRO, COMPOSTO NA FONTE FAIRFIELD
E IMPRESSO NO PAPEL LUX CREAM 60G/M² NA BMF.
SÃO PAULO, BRASIL, JANEIRO DE 2024.